Né en 1959 à Gifu, Hideo Okuda est l'auteur d'une œuvre riche et variée, plusieurs fois primée au Japon (Prix Naoki, en 2004). Sa trilogie mettant en scène le docteur Irabu a connu un important succès au Japon, avec près de 3 millions d'exemplaires vendus. Elle a été adaptée au cinéma, à la télévision et en dessin animé. Les deux premiers tomes, *Les Remèdes du docteur Irabu* et *Un yakuza chez le psy*, ainsi que *Lala pipo*, considéré comme un de ses opus majeurs, sont disponibles chez Points.

DU MÊME AUTEUR

Les Remèdes du docteur Irabu
Wombat, 2013
et « Points », n° P3343

Un yakuza chez le psy
Wombat, 2014
et « Points », n° P4254

Lala Pipo
Wombat, 2016
et « Points », n° 4993

Hideo Okuda

TROIS JOURS DANS LA VIE D'UN YAKUZA

Traduit du japonais
par Mathilde Tamae-Bouhon

Éditions de l'Observatoire

TITRE ORIGINAL
Jumpein, Kangaenaose

ISBN 978-2-7578-8181-1

1

Pour Junpei Sakamoto, le quartier de Kabukichô, à Shinjuku, lui faisait l'effet d'une couverture par une nuit d'hiver. Si l'endroit ne lui garantissait pas un sommeil paisible, au moins ne risquait-il pas d'en être chassé ou de se voir interdire l'accès à ce refuge chaleureux, où il pouvait reprendre son souffle. Car, comme disait le dicton, l'huile, même sale ou impure, se devait de rester avec l'huile – elle ne se mélangeait pas avec l'eau. Et à l'instar du bernard-l'hermite, l'homme se devait, avant tout, de trouver logement à sa taille.

– Jun !

Lorsqu'il parcourait les rues de Kabukichô, on l'interpellait tous les trente mètres. La majorité était des femmes de la nuit, qui l'approchaient avec familiarité pour parler de la pluie, du beau temps et des affaires courantes – mais aussi, parfois, lui faire du charme. Yakuza de son état, Junpei était un jeune homme mince, beau garçon, doté d'un bon caractère. Ce qui ne voulait pas dire que tout le monde l'appréciait.

Agressif envers les hommes, Junpei perdait tous ses moyens face aux femmes ; même les pleurnicheries les plus factices suffisaient à l'embobiner. Les hôtesses de bar, qui avaient vite cerné son caractère, ne se privaient pas de lui demander des faveurs, de le taquiner, voire d'évacuer le stress de la journée en l'abreuvant de leurs frustrations. Lorsque, sur l'ordre de son supérieur direct – son *aniki* –, Junpei avait dû se raser la tête à la suite d'une bourde, toutes les femmes s'étaient joyeusement pressées autour de lui pour lui caresser le crâne comme à une statue du Bouddha. Bref, elles le traitaient comme un petit animal de compagnie.

Il faut dire que du haut de ses vingt et un printemps, il n'y avait même pas encore deux ans qu'il avait intégré le clan, dont il était l'homme à tout faire, et ses finances étaient au plus bas. Or, que vous fassiez partie des yakuzas ou des honnêtes gens, seules les personnes riches et avenantes étaient appréciées des lieux fréquentés. Pour y parvenir, Junpei devrait soit gagner à la loterie, soit grimper progressivement les échelons.

Quand même, ce n'était pas désagréable de voir que les autres se souciaient de vous. Junpei n'y était guère habitué, lui qui avait grandi dans un orphelinat de Saitama après le divorce de ses parents. Il ne se souvenait pas du visage de son père ; quant à sa mère, très occupée par sa propre personne, elle passait le voir quand cela lui chantait, chaque fois accompagnée d'un homme différent. Complexé par sa situation, le jeune garçon ne cessait de provoquer des bagarres, à l'école comme en ville. Partout on le regardait de travers, et les enseignants avaient fini par lui interdire l'entrée de l'école.

Dans les rues de Kabukichô, à l'inverse, chacun était logé à la même enseigne. Tout, des néons criards et aveuglants aux odeurs âcres des ruelles, en passant par les cris de fureur et les appels aguicheurs, semblait accueillir Junpei à bras ouverts. Même l'air y était différent. Ce n'était qu'en emplissant pour la première fois ses poumons de cet oxygène qu'il avait compris à quel point il y avait eu du mal à respirer jusque-là.

Chacun pouvait vivre ici sans conditions, quels que soient le passif, la naissance ou la couleur de peau. Junpei appréciait l'équité qui régnait dans ce refuge inespéré, où il se sentait pousser des ailes. Il avait intégré les yakuzas ; il ne pouvait donc que réussir sa vie. Pour l'heure, son objectif se résumait à boucler son apprentissage et obtenir son badge.

Junpei appartenait au clan Hayata, filiale du groupe Rokumei. Le clan comptait vingt membres, dont la moitié environ était actuellement derrière les barreaux. Même si Junpei n'était pas au plus bas de l'échelle, son propre subordonné avait écopé d'une peine de prison pour coups et blessures trois mois plus tôt, si bien qu'il lui revenait d'accomplir toutes les tâches subalternes. Le ménage était devenu son pain quotidien. Lorsqu'il voyait une poussière à la table d'un café, son premier réflexe était de l'essuyer, avant de pester contre lui-même.

Ce matin-là, on était venu le chercher pour qu'il aide à collecter les dettes. Il devait accompagner Keisuke Kitajima, son aniki, à peine plus âgé que lui. « Junpei, c'est le larbin de Kitajima », disait-on dans le milieu. À vrai dire, c'était par admiration pour ce « frère aîné » qu'il avait intégré le clan.

Ils avaient fait connaissance à la faveur d'une bagarre contre des voyous, dans laquelle Kitajima s'était interposé. Apercevant le yakuza, les trois lascars prétentieux s'étaient mis au garde-à-vous, avant de tenter d'expliquer avec nervosité les causes de la rixe. Kitajima avait écouté chacun des belligérants avec un rire avant de leur distribuer un peu d'argent. « Mangez donc un bout, ça vous remettra les idées en place », leur avait-il enjoint. Junpei s'était aussitôt pris d'admiration pour ce type incroyablement classe qui venait de lui donner un billet si neuf qu'on aurait pu se couper avec. Dès le lendemain, il était allé se poster devant son café préféré, inclinant la tête à son arrivée, dans l'espoir qu'il lui adresse la parole. Kitajima s'était-il laissé attendrir par ce petit jeune qui le suivait partout ? Toujours est-il qu'il l'avait pris sous son aile, et, en moins de six mois, en avait fait son apprenti. Mais la suite, c'était une autre histoire. Junpei menait à présent une vie de servitude telle qu'il ne l'aurait jamais imaginée, où se mêlaient regret et résignation, espoir et consolation, et au fil de laquelle, trop occupé pour avoir le temps de gamberger, il avait fini par devenir un de ces pions dociles et téméraires, persuadés que personne, sur Terre, n'était plus craint que les yakuzas. Ainsi en allait-il de toutes les jeunes recrues. Lui-même était encore en formation, se répétait-il inlassablement.

– Alors, Junpei ! Prends donc cette voie, elle est libre. On ne va pas se laisser doubler, quand même ? Ce n'est pas le moment de roupiller !

Un coup de pied décoché depuis la banquette arrière vint ébranler son siège.

– À vos ordres, répliqua-t-il.

Jetant un coup d'œil dans le rétroviseur, il appuya sur l'accélérateur de la Benz 560 SEL d'occasion. Le véhicule auquel il coupait la route freina brusquement. Il n'avait aucun mal à imaginer quel genre de personne pouvait se trouver à bord de cette voiture à la carrosserie dorée et aux vitres teintées.

– Du feu ! ordonna Kitajima, cigarette au bec.

Il n'y avait personne d'autre à bord.

Sans lâcher le volant, Junpei sortit son briquet Cartier de la poche de sa veste et tendit le bras derrière lui pour s'exécuter. Kitajima alluma sa clope avant de se renfoncer dans la banquette.

– Ces temps-ci, il y a un groupe d'étrangers qui vend des coques de téléphone devant le Fûrin Kaikan. Tu es au courant ?

– Des Israéliens, oui. À la solde du clan Matsui, semble-t-il.

– Crétin. Ce sont des bobards, ça ! J'ai entendu dire que les Matsui payaient la taxe aux Hayata pour leur protection. Ils ont beau être des yakuzas, ils se gênent pas pour abuser le monde, ceux-là. Faut jamais prendre leurs histoires pour argent comptant.

– Je vois. Quelle bande de tricheurs…

Arrivé à un feu rouge, Junpei en profita pour prendre un stylo-bille et noter le mot « étrangers » au dos de sa main en guise de pense-bête. Les bandes venues du Moyen-Orient n'hésitaient pas à vous serrer la pince avec le sourire, sans craindre les yakuzas. Si on s'y laissait prendre, ils se la jouaient « copain-copain », et on finissait embarqué dans toutes sortes d'histoires.

– Au fait, Yamada du commissariat de Shinjuku nous a dit avoir à faire chez *Tango*. Tâche donc d'aller acheter une cravate ou autre à lui donner.

– Vous me laissez choisir ?

– Abruti ! Tout ce qui l'intéresse, c'est les Fukuzawa Yukichi[1] au fond de la boîte. Quel ripou, celui-là. Vivement qu'il dégage.

1. Fukuzawa Yukichi (1835-1031) : penseur et intellectuel de l'ère Meiji, dont le portrait orne les billets de 10 000 yens.

La criminelle n'en finissait plus de faire des descentes dans les clubs liés aux yakuzas, fermant les yeux sur leurs activités en échange de pots-de-vin.

– Dans ce cas, je lui prendrai une Gucci de fabrication coréenne.

– Eh, c'est vert !

À peine le feu avait-il changé de couleur qu'une nouvelle onde de choc traversa le siège conducteur. Plus que tout, Kitajima détestait qu'on le fasse attendre. Qu'on tarde à allumer sa cigarette, et les coups pleuvaient.

Junpei écrasa la pédale d'accélération dans un crissement de pneus strident. Toute superbe qu'elle était, la voiture avait déjà douze ans, et manifestait son mécontentement à la moindre négligence.

Le ciel était parfaitement dégagé en ce mois de septembre, et les gratte-ciel s'étiraient avec bonheur, inondés par le soleil automnal.

Leur destination, située à Ogikubo, était une entreprise de construction qui venait de faire faillite, sise dans un vieil immeuble de trois étages qui abritait aussi des logements, visiblement. Plusieurs hommes étaient rassemblés devant le vestibule. Même de loin, on voyait que ce n'étaient pas des gens bien.

– Les connards, ils ont déjà rappliqué comme des mouches, maugréa Kitajima depuis la banquette arrière.

Penché par la fenêtre de la voiture, il inspecta les hommes en question.

– Des collègues ? marmonna-t-il.

– Est-ce que je me gare devant l'entrée ? demanda Junpei.

– Quelle question ! Qu'est-ce que tu voudrais aller faire à l'arrière ?

Kitajima se claqua les joues comme pour se donner du courage.

– Bon, allons-y. Et ne te dégonfle pas, surtout.

Personne n'avait daigné expliquer à Junpei en quoi, au juste, consistait le recouvrement de dettes, mais il en avait deviné l'essentiel en voyant faire les autres. Quand une entreprise manquait deux échéances de paiement, les créanciers venaient la forcer à rembourser l'argent prêté. Dans le cas présent, la boîte, incapable de payer ses dettes, avait fait faillite, si bien que la situation virait à la foire d'empoigne. Et il n'y en aurait pas pour tout le monde. Premier arrivé, premier servi.

À l'entrée, le rideau de fer était baissé, une affiche annonçant la faillite collée dessus.

Junpei gara la Benz. Quittant aussitôt le siège conducteur, il s'empressa d'ouvrir la portière à son aniki, qui sortit en roulant les épaules. Tous les regards se portèrent sur lui, interrogateurs.

– Désolé, désolé, lança-t-il d'une voix forte en avançant.

Bien que de taille moyenne, il pratiquait le karaté à un haut niveau, et son torse massif suffisait à intimider ses adversaires. Et comme il passait l'année à se faire tanner le cuir dans un salon à UV, son teint hâlé ajoutait encore à son allure virile. En bon Narcisse, Kitajima disposait chez lui d'un miroir en pied.

– Z'êtes qui, vous ?! lança un homme à l'accent du Kansai et aux cheveux frisés – une coiffure qu'on ne voyait plus guère ces temps-ci.

Il vint se planter devant eux avec sa cravate brodée aux couleurs criardes. Aussitôt, cinq ou six hommes affluèrent autour de lui.

– Permettez-moi de vous retourner la question. La moindre des politesses, c'est de se présenter d'abord, répliqua Kitajima avec aplomb en approchant lentement son visage de l'importun.

Junpei se campa aussitôt sur ses jambes, prêt à riposter si besoin, la main droite plongée dans la poche intérieure de sa veste. Il n'avait ni couteau ni pistolet. Ce n'était que du bluff, d'un côté comme de l'autre.

– Alors quoi, tu veux te battre ! s'emporta le type.

– Arrête ça tout de suite, ordonna Kitajima, la main tendue pour dissuader Junpei.

– Nous sommes le clan Kijima, du groupe Seiwa. Je ne sais pas d'où vous sortez, vous autres, mais on va pas se laisser faire comme ça ! On était là avant ! éructa l'homme, cramoisi de colère, dans une pluie de postillons.

– D'où on sort ? Je vais te le dire, moi. Nous sommes le clan Hayata, du groupe Rokumei. Je constate qu'au moins, vous êtes prêts à jouer cartes sur table.

L'homme resta muet un moment. Le groupe Rokumei faisait partie des plus éminentes organisations du Kantô. Quant au clan Hayata, bien que sur le déclin, il avait des ramifications très larges.

– Le groupe Rokumei ? Qu'est-ce que j'en ai à faire ? Continue à déblatérer comme ça, et vous finirez enterrés dans la montagne ! éructa l'homme, de plus en plus remonté.

Un yakuza se devait de tenir jusqu'au bout ; même pris d'un mauvais pressentiment, il fallait continuer de faire front. Comme une voiture privée de marche arrière.

– Ah, je vois. Bien dit. Dans ce cas, file-moi ta carte de visite, que je la rentre dans le répertoire informatique de notre structure. Comme ça, tu te feras un nom. Ça doit être le rêve, pour un forain dans ton genre, non ?

Kitajima projetait sa voix tel un acteur, sans la moindre hésitation. En Tokyoïte pur jus, né à Yotsuya, il employait des expressions particulières. Junpei, lui, était en adoration totale devant cet aîné si raffiné.

– La ferme. Retourne d'où tu viens ! Les créanciers nous ont donné procuration. Et vous, qu'est-ce que vous avez ? On ne se contentera pas d'un simple mandat !

– De quelle procuration parles-tu ? La somme due aux sous-traitants n'est pas très importante, mais qu'essayez-vous de couvrir ? Qu'espérez-vous, au juste ? Le patron est allé jusqu'à engager ses propres économies. C'est la banque qui détient tout, vous ne pourrez pas mettre la main dessus.

– Ça, même un gamin le saurait !

– Alors, qu'est-ce qu'on fait ?

– Qu'est-ce que j'en sais, moi ! hurla le bonhomme. On n'a qu'à kidnapper le patron, et on réfléchira après. Si tu nous mets des bâtons dans les roues, ça va chauffer !

Autour de lui, ses sous-fifres faisaient simplement acte de présence, sans piper mot. Kitajima les examina un à un, avant de laisser échapper un ricanement moqueur.

– Qu'est-ce qu'il y a de drôle ? Tu te fous de notre gueule ?

– Vous faites bien partie du groupe Seiwa, non ? Un forain comme toi ferait mieux de s'en tenir à son stand. Vous avez déjà fait du recouvrement de créance, au moins ? demanda Kitajima sur un ton plus doux.

– La ferme. Qu'est-ce que j'en sais, moi ?

– Nous, on est juste là pour les grosses machines. Une pelleteuse, un bulldozer, une grue. Et trois camions, précisa Kitajima avec un sourire obséquieux.

Son interlocuteur garda un instant le silence, avant de demander :

– Où sont-ils ?

– Comme si j'allais te le dire. Vous n'êtes vraiment que des amateurs.

Pour toute réponse, le type s'empourpra de plus belle.

– Rien ne sert de se disputer ici, poursuivit Kitajima. Je peux vous aider à sauver les apparences. Alors, tu veux bien me montrer tranquillement ta procuration ?

– Je l'ai là, déclara l'homme en tapotant sa poche de poitrine.

– Je n'en doute pas. Je te propose juste de faire échange.

Kitajima menait déjà la danse. Alors qu'il sortait une cigarette de sa poche, Junpei se précipita pour lui donner du feu.

– Quel genre d'échange ?

– Suivant les conditions, on serait même prêts à acheter. Pour vous, ça vaudra toujours mieux que de perdre le contrôle.

Les yeux plissés, il tira sur sa cigarette. Kitajima avait le chic pour se donner de grands airs.

Après un instant de réflexion, l'homme sortit un document de sa poche. Kitajima s'en empara et le parcourut des yeux.

– Le manque à payer est de cinq millions de yens ? C'est énorme pour une entreprise de quartier.

– En effet. Ça risque de provoquer des faillites en chaîne. J'ai de la peine pour eux.

– On vous l'achète pour un million. Marché conclu ?

– Hein ? Un million ? D'où tu me sors ce chiffre ? répliqua l'homme, les joues prises de convulsions.

– Payé tout de suite, rubis sur l'ongle. Pas d'objection ? Si ça ne te convient pas, tant pis. Nous non plus, on ne fait pas ça de bon cœur. Alors, à vous de voir. Sachez simplement que le patron de cette boîte est un vrai tanuki et que ce n'est pas la compétition qui manque. Faites bien attention où vous mettez les pieds, ricana Kitajima.

C'est alors qu'arriva une nouvelle voiture – une Celsior blanche. Avec à son bord deux personnes à l'allure peu engageante.

– Qu'est-ce que je disais ? Les représentants des créanciers continuent d'arriver. Vous feriez mieux de vous mettre à l'abri. Ça ne vaut pas le coup de risquer la taule pour un boulot aussi minable.

– Dis donc, toi. Un million, tu proposais ? Disons au moins deux..., insista le type, soudain calmé.

Les nouveaux arrivants sortirent de la Celsior.

– Vous êtes qui, vous ? demanda un homme aux lunettes noires d'un ton menaçant.

– Clan Hayata, du groupe Rokumei. Attendez donc votre tour, rétorqua Kitajima avec un hochement de tête.

– Ah, je vous prie de m'excuser. Je vous laisse terminer votre conversation, répondit aussitôt Lunettes Noires avant de regagner son véhicule.

– Alors, qu'est-ce qu'on fait ? Vous le voulez, votre million, ou vous préférez parier sur une collecte hasardeuse ?

– Monte au moins à deux millions...

– Je ne peux pas. Nous aussi, on prend de gros risques.

– Laisse-moi réfléchir un peu.

Les doigts dans sa chevelure frisée, l'homme s'écarta de quelques mètres. Ses hommes de main, eux, restèrent plantés là, sans savoir que faire. Junpei croisa le regard de l'un d'entre eux. Les cheveux coupés en brosse, les sourcils rasés et les traits volontaires ; à en juger par le grain de sa peau, il devait avoir à peu près le même âge.

– Tu fumes ? lui demanda Junpei, cigarette au bec, avant de lui tendre un paquet de Marlboro.

La marque de prédilection de Kitajima.

– Merci, répondit La Brosse en se servant.

– Comment vont les affaires ? s'enquit Junpei à voix basse.

– Très mal, répliqua La Brosse avec un sourire amer.

– Vous faites dans la contrebande, chez Seiwa ?

– Oui, tout juste.

– Vous vendez quoi ?

– Je gère des stands de *yakisoba*.

– Moi, jusqu'à l'année dernière, je vendais de l'*isobeyaki* à Kabukichô.

– Tu rigoles. Tu tenais ton propre stand ?

– Du tout ! Ça faisait partie de mon apprentissage, en attendant d'être titularisé.

– Ça alors… Kabukichô, hein ? Sympa.

– Et toi, t'es où ?

– Principalement à Kinshichô. Mais on change parfois de région.

– Passe me voir à l'occasion.

– Sérieux ? Tu me files ton numéro ?

Gagnés par une complicité instantanée, les deux jeunes gens échangèrent leurs coordonnées de bon cœur.

– Je m'appelle Shin'ya.

– Et moi Junpei.

Sur ces entrefaites, l'homme aux cheveux frisés revint, téléphone en main. Sans doute était-il allé quémander des instructions.

– Entendu. Va pour le million, annonça-t-il avec une grimace.

– Junpei, va chercher l'argent dans la voiture, ordonna Kitajima.

Le jeune homme courut chercher sur le tableau de bord une pochette zippée, remplie d'une épaisse liasse de billets, qu'il rapporta à son aniki afin de compléter la transaction.

– Les affaires marchent bien pour le groupe Rokumei, fit remarquer l'autre homme en recevant l'argent des mains de Kitajima.

– Détrompe-toi. Il s'agit là d'une somme récoltée auprès des collègues. Nous aussi, on est sur la corde raide. Au fait, ce n'est pas dans les habitudes de Seiwa de collecter les dettes ?

– Les temps sont durs. On est obligés de bouffer à tous les râteliers.

– C'est partout pareil. À Kabukichô, on ne compte plus les boutiques qui mettent la clef sous la porte, et la taxe protection ne cesse de baisser.

– C'est la dèche pour tout le monde ! Désolé d'avoir été désagréable tout à l'heure.

– Non, c'est moi.

Le problème enfin réglé, la tension retomba et chacun y alla d'un sourire franc. Junpei relâcha ses épaules avec un soupir de soulagement, les aisselles trempées de sueur.

Leur million en poche, les hommes du clan Kijima repartirent.

– Bien, au client suivant maintenant. Va m'appeler les deux types dans la Celsior, ordonna Kitajima.

Junpei s'exécuta aussitôt, épris d'admiration devant cet aniki qui se débrouillait décidément comme un chef. En dépit de leur infériorité numérique, ils avaient décroché un marché lucratif.

Sur le chemin du retour, Kitajima passa plusieurs coups de fil sur son portable. Au sujet des mandat et reconnaissance de dettes récupérés le matin devant l'entreprise de construction en faillite, visiblement. Il citait de temps à autre le chiffre d'un million.

Finalement, Kitajima dépensa près de cinq millions de yens en cette seule journée. Comment avait-il pu rassembler tout cet argent ? Junpei n'en avait pas la moindre idée, mais la somme en elle-même échappait à son entendement.

Son appel terminé, Kitajima sortit une cigarette. Junpei s'empressa de lui donner du feu tout en conduisant. Kitajima souffla un nuage de fumée avec satisfaction.

Junpei profita de sa bonne humeur apparente pour hasarder une question.

– Aniki, vous étiez au courant depuis longtemps pour la faillite de cette entreprise ?

– Non, depuis quelques jours seulement. Comme le maître d'œuvre a fait faillite, il allait de soi que ce soit pareil chez les sous-traitants. C'est vrai que tu ne lis que des mangas, toi ! Tu ferais bien de jeter un coup d'œil aux journaux économiques.

– Mais quand même, en si peu de temps, vous avez su qu'il avait des machines à récupérer. Ce n'est pas rien.

– Imbécile. Il ne faut pas croire tout ce que tu entends. Ce n'était que du bluff.

Derrière lui, Kitajima éclata d'un rire sonore.

– Vraiment ? s'étonna Junpei.

– Une entreprise de cette envergure loue forcément du matériel. Inutile de faire des recherches pour le savoir.

– Mais alors, la dette que vous avez rachetée…

– Dis-moi, Junpei. Sais-tu quelle est le meilleur commerce en ce monde ?

– Bonne question…

– Réfléchis un peu.

– … le proxénétisme ?

– Crétin. Tu n'as vraiment que les femmes en tête.

Kitajima se pencha pour lui donner une tape sur la tête, avant de faire mine de l'étrangler. La voiture fit quelques zigzags.

– Hé oh, fais attention où tu roules ! s'esclaffa-t-il.

Il était vraiment de bonne humeur.

– Tu crois vraiment pouvoir récupérer cent ou deux cents millions grâce à une femme ? Même les *soaplands* ne rapportent pas tant que ça.

– Excusez-moi. Je n'y avais pas vraiment réfléchi.

– Le mieux placé, c'est l'intermédiaire, bien sûr. Il fait commerce avec les deux parties. Il se place au milieu. Il fait passer l'argent de droite à gauche et prend sa marge au passage. Usuriers, administrateurs de biens immobiliers, tout ça, c'est kif-kif.

– Je vois.

– La créance, c'est de la revente. Il y en a, des pros qui se chargent de faire concurrence aux banques, même si on ne peut même imaginer comment ils s'y prennent pour recouvrer les sommes. Des vrais vautours, ceux-là. Ils envoient une femme comme représentante de la banque, provoquent un scandale, et à partir de là, c'est la guerre.

– Incroyable.

– Mais, au moindre faux pas, c'est la taule. Ce n'est pas ce que font les gens intelligents. Les types qui ont de la cervelle, ils se postent en amont du flux financier. (La voix de Kitajima se fit de plus en plus lisse.) Aujourd'hui, j'ai dépensé cinq millions de yens pour racheter de la dette, que je vais revendre pour dix millions. Alors, monsieur Junpei Sakamoto. À combien s'élève mon bénéfice ?

– Cinq millions de yens.

– Mais c'est qu'il sait compter, le bougre ! Et moi qui te croyais stupide !

Il fit de nouveau mine de l'étrangler.

– Ce n'était pas très difficile…

– Mais bien sûr, tout ne reste pas dans ma poche. Les collecteurs profitent de la situation, il faut savoir négocier. Même en revendant à six millions, ça fait un bénéfice d'un million. Le tout, en une demi-journée. Dis-moi, combien on gagne, de nos jours, dans les supérettes ?

– J'ai entendu dire que de nuit, c'était mille yens de l'heure.

– Combien d'heures faudrait-il faire pour gagner un million ?

– Eh bien…

Junpei tenta de calculer de tête, mais les chiffres, trop importants, lui retournaient le cerveau.

– Qu'est-ce que je disais ! Tu es vraiment bête.

Cette fois, Kitajima ponctua d'un coup de pied. Le siège conducteur s'ébranla.

– Écoute-moi bien. Si le salaire est à mille yens de l'heure, il faut travailler dix heures pour gagner dix mille yens. Donc, pour gagner cent fois cette somme, il faut travailler cent fois dix heures…, poursuivit Kitajima en comptant sur ses doigts. Soit… mille heures ? Hein, ça fait mille heures ? (Lui-même sembla abasourdi.) Au rythme de huit heures par jour, ça fait combien de journées ?

– Oh, moi, vous savez, les maths…

– Est-ce qu'on peut diviser mille par huit ?

– Je suis nul en divisions…

– Bah, peu importe. Ça doit prendre quelques mois. Alors que moi, en une demi-journée, je me suis fait un million. Tu ne crois pas que c'est stupide de faire un travail honnête ?

– Si, tout à fait, acquiesça Junpei.

Lycéen, il suivait un cursus à mi-temps et travaillait l'après-midi dans un entrepôt. Bien que logé par l'entreprise, une fois toutes ses dépenses extraites, il ne lui restait de son salaire que cinquante mille yens. Devant l'absurdité de la situation, il avait tout abandonné, emploi comme études, au bout de trois mois.

– Si tu deviens yakuza à part entière, tu pourras obtenir tout ce que tu veux. Pour l'instant, tu sers d'homme à tout faire, mais si tu gravis les échelons, tu auras ta propre affaire, tu pourras gagner ta vie comme tu veux. Encore un peu de patience ! Vois ça comme un apprentissage.

– Oui, c'est bien mon intention.

Les mains serrées sur le volant, Junpei se félicita une fois de plus d'avoir pu rencontrer un si bon mentor. En suivant Kitajima comme son ombre, il pouvait côtoyer toutes sortes de gens et étudier différents types de gagne-pain.

Le clan Hayata recrutait une dizaine d'apprentis chaque année, mais passé les douze premiers mois, il n'en restait généralement plus qu'un ou deux. La plupart, découragés par le travail épuisant et la discipline de fer, jetaient l'éponge avant d'avoir reçu leur coupe de saké. Junpei lui-même avait pris une fois la fuite pour rentrer à Saitama, mais n'ayant aucun point de chute dans sa ville d'origine, il avait regagné discrètement Kabukichô, où il était tombé par hasard sur Kitajima. Alors que le jeune homme s'attendait à être tabassé, Kitajima s'était fendu d'un rire : « Alors comme ça, tu avais quelque part où aller ? Dans ce cas, inutile de rester dans le crime organisé. » Ému aux larmes,

Junpei s'était alors prostré devant lui, en l'implorant de le laisser revenir au sein du clan. Malgré le pardon de Kitajima, il avait dû encourir la punition du clan, sous la forme de coups de bâton assenés par les lieutenants rassemblés, qu'il avait supportés en dépit de la douleur. Il avait résolu de ne plus dévier de ce chemin.

La Benz poursuivit sa route vers l'est sur l'avenue Ôme. Une fois dépassé Nakano-sakaue, les odeurs de Kabukichô leur parvinrent. La descente en pente douce jusqu'au vaste pont métallique donnait à Junpei l'impression de s'enfoncer vers la forêt des plaisirs, comme attiré par quelque force magnétique. Dans ce quartier se sédimentaient les désirs de personnes de tous bords, au point qu'on n'en voyait plus le fond, comme les flacons de sauce utilisés dans les restaurants d'anguille. Un mystère qui plaisait à Junpei.

– Ohé, Junpei, l'interpella soudain Kitajima.

– Oui ? Qu'y a-t-il ?

– Il faut que je te dise encore un truc. Il se peut qu'il y ait du mouvement bientôt.

– Du mouvement ?

– Tout juste. Tu connais le clan Nishimiya ? Il fait partie de notre groupe. Son jeune chef s'est pris la tête avec un spéculateur immobilier d'Akasaka et a été abattu par une jeune recrue du groupe Shinonome. L'affaire n'est pas encore réglée : le médiateur est un imbécile qui n'a proposé que des clopinettes en compensation, si bien que les cadres du groupe Rokumei, furieux, ont mis brutalement un terme aux négociations. Depuis, chaque partie attend que l'autre fasse le premier pas. Notre chef est particulièrement remonté cette fois, pour une raison qui m'échappe. On ne peut pas rester oisifs.

– Dans ce cas, je ferai de mon mieux. Laissez-moi vous montrer de quoi je suis capable, répliqua Junpei, tremblant d'excitation.

Un peu plus d'un an s'était écoulé depuis qu'il avait reçu sa coupe de saké, mais il n'avait pas encore goûté au combat.

– Crétin ! Tu regardes trop de V-cinéma ! Il n'est pas question de sortir les flingues. Ils ont beau hausser le ton, ils finiront bien par se calmer.

– Mais si vous avez besoin de moi, surtout, n'hésitez pas. Je ferais n'importe quoi pour le clan.

– Haha ! Tu es plus vieux jeu que je ne le pensais. Si le patron t'entendait, il te donnerait quelques étrennes en signe de satisfaction, déclara jovialement Kitajima.

Et de se pencher depuis la banquette arrière pour glisser un billet de dix mille yens dans la poche de poitrine de la veste de Junpei.

– Tu as bien travaillé depuis ce matin. Tu es de corvée de téléphone, non ? Je vais passer la soirée en bonne compagnie. Toi aussi, va donc te détendre au sauna ou que sais-je. Si les autres lieutenants te voient, ils en profiteront encore pour t'exploiter.

– Merci beaucoup !

Junpei était en admiration devant ce bon caractère. Plus tard, il voulait devenir comme son mentor. Pour cela, il lui fallait se faire connaître dans le quartier. Alors, le travail viendrait à lui.

Une fois franchi le pont sur lequel courait la voie ferrée, les voitures et les piétons se firent soudain plus nombreux. La première fois qu'il était venu ici, il avait cru tomber en plein festival. C'était perpétuellement la fête à Kabukichô. On ne s'y ennuyait jamais. Chaque jour, on y pleurait, on y criait, on y riait, on s'y fâchait.

2

Ce jour-là, après avoir été relevé du standard téléphonique à 16 heures, Junpei sortit profiter de son temps libre. Le boss était au golf ; Kitajima, lui, s'était rendu dans le Kansai pour honorer quelque obligation. Il y avait bien d'autres aînés, mais ils n'osaient pas donner d'ordres à Junpei, par respect envers leur collègue.

– Je sors un peu, annonça Junpei à son camarade de chambrée, un dénommé Andô.

Originaire lui aussi de Saitama, Andô avait le même âge et un historique en tous points similaire : issu d'un foyer monoparental, il était passé par un gang de voyous puis par la maison de correction. Junpei ne l'aimait guère, cependant, en raison de sa tendance à malmener les jeunes fugueuses. La fierté avec laquelle il racontait ses bagarres passées n'arrangeait rien à l'affaire.

– Ben alors, Junpei, on va voir une femme ? lui demanda Andô.

– C'est ça, répondit l'intéressé pour se donner des airs.

Il y avait plus d'un an qu'il n'avait pas fréquenté de femme.

– T'es au courant de l'embrouille avec le groupe Shinonome ?

– Oui, Kitajima m'en a parlé.

– Je vais régler ça, tu vas voir. C'est une bonne occasion de se faire un nom, pas vrai ? décréta Andô, les yeux injectés de sang.

« C'est que de la gueule », songea Junpei, même s'il se garda bien de répondre. Il n'allait pas se laisser doubler par un type pareil.

Au fond de leur chambre aux lits superposés, il ôta son maillot pour enfiler un costume qu'il venait d'acheter. Devant le miroir, il se passa un coup de peigne avant de s'asperger de parfum. *Aramis*, gagné au pachinko. Puis il se tapota deux, trois fois les joues pour se donner du courage.

Il allait faire un tour dans le quartier. Son objectif : aller voir Kaori, danseuse dans un cabaret. Ils n'entretenaient pas de relation ; Junpei se contentait de l'admirer de loin.

De deux ans son aînée, Kaori était une jeune femme androgyne, aux cheveux courts et à la taille élancée, en formation au sein d'une troupe réputée. Il l'avait rencontrée au *Lac des Cygnes*, où elle était venue lui tenir compagnie à sa table. Croyant tout d'abord à un vulgaire numéro d'hôtesse, il avait eu l'arrogance de lui faire des propositions et de l'embarrasser à coups de blagues salaces, mais une fois le show lancé, il avait été impressionné par son authentique talent. Alors qu'elle dansait sur la petite piste circulaire, son corps tout entier scintillait, débordant de grâce juvénile. Junpei n'avait pu se retenir d'applaudir à tout rompre. De ce qu'il avait entendu dire, le *Lac des Cygnes* était le plus ancien cabaret de Kabukichô, dont l'histoire remontait à une quarantaine d'années. Loin de n'être que de banales hôtesses, les danseuses étaient chacune triées sur le volet.

Facilement impressionnable, Junpei s'était pris de respect pour cette artiste qu'il avait résolu de soutenir de tout son cœur. Lorsqu'il lui avait révélé faire partie du clan Hayata, elle avait laissé échapper un « Tiens donc ? », les joues crispées. Comme si elle avait une dent contre les yakuzas, à la différence des autres femmes travaillant dans le quartier. Croyant à un malentendu, Junpei avait voulu retourner la voir, malgré les mises en garde de Kitajima. Il avait prévu de passer lui apporter un petit cadeau pendant la répétition – sans oublier de saluer le patron au préalable. Histoire de bien se faire voir.

Après avoir acheté une boîte de choux à la crème dans sa pâtisserie préférée, il prit la direction du *Lac des Cygnes*.

– Où vas-tu comme ça, Jun ? l'interpella une hôtesse en train de distribuer des paquets de mouchoirs promotionnels.

– J'ai une course à faire. Alors, on bosse dur même avant l'ouverture ?

– Ça aussi, ça fait partie du job. Les temps sont durs, tu sais. Dis, tu voudras bien dire à M. Kitajima de passer chez nous ?

– Ben et moi alors ?

– Toi, mon petit Jun, t'as pas de thunes.

– La ferme ! Un peu de respect.

– Mais c'est qu'il est mignon quand il se vexe !

Junpei fut tenté de répliquer, mais elle n'en finirait pas de le taquiner. Une fois qu'on s'était moqué de vous, même le plus petit apprenti se payait votre tête, disait-on dans le milieu ; dans le cas de Junpei, le pire, c'était les hôtesses de Kabukichô. Il avait beau menacer et agiter le poing, personne n'avait peur.

Descendant la rue de la mairie d'arrondissement d'un pas sautillant, il prit à droite à l'intersection où se dressait le grand immeuble Fûrin Kaikan et arriva bientôt devant le *Lac des Cygnes*. Passant par l'entrée de service, il alla donner sa boîte de pâtisseries au patron, un homme d'âge moyen, installé dans son bureau.

– Tenez. C'est pour toute l'équipe.

– Merci. Tout le monde se disait justement que tu n'allais pas tarder à passer, déclara le bonhomme tout en faisant les comptes sur son ordinateur.

– Vraiment ?

– Tu arrives toujours à point nommé, quand on a envie de sucreries, Junpei.

– Alors quoi, je suis votre livreur ?

– Sers-toi donc à boire.

– Merci. Je vais prendre un Coca.

Junpei passa dans la cuisine, attrapa une canette dans le réfrigérateur, et l'éclusa en rejoignant la salle, où s'exerçaient les danseuses. La musique ne lui disait rien ; un nouveau programme, sans doute. Installé dans la zone réservée au public, afin de ne pas déranger, il regarda la répétition. Il n'avait d'yeux que pour Kaori, bien sûr.

Sur les douze danseuses, la moitié était des femmes, le reste des drag queens. À l'exception de l'une d'entre elles, ces dernières étaient d'une féminité tellement convaincante que Junpei ne pouvait que tirer son chapeau devant leur professionnalisme – au point qu'il s'était demandé, en apprenant que la moitié était des travestis, si Kaori elle-même n'en faisait pas partie. Quant au mouton noir, une drag queen d'un mètre quatre-vingt-dix prénommée Katherine, elle faisait figure de clown de la troupe. Bâtie comme un catcheur, elle dansait avec énergie dans un tableau des plus saisissant et ne manquait pas de fans.

Aujourd'hui encore, Kaori avait la classe. Son corps se dressait sous les projecteurs, sculptural, sexy, sans la moindre imperfection. À la voir danser comme si ses claquettes faisaient tourner la planète, on ne pouvait qu'être fasciné par son talent naturel. En dépit de ses capacités, pourtant, elle n'était qu'une doublure au sein de son ballet. C'est dire si la sélection était rude dans le théâtre musical. De son propre aveu, elle s'entraînait par ailleurs afin de retenter sa chance. Junpei, quant à lui, comptait bien remplir sa loge de fleurs dès l'instant où elle foulerait la scène dans un rôle principal. En attendant, il ne lui restait qu'à gravir les échelons, lui aussi.

Jadis, les yakuzas choyaient et protégeaient les actrices et autres artistes. Cette vision du monde faisait rêver Junpei, qui se targuait de perpétuer une forme de galanterie toute chevaleresque. Il aimait qu'on dépende de lui.

Kaori ne jetait même pas un regard à Junpei. Rien de plus normal, puisqu'elle répétait avec sérieux ; mais elle devait au moins l'apercevoir du coin de l'œil. Qu'importe : pour l'heure, il prenait son mal en patience. Elle ne comprenait pas encore qui il était, ni le monde dans lequel il évoluait.

La répétition terminée, les danseuses s'assirent sur place et épongèrent leur sueur à l'aide de serviettes, le souffle court et le visage cramoisi. À les voir ainsi se dépenser pour donner deux représentations par soirée, il avait bien du mal à croire qu'elles avaient le même âge que lui.

Katherine s'approcha d'un air affable.

– Tiens, si ce n'est pas le petit Jun ! On est de repos, aujourd'hui ?

– Nous, le repos, connais pas. Mon aniki est en déplacement, alors j'en profite pour étirer un peu mes ailes.

Plus loin, Kaori disparut vers les loges, sans même le saluer. Déception.

– Je vois. Alors, tu es libre ce soir ?

– Pas exactement, mais disons que je n'ai rien de prévu dans l'immédiat.

– Ça tombe bien. J'avais justement un petit conseil à te demander, à vrai dire.

Katherine prit place à côté de lui sur le canapé semi-circulaire. Le jeune homme s'écarta instinctivement en sentant son parfum fort.

– Ne t'enfuis pas comme ça, voyons ! s'exclama la drag queen en lui attrapant le bras pour l'attirer à elle aussi facilement qu'un chiot.

Junpei sentit la sueur de Katherine lui coller aux vêtements.

– Il y a cette danseuse, chez nous, Hiromi… Tu sais, celle avec les cerises tatouées sur le bras ?

– Je vois très bien, oui. Fille ou garçon ?

– Entre les deux.

– D'accord…

– Elle a déménagé récemment, mais son ancien propriétaire est un sale type. Non seulement il refuse de lui rendre sa caution, mais il lui réclame deux cent mille yens en sus, au prétexte qu'il a dû remplacer le bain modulaire qu'elle aurait laissé en mauvais état.

– Qu'est-ce que c'est que cette histoire ? Ça se fait pas !

– Exactement, une vraie arnaque ! Mais quand elle est allée s'en plaindre à l'agence immobilière, une espèce de yakuza est apparu et a menacé d'aller soutirer la somme à ses parents. La pauvre Hiromi est dans de beaux draps…

– Ça me met en rogne rien que de l'entendre !

Quand on était showgirl, et qui plus est travesti, aucune agence immobilière classique ne voulait de vous. Si, à Kabukichô, la plupart des commerçants savaient se montrer raisonnables, il y avait aussi de mauvais bougres. Le jour où Junpei voudrait louer un appartement, lui aussi devrait recourir à une aide extérieure. Alors il se sentait concerné.

– Dire qu'elle se réjouissait de récupérer sa caution…, geignit Katherine en serrant le bras de Junpei contre son sein.

Le jeune homme ne bougea pas d'un pouce, même si ce n'était pas l'envie qui lui manquait.

– Entendu. Je vais négocier ça pour elle, proclama-t-il en bombant le torse.

Non seulement cette histoire l'agaçait, mais il était content qu'on lui demande son aide. Ce serait l'occasion de faire ses preuves.

– Normalement, c'est plutôt à M. Kitajima que j'aurais dû m'adresser…, fit valoir Katherine.

– Ne dis pas de bêtises. Mon aniki est bien trop occupé. Inutile de l'embêter avec ce genre d'histoire, désormais tu peux t'en remettre directement à moi.

Junpei se sentait pousser des ailes. Après tout, il était yakuza à part entière.

– Que feras-tu s'ils sont plusieurs ?

– Ne t'en fais pas pour ça. J'ai ma réputation. Il me suffira de sortir le blason du clan pour leur clouer le bec.

– Eh bien, on peut vraiment compter sur toi !

– Ah, pour ça, faut pas me sous-estimer ! Avant d'atterrir à Kabukichô, j'ai mis la raclée à tous les gangs de Saitama.

Si la formule était un peu exagérée, force était de constater qu'il ne se trouvait pas un seul voyou du quartier de Higashi-Matsuyama qui ne connaisse Junpei.

– Tu es sûr que ça ne te dérange pas ?

– Puisque je te le dis !

– Quelle joie ! Bon, je vais chercher Hiromi, d'accord ? annonça joyeusement Katherine.

De sa grande bouche, elle déposa un baiser sur la joue de Junpei avant de se lever pour rejoindre les loges sans même qu'il ait eu le temps de protester. Tout juste eut-il le réflexe d'interpeller un serveur proche afin qu'il lui apporte un essuie-mains.

Katherine réapparut un instant plus tard, Hiromi sur les talons. C'était le plus menu et le plus efféminé des travestis de la troupe. L'illusion était parfaite.

– Ce n'est pas trop vous demander, monsieur Junpei ? demanda Hiromi d'un air craintif.

– Du tout. Je vais leur faire voir, à ces requins. Ils vont cracher au bassinet, crois-moi !

– Mais si vous y allez trop fort, je risque d'avoir des ennuis…

– T'inquiète, je vais juste leur parler.

– Et puis, je n'ai pas grand-chose à vous offrir en échange…

– Je ne te demande rien. Pourquoi je te prendrais des sous ? Ne me mets pas dans le même sac que ces voyous ! Je ne supporte pas les arnaques, c'est tout, répliqua Junpei avec superbe.

En son for intérieur, il aurait aimé pouvoir adresser cette réplique à Kaori.

– Merveilleux, s'exclama Katherine. Tu es tout simplement merveilleux, mon petit Jun. Tiens, voilà la copie du contrat et du reçu pour la caution.

Elle lui tendit une enveloppe marron.

– Tu es bien préparée, dis donc.
– On attendait de trouver un bon samaritain.

Junpei brandit les mains, redoutant une nouvelle embrassade.

Puis il jeta un coup d'œil au contrat : l'agence se situait à Kabukichô, elle aussi. À en juger par leurs méthodes, elle devait être contrôlée par un gang quelconque.

– Ça va aller ? s'enquit Katherine avec un regard par en dessous.

– Évidemment ! Pour qui tu me prends ? répliqua Junpei, bravache, pour se donner du courage.

C'était l'occasion ou jamais de faire ses preuves dans le milieu. D'imprimer sa marque. Il se devait de récupérer cet argent. Il en allait de son honneur.

– Très bien. J'en ai pour un moment.

Feignant l'assurance, il se leva lentement et rajusta le col de sa chemise.

– Tu y vas tout de suite ? s'étonna Katherine.

– Inutile de perdre plus de temps.

Il étira le cou et fit craquer ses doigts. Si seulement Kaori avait pu le voir en cet instant ! Hélas, elle ne quittait pas sa loge.

Il sortit en roulant les épaules. Il sentait déjà le sang s'échauffer dans son corps tout entier.

L'agence immobilière en question se trouvait au premier étage d'un vieil immeuble perdu au milieu des bordels. « Travailleurs de la nuit et étrangers bienvenus », proclamait la pancarte dressée sur le palier.

– Hmm ? Et les yakuzas, alors ? ironisa Junpei à voix haute.

Bon, il fallait y aller. Démon ou serpent, peu importe. Même si c'eût été un mensonge de prétendre qu'il n'avait pas peur, l'envie de montrer quel homme il était demeurait la plus forte. Il en était de même avec ses bagarres de jeunesse. Quelle qu'ait été la douleur, le plaisir du combat l'emportait toujours.

Il jeta un regard par la porte vitrée. L'endroit semblait parfaitement ordinaire : derrière un comptoir travaillaient une femme et deux ou trois hommes en costume-cravate, pendant qu'une cliente (visiblement issue des quartiers chauds) choisissait une propriété.

Junpei pénétra à l'intérieur.

– Bienvenue dans notre agence, lança une voix enjouée.

Parcourant la pièce du regard, il s'assit sur la chaise la plus proche. Les employés changèrent de mine en le voyant.

– Quel type de propriété cherchez-vous ? s'enquit un jeune homme, d'une trentaine d'années environ, en approchant un siège avec un sourire forcé.

Lui-même avait une allure à travailler dans le monde de la nuit.

– C'est toi le responsable ici ? demanda Junpei à voix basse, avachi sur sa chaise.

– Non, je regrette. C'est à quel sujet ?

– Je viens de la part d'une drag queen nommée Hiromi Ishizaka. Tu sais, la danseuse qui bosse au *Lac des Cygnes* ? Non seulement vous lui avez pas rendu sa caution comme prévu par le contrat, mais en plus vous essayez de lui soutirer de l'argent ? Vous auriez pas les yeux plus gros que le ventre, par hasard ?

– Puis-je vous demander votre nom, monsieur… ? demanda l'homme à voix basse, visiblement guère impressionné.

– Mon nom est Sakamoto.

– Mais encore ?

– C'est quoi, cette question ?

– J'ai besoin d'en savoir plus…

– Pas si vite. Tout dépend de vos intentions.

Les traits de l'employé se durcirent tandis qu'il quittait son siège pour aller consulter son supérieur derrière une vitre teintée. Un gros homme d'âge moyen passa la tête et contempla Junpei d'un œil soupçonneux. Les deux types échangèrent à voix basse un moment avant de passer un coup de fil. Puis l'employé revint.

– Je vais vous demander de patienter à l'accueil. Quelqu'un va venir s'occuper de vous.

– Hmm. Vous allez m'envoyer les gros bras ? Intéressant. Mademoiselle, là-bas ! Si vous signez avec eux, vous risquez les ennuis ! Non seulement vous ne récupérerez pas votre caution à la fin du bail, mais on vous fera payer des réparations frauduleuses. Faites bien attention. À moins que vous ne vouliez prendre un garde du corps ? lança Junpei à la cantonade.

Faire le plus de tapage possible quand venait la bagarre : encore un truc qu'il avait appris de Kitajima.

La cliente, effrayée, ramassa son sac et sortit précipitamment. Le bruit de ses talons résonna tandis qu'elle dévalait l'escalier. Les employés de l'agence blêmirent.

– Et alors ? On m'apporte même pas une boisson fraîche ?

Junpei s'assit sur le canapé bas de gamme de la réception, les pieds sur la table. L'hôtesse d'accueil prit la fuite sur ordre de son supérieur.

– Imbéciles ! Il en faut pas beaucoup pour vous effrayer. Il n'y a personne pour me servir le thé ? Ha ha ha ! aboya Junpei.

Il n'était plus lui-même – un liquide noir semblait lui envahir le cerveau. Il se sentait prêt à tout, même contrer une attaque au couteau (mais pas au pistolet).

Bientôt, des pas retentirent dans l'escalier, et un groupe de yakuzas apparut. Trois, tous en survêtements. La sécurité, sans doute – un coup d'œil suffisait à voir que ce n'était que des petites frappes. Rien à voir avec la classe d'un Kitajima.

– C'est lui ? demanda l'un d'eux en désignant Junpei d'un coup de menton.

– C'est quoi, ce mec ? C'est qu'un gamin ! D'où il sort, ce vaurien ? s'impatienta un autre, visiblement déçu.

– Oh ! Qui est-ce que tu traites de vaurien ? Je ne vais pas me laisser insulter par les videurs d'une agence miteuse ! On a tous besoin d'un logement. Et vous en profitez pour bizuter un pauvre travelo ? Vous avez pas honte ?!

– Tu as la langue bien pendue, mon garçon. Ce n'est pas courant, de nos jours. Où est-ce que tu as appris ce joli couplet, hein ?

Un homme s'avança, le menton orné d'un bouc. Le leader du groupe, apparemment.

– La ferme. Dépêchez-vous de rendre la caution, rubis sur l'ongle !

Junpei se leva d'un bond, renversant la table au passage. Un cendrier en aluminium retomba au sol avec fracas.

– Faut pas beugler comme ça, tu nous casses les oreilles ! De quel clan es-tu, mon garçon ?

– Qui tu traites de garçon ? Tu vas me parler sur un autre ton, papy ! Si tu prends les jeunes de haut, ça va mal finir.

– Bon, on va mettre les choses au clair. Nous, c'est le clan Isoé, du groupe Inamura, basé dans le Kantô. Et toi ? Le clan Yamamoto, du groupe Rokumei ? T'es de Kabukichô, au moins ? Suivant les circonstances, je pourrais me montrer clément.

– Me fais pas rire. Qui t'a demandé ton indulgence ?

– Dis donc, tu serais pas un des sous-fifres de Kitajima, du clan Hayata, par hasard ?

Pour toute réponse, Junpei bomba légèrement le torse. Se pourrait-il qu'il fût déjà connu dans le milieu ?

– J'ai mis dans le mille, c'est ça ? Il me semblait bien avoir déjà entendu ce genre de saillie quelque part. Tu copies ton aniki ?

Mince alors, c'était donc ça ? Junpei s'empourpra.

– L-la ferme ! Qu'est-ce que mon aniki vient faire là-dedans ? Ce n'est pas parce que je suis en apprentissage que je vais retenir mes coups !

– Tiens, ça encore, c'est du Kitajima tout craché. Allez, avoue. T'es son larbin, pas vrai ?

De plus en plus irrité, Junpei ne sut que répliquer.

– Mais laissons de côté cette histoire. Dis-moi simplement de quel clan tu es. À moins que tu ne sois qu'un vulgaire voyou ?

– Comme tu voudras. Mon nom est Junpei Sakamoto. Je suis le subordonné de Keisuke Kitajima.

– C'est bien ce que je pensais. Dans ce cas, dis-moi encore un truc. C'est Kitajima qui a monté ce coup ? Il t'a dépêché ici pour provoquer une bagarre, afin qu'on t'envoie à l'hosto, histoire de lui donner une excuse d'intervenir à son tour, c'est ça ?

– Abruti, il ne se donnerait pas tant de mal pour une simple caution. Que tu te moques de moi, passe encore, mais ne t'avise pas d'insulter mon aniki !

– Comme je le disais, cette histoire de caution n'est qu'un prétexte. Tout ce que cherche Kitajima, c'est de profiter de cette embrouille pour planter ses crocs dans le quartier de Golden Gai. J'ai pas raison ?

– Qu'est-ce que j'en sais ? C'est pas plutôt toi qui cherches à faire de la spéculation immobilière ? Les types vulgaires comme toi voient le mal partout. Moi, je suis juste venu récupérer la caution de cette showgirl, Hiromi, à la demande d'une autre drag queen, Katherine. Alors ? Tu rends ou tu rends pas ? rétorqua Junpei avec irritation.

En dépit de tout le respect qu'il devait à son aîné, il n'allait pas se laisser traiter comme le larbin de Kitajima.

– M'sieur Tetsu, ce type-là n'est qu'un crétin, déclara un homme au crâne rasé.

– Mais ouais, on va lui faire sa fête, à ce blanc-bec, renchérit un autre.

– Faites-vous plaisir ! répliqua Junpei. Mais je vous préviens, il va falloir me passer sur le corps. Je suis comme le serpent : je ne lâche jamais ma proie. Tant que je serai en vie, je ne me laisserai pas faire.

– Allez faire ça dehors, leur ordonna Le Bouc.

– On l'embarque au QG ?

– Et puis quoi encore ! On ne peut pas ramener ce genre de vaurien au bureau. Conduisez-le dans un endroit discret. Je vous laisse vous en occuper. Moi, je rentre.

Le Bouc renifla d'un air las avant de tourner les talons.

– Eh, attends une minute, connard ! s'écria Junpei, en vain.

L'homme quitta les lieux sans même lui adresser un regard. Ses deux comparses se dressèrent devant Junpei, menaçants.

– Allez, c'est parti ! lança-t-il avec un crachat.

– La ferme, le morveux. On va te refaire le portrait.

Les deux gangsters bondirent comme un seul homme pour l'immobiliser, les bras derrière le dos.

– Ordures ! Vous me faites mal !

Un des agents immobiliers s'esclaffa derrière son comptoir.

– Qu'est-ce que t'as, toi ? Ça te fait rire ? Tu ne perds rien pour attendre. Je reviendrai, alors tiens-toi prêt !

Les hommes l'escortèrent hors de la pièce pour le conduire dans l'escalier. Junpei les sentit qui échangeaient un signe derrière son dos.

Un instant plus tard, ils lui lâchèrent les bras avant de le pousser en avant. Il perdit l'équilibre et fit un vol plané. Les néons de la ruelle en contrebas défilèrent devant ses yeux. Son genou droit heurta le sol en premier, suivi du coude, de l'épaule, puis de son dos. Il maudit la malchance qui lui avait fait porter un costume tout neuf.

La chute n'avait même pas duré trois secondes. Même s'il s'était protégé le crâne de justesse, la douleur traversa son corps tout entier. Pris de vertige, il ne put se relever.

– Oh, pardon, désolé, tu nous as glissé des mains. Tout va bien ? s'esclaffèrent les hommes depuis le perron.

Avant de descendre lentement et de l'attraper derechef.

Incapable de répliquer, Junpei se laissa transporter dans la ruelle sombre.

– Cache ta joie, le gamin !

Un crochet dans le ventre lui fit rendre son déjeuner.

– Kabukichô est un endroit dangereux, tu sais ? Tu ferais mieux de retourner dans ta campagne, mon garçon.

Un coup de pied lui heurta le visage alors qu'il était recroquevillé.

Junpei perdit la volonté de se battre tandis que le sang coulait à flot de son nez.

– Laisse son visage tranquille, tu vas salir tes grolles !

– Ha ha ha ! T'en as, de la chance, gamin.

Junpei roula sur le dos, les bras en croix.

– Vous feriez mieux de me tuer. Sinon, je reviendrai me venger, ironisa-t-il en toussotant.

Le sarcasme lui était déjà devenu une seconde nature.

– Quel moulin à paroles, celui-là, maugréa un des types en lui écrasant l'estomac d'un coup de talon.

Il se roula en boule sous l'effet de la douleur.

Les coups continuèrent de pleuvoir. Bientôt, il ne ressentit même plus la douleur. Déjà victime d'un passage à tabac au collège, il savait d'expérience qu'il ne servait à rien de résister. Mieux valait se laisser faire.

Le supplice dura cinq bonnes minutes. Ce sont le ventre et le dos qui prirent le plus cher. Sur son visage, il sentit le contact de la mousse qui poussait entre les pavés de cette ruelle où le soleil ne filtrait jamais.

Son costume, maculé de sang, était ruiné. De loin, sa chemise noire pouvait encore faire illusion ; hors de question de regagner le bureau dans cet état, cependant.

Après s'être lavé la figure à la fontaine de purification du sanctuaire Hanazono et débarrassé de sa veste dans une poubelle, Junpei longea le boulevard Yasukuni, bercé par le vent nocturne, en direction d'une boutique nommée *Don Quichotte*. Au rayon des souvenirs pour touristes, il acheta un T-shirt orné du slogan « Numéro 1 » – le modèle le plus sobre qu'il ait trouvé –, qu'il troqua aussitôt contre sa chemise, sans prêter la moindre attention aux regards effrayés des employés.

Poursuivant sur sa lancée, il passa dans un drugstore Matsumoto Kiyoshi pour y prendre du désinfectant et de la pommade pour les bleus, avant de retourner au sanctuaire Hanazono afin d'y soigner ses plaies.

Il s'allongea sur le plancher du bâtiment principal. Devant ses yeux s'étirait la voûte étoilée. Que faire pour se venger ? Une chose était sûre : il n'allait pas se laisser faire comme ça. Une fois qu'on se résignait, on devenait une victime pour le restant de ses jours. Il devait agir dans les vingt-quatre heures, comme le lui avait appris Kitajima ; autrement, il ne pourrait plus mettre les pieds au *Lac des Cygnes*, ni se montrer devant Kaori. S'il ne revenait pas avec la caution, il perdrait toute crédibilité.

Quand même, quelle humiliation... On l'avait vraiment traité comme un blanc-bec. Et ce, pas tant à cause de son jeune âge, mais parce qu'il ne s'était pas encore fait un nom dans le milieu. Bien sûr, ce n'était pas les bagarres qui manquaient à son palmarès, mais il n'avait jamais fait de prison. Ni planté qui que ce soit.

Pour commencer, il allait suriner ces trois types du clan Isoé. Peu comptait la manière, le plus important, c'était l'action.

Il jeta un coup d'œil à sa montre. Déjà près de 21 heures. Il devrait se résoudre à rentrer bientôt au bercail. Le standard l'attendait.

Il se leva et prit la direction du QG. Les passants détournaient le regard sur son passage. Il devait avoir une gueule affreuse. Nul doute que la lueur des néons rouges et bleus lui donnait des airs de zombie.

Au bureau, il trouva le boss, de retour du golf. Celui-ci ne restait pas souvent jusqu'à une heure si tardive. Il était installé au bureau du fond, entouré de ses lieutenants.

Yoshinori Hayata était un homme replet, âgé de la cinquantaine et atteint de diabète. Ces dernières années, par souci pour sa santé, il avait pris l'habitude de marcher et de boire du jus d'épinards tous les matins. Le soir, il ne buvait plus une goutte d'alcool et ne sortait plus dans le quartier, préférant rentrer tôt à son domicile de Shimo'ochiai.

Junpei se mit aussitôt au garde-à-vous.

– Tiens, Junpei ! Qu'est-ce qui t'est arrivé ? s'enquit le bras droit du boss.

– Ce n'est rien, répondit l'intéressé.

– Ne dis pas de bêtises. Tu t'es battu ?

– Oui, mais inutile de s'attarder dessus.

Le bras droit garda le silence trois secondes.

– Hmm. Alors, t'as gagné ?

– Oui, la victoire était totale, prétendit Junpei.

Il n'avait pas le choix.

– Peu importe, déclara le boss en s'approchant de lui. Tu es encore jeune, Sakamoto. Et il s'en passe, des choses, dans le quartier. (Il le toisa un moment.) Assieds-toi là.

C'était bien la première fois qu'il s'adressait ainsi à lui. D'ordinaire, il ne prêtait pas la moindre attention à ce petit jeune tout en bas de l'échelle. Même quand Junpei commettait une bourde, c'était Kitajima qui prenait à sa place.

– Quel âge as-tu ?

– Vingt et un ans.

– Je vois. Vingt et un, dis-tu ? As-tu déjà fait de la prison ?

– Non, pas encore.

– Hmm.

Le boss prit un bonbon pour la gorge et le goba avant de tousser une fois.

– Je comptais attendre le retour de Kitajima pour vous en parler, mais… ça te dirait, de devenir un homme ? dit-il d'une voix aussi éraillée que la cymbalisation des cigales.

Où voulait-il en venir ? Junpei garda le silence.

– J'ai entendu dire que tu n'hésitais pas à donner de ta personne pour le clan.

– Euh…

– Nous avons décidé d'éliminer une des huiles du groupe Higashigumo. Veux-tu bien t'en charger ?

– Bien sûr ! répondit Junpei du tac au tac, avant de se reprendre d'une voix forte : Permettez-moi de m'en occuper !

Le boss se dérida peu à peu, bientôt imité par ses lieutenants.

– Tiens donc, vraiment ? Tu vas le faire, Sakamoto ?

– Je ferais tout ce qui est en mon pouvoir pour vous être utile, répondit l'intéressé avec ardeur.

Ainsi, il pourrait devenir un homme. Un yakuza à part entière.

Du coin de l'œil, il aperçut Andô, de corvée au standard, qui blêmissait, droit comme un i. Le boss lui avait préféré Junpei. C'était bien la preuve qu'il avait une plus grande confiance en lui.

Ragaillardi par cette nouvelle, Junpei sentit s'évanouir toute la douleur de son passage à tabac.

Dehors, par la fenêtre, les néons de Kabukichô brillaient de mille feux.

3

L'enveloppe marron renfermant les trois cent mille yens était nichée bien au chaud dans la poche intérieure de son blouson de baseball, tel le bébé kangourou montrant tout juste sa tête. Les billets, remis directement par le boss, étaient si neufs qu'ils sentaient encore l'encre. Jamais il n'oserait s'en servir. À peine levé, Junpei quitta les bureaux du clan, avant même l'arrivée des lieutenants.

– Pourquoi c'est toi qui le fais ? avait maugréé avec rancœur Andô lorsqu'il avait été désigné.

– Pas le choix. Ordre du boss.

– Est-ce que t'as déjà tiré, au moins ? Moi, oui. Quand j'étais encore un voyou, et que je me suis battu avec un groupe d'Iraniens…

– Oui bon ben ça va. Occupe-toi plutôt du standard et du ménage. Tu seras sans doute seul à le faire.

Junpei avait sa fierté. Les fanfarons lui faisaient pitié. Les yakuzas, eux, étaient des hommes d'action.

Après avoir marché un moment, il alla s'enregistrer dans un hôtel capsule de Kabukichô. Un établissement à l'hygiène irréprochable, mitoyen d'un sauna.

– Prends ces trois jours pour profiter de ta liberté, lui avait enjoint le boss.

On était vendredi ; il avait donc été décidé qu'il pourrait faire ce qu'il voudrait de son week-end. C'était la première fois, depuis son intégration, qu'une telle expérience s'offrait à lui. On l'appelait souvent le samedi ou le dimanche pour servir de chauffeur ou faire le ménage. Comment passer cette permission inespérée ? Première chose à faire : trouver où se loger. Certes, il voulait échapper aux lieutenants, mais il tenait surtout à garder du temps pour lui. Il n'éprouvait ni crainte ni hésitation. Dans son cœur dominait un enthousiasme aussi ardent qu'un soleil d'été.

Il devrait s'acquitter de sa tâche le lundi matin. Sa cible : Hirohisa Yazawa, cadre du clan Matsuzaka, filiale du groupe Tôun. Sa mission : servir de porte-flingue.

– Descends-moi ce type, lui avait soufflé le bras droit en brandissant une photo de l'intéressé.

Il s'agissait du fragment agrandi d'un cliché de groupe pris sur un terrain de golf. Sans doute pour commémorer quelque compétition. En regardant le visage un peu flou de cet homme d'âge moyen à l'air peu fréquentable, Junpei s'était senti parcouru d'un frisson. Enfin, le jour était venu. Même s'il ne s'y attendait pas, il se savait déjà prêt.

Il réserva une espèce de cage à oiseau dénuée de fenêtres, pour quatre mille cinq cents yens la nuit, à payer d'avance. Il vérifia tout de suite qu'elle disposait d'un petit coffre où ranger les trente mille yens reçus du boss. Si Kitajima était habitué à déambuler avec une somme pareille sur lui, pour Junpei, c'était un véritable trésor. Qu'il l'égare, et il perdrait toute crédibilité.

Il s'allongea sur le matelas tout fin. Alors qu'il se retournait encore et encore en cherchant le sommeil, il aperçut son visage dans le miroir intégré à la capsule. Il avait les joues et la commissure des lèvres couvertes d'hématomes, stigmates de la bagarre de la veille. La douleur, elle, avait déjà diminué. C'était plutôt son dos et ses flancs, cibles principales des coups, qui le faisaient souffrir.

Il avait plein de choses à faire. D'abord, se procurer une arme. Ensuite, se venger pour la veille. Récupérer la caution de Hiromi. Et repérer sa cible désignée…

Il nota tout ça au stylo-bille sur le dos de sa main gauche. Car autrement, il risquait d'oublier.

Allumant la télé, il tomba sur le segment culinaire d'une émission de variétés.

Ah oui, manger, aussi. Lorsque, sa tâche accomplie, il se serait rendu à la police, il ne pourrait plus savourer de bons petits plats avant un moment. Surtout de la viande. Il allait en profiter pour se payer un bon steak, pour la première fois de sa vie.

« Steak », inscrivit-il sur le dos de sa main. L'eau lui monta aussitôt à la bouche.

Puis il ferma les yeux, assailli par la fatigue. La veille, tout à son excitation après cette discussion inattendue, il n'avait pu se reposer pleinement. Il pensa faire une petite sieste. Ce n'était pas le temps qui lui manquait, et il était libre de faire ce qui lui plaisait. Il ne risquerait pas d'être réveillé par le téléphone. Les lieutenants ne viendraient pas le harceler non plus. Alors qu'il pensait à tout ça, sa conscience se dissipa peu à peu et ses forces le quittèrent, comme si son corps tout entier était englouti par le matelas.

Il y avait longtemps qu'il n'avait plus connu un tel confort. À coup sûr, il ne ferait même pas de rêve.

Il se réveilla à 15 heures. Il n'avait pas bougé dans son sommeil, à en juger par son bras engourdi. Quittant son lit, il se dirigea dans la salle de bains commune, située à un étage différent, pour utiliser le jacuzzi. En dépit de l'heure, il était occupé par toutes sortes d'hommes travaillant de nuit, comme on pouvait s'y attendre à Kabukichô. Un voyant aux traits familiers vint s'installer à côté de lui d'un air ravi.

– Tiens, le petit jeune du clan Hayata ! Comment va ta bouille ?

– La ferme, papy ! Ça te regarde pas, répliqua Junpei en le chassant d'un revers de main.

Le vieux avait pour habitude de harasser tout le monde pour proposer ses services.

– Toi, tu es placé sous le signe du Ciel.

– Quelle familiarité ! On ne t'a pas sonné.

– Ton destin, jeune homme…, poursuivit obstinément le voyant.

– Ça suffit. N'approche pas !

– Je ne vais pas te déranger longtemps. Des soixante-quatre signes de divination, celui du Ciel désigne le moment où l'on avance de toutes ses forces, bille en tête, pérorait le vieil homme à sa guise.

Peu enclin à lui faire la conversation, Junpei lui tourna le dos.

– Sous le signe du Ciel, on avance à grandes enjambées. Si on est vertueux, c'est bien. Comme ce signe représente le plein soleil, avec ses deux trigrammes du ciel superposés, le firmament déborde d'énergie positive. Dans ces moments, il faut en profiter pour explorer avec ambition tous les chemins de la vie.

Junpei plongea tout entier sous l'eau. Les bouches du spa crachaient leur écume blanche. Ses blessures au visage le lançaient, mais après cinq secondes de patience, la douleur s'évanouit.

Il ressortit la tête de l'eau. L'autre déblatérait toujours.

– … avec la force du soleil, on s'élève, alors il ne faut pas en faire trop. Il faut mettre sa fierté de côté et écouter les autres…

– Dis donc, papy, l'interrompit Junpei.

– Qui traites-tu de papy ? Appelle-moi professeur.

– Et pourquoi je ferais ça ? Alors, ma fortune, elle est bonne ou mauvaise ? Hein ?

– Comme je me tue à te le dire, c'est le moment de t'appliquer.

– Vraiment ? répliqua-t-il du tac au tac.

Même si l'autre parlait à tort et à travers, voilà qui lui donnait envie de faire de son mieux.

– Mais n'oublie pas d'écouter les autres et de bien réfléchir. D'autant que tu es encore jeune…

– Tu te prends pour un bonze, maintenant ? Viens pas me faire un sermon.

– Qu'est-ce que je disais ! Impulsif comme tu es, prends garde à ne pas perdre bêtement la vie. Ho ho ho !

Était-il heureux d'avoir trouvé un interlocuteur ? Le visage du devin se plissa dans un grand sourire. Hors de lui, Junpei quitta le jacuzzi. Décidément, les habitants de Kabukichô n'avaient pas peur des jeunes yakuzas. C'était insupportable.

Sorti du bain, il se sécha les cheveux devant un miroir avant de se les coiffer en arrière avec du gel. Encore une habitude prise à Kitajima, même si cette coiffure n'était plus à la mode ces derniers temps. Il s'appliqua de la lotion sur le torse avant de se donner une tape, à la façon des sumotoris. Puis il enfila une paire de lunettes de soleil afin de dissimuler son œil au beurre noir. Fronçant les sourcils, il lança au miroir un regard mauvais. Il était prêt. La suite dépendrait de son allure.

Il quitta le bâtiment où se trouvait l'hôtel capsule et se dirigea au nord de Kabukichô. Puis, traversant la rue de l'Office pour la sécurité de l'emploi, il pénétra dans une ruelle du quartier d'Ôkubo. Destination : un restaurant taïwanais, où le bras droit lui avait ordonné d'acheter un pistolet.

On était en septembre ; un vent frais soufflait dans la ruelle. Quelque part, dans un jardin, cymbalaient les cigales. Même les prostituées sud-américaines postées à chaque intersection s'étaient un peu couvertes.

– Viens donc jouer, jeune homme ! l'interpella une femme visiblement plus lourde que lui.

– Je suis pressé, moi.

– Oh, qu'il est mignon ! Tu passes me voir à ton retour ?

Elle lui saisit le bras, tirant sur son épaule au passage.

– Arrête ça ! Tu me fais mal. Pour qui tu me prends, espèce de pouffiasse ?

– À toi de me le dire !

La prostituée, visiblement habituée aux yakuzas, s'agrippa à Junpei qui leva la main, excédé. Elle poussa de grands cris telle une lycéenne, avant de l'abreuver d'injures en espagnol, sans le fuir pour autant. Le jeune homme s'empressa de reprendre son chemin.

Sa destination se trouvait au rez-de-chaussée d'une vieille maison. Du linge était étendu à sécher à la fenêtre du premier étage : les employés devaient être logés sur place. Des Chinois sans papiers, probablement. On trouvait plus de clandestins que de personnes en règle dans ce voisinage.

Il ouvrit la porte, à laquelle était suspendue une pancarte « Merci de patienter ».

– Excusez-moi, il y a quelqu'un ? lança-t-il à l'intérieur du magasin plongé dans la pénombre.

Un homme émergea de la cuisine du fond, vêtu de blanc et armé d'un hachoir. Il considéra Junpei d'un regard mauvais, comme s'il venait de le réveiller.

– C'est vous, le patron ? Je suis du clan Hayata...

À ces mots, l'homme retourna sans un mot dans sa cambuse, pour en ressortir avec une feuille de papier. Dessus était inscrit un numéro de portable.

– Quoi, il faut que j'appelle là ? s'enquit Junpei.

L'homme disparut une nouvelle fois.

Sans autre choix, Junpei composa le numéro fourni. Après quelques sonneries, une voix d'homme à l'accent mystérieux se fit entendre. Après avoir entendu le nom de Junpei, l'inconnu lui donna rendez-vous dans un parc proche. Comme il fallait s'y attendre, ce n'était pas si simple, de se procurer un pistolet.

Junpei se rendit au lieu indiqué. Comme la ruelle se trouvait à proximité d'une école primaire, le jardin était rempli d'enfants qui gambadaient, leur journée de cours terminée. Occupés à jouer, ils ne prêtaient pas la moindre attention au jeune homme.

Adossé à un ginkgo biloba, il eut le temps de fumer deux cigarettes avant que n'arrive un type d'une cinquantaine d'années, rond comme un porcelet, une mallette en cuir à la main.

– T'es nouveau, toi. Pour qui tu bosses ?

– Je suis Sakamoto, le second de Kitajima. Enchanté, répondit Junpei en bombant le torse et en le saluant d'un coup de menton.

– Hmm. Tu as exactement la même attitude que ton aniki, constata l'inconnu avec un sourire forcé.

– Perdons pas de temps en paroles inutiles. Aboule la marchandise !

– Voilà, voilà. On m'a dit au téléphone qu'une imitation ferait l'affaire.

– Ça, je suis pas au courant.

– T'as combien sur toi ?

– Deux cent mille. C'est le prix pour un flingue, d'après les lieutenants.

À vrai dire, en comptant le bonus que lui avait octroyé le clan, il transportait en tout trois cent mille yens.

– À ce prix-là, c'est une imitation. Pour un vrai, c'est le double.

– Peu importe, du moment qu'il crache des balles.

– T'en fais pas pour ça. Il crache comme il faut. C'est la visée qui fait la différence de prix.

– Sans blague ?

Junpei acquiesça d'un air entendu, même s'il n'avait rien compris.

– Si tu fais feu à cinq mètres, la marge d'erreur est de cinquante centimètres.

– Minute. Tant que ça ?

– Tu as déjà tiré, au moins ?

– Pas encore, mais…

– Je ne sais pas ce que tu dois faire avec, mais tâche de tirer à bout portant. En faisant feu trois fois, tu es sûr de toucher ta cible.

Débitant les pires horreurs comme si de rien n'était, l'homme prit place sur un banc à proximité et ouvrit son sac. D'un coup de menton, il indiqua à Junpei d'en faire de même. À l'intérieur se trouvait le revolver de contrefaçon, emballé dans du papier huilé, la crosse recouverte de scotch noir.

L'homme sortit le paquet pour le tendre à Junpei. L'objet était bien lourd pour un simple amas d'acier. Lorsqu'on le secouait, le barillet émettait des claquements secs. Même le chien semblait avoir du jeu.

– T'as pas mieux que ça ? demanda Junpei, inquiet.

– Quoi, il te plaît pas ? Dans ce cas…

L'homme se pencha pour sortir une autre arme du fond de son sac. Encore une contrefaçon, mais clairement de meilleure facture. L'homme laissa échapper un rire moqueur.

– Tu t'es payé ma tête, le vieux !

– Puisque tu es le second de Kitajima, je te fais confiance. Mais t'avise pas de cafter si tu te fais choper par la police.

– Évidemment. Je ne veux pas mettre le clan à dos.

– Au fait, jeune homme, quel âge as-tu ?

– Vingt et un ans…

Junpei n'aimait pas qu'on lui demande son âge, de peur qu'on le traite à la légère.

L'homme le toisa un instant. Avant de pousser un petit soupir.

– Quoi ?

– Prends bien soin de toi.

– T'es qui, mon père ? J'ai pas besoin de tes conseils.

À la réflexion, il avait l'âge d'être son paternel.

– Tant mieux, alors, marmonna l'homme. Tiens, un sept coups, ajouta-t-il en posant une boîte en carton sur le banc.

Le sens précis de la phrase échappa à Junpei, qui sortit néanmoins l'enveloppe pour la lui donner.

– Deux cent mille. Je te laisse vérifier.

– C'est deux cent dix mille, taxes comprises.

Ne sachant que répondre, Junpei s'apprêtait à sortir son portefeuille, agacé, lorsque son interlocuteur l'interrompit avec un large sourire.

– Je plaisante, voyons.

– Arrête de te moquer des gens, espèce de vieux croûton.

L'homme compta soigneusement les billets avant de se lever lentement et de se tourner vers Junpei.

– Si tu changes d'avis, tu peux toujours repasser à la boutique.

– Qu'est-ce que ça veut dire ?

– On peut annuler la vente.

– Te fous pas de ma gueule ! Qui ferait ça ?!

– Y a pas de mal à changer d'avis.

L'homme fit volte-face et s'éloigna. Junpei fourra le pistolet encore enveloppé dans la poche arrière de son jean. Quant aux balles, il les rangea dans la poche de son blouson.

Quittant le parc, il parcourut la ruelle à grands pas. Une bonne chose de faite. Il jeta un coup d'œil à son pense-bête. Venait ensuite…

Les prostituées sud-américaines étaient plus nombreuses qu'auparavant.

– Tiens, si ce n'est pas le garçon de tout à l'heure ! On te manquait tant que ça ? lança l'une d'elles en écartant les bras comme pour l'embrasser.

Junpei longea le mur pour l'esquiver, avant de prendre ses jambes à son cou.

Il détenait à présent une arme à feu. Ce n'était pas le moment de flâner.

Son pistolet aussitôt acheté, il retourna à l'agence immobilière de la veille. S'il repoussait l'échéance ne serait-ce que d'un instant, il aurait vite fait de se trouver toutes sortes de prétextes. Or, comme le lui avait dit Kitajima, la vengeance devait se consommer dans les vingt-quatre heures. Il n'était pas du genre à remettre les choses au lendemain.

À peine fut-il arrivé devant le bâtiment qu'il gravit l'escalier quatre à quatre avant de jeter un coup d'œil par la porte vitrée. Pas de clients. Comme la veille, l'employé suffisant traitait de la paperasse derrière le comptoir. L'hôtesse d'accueil était présente, elle aussi.

Poussant la porte de l'épaule, Junpei pénétra à l'intérieur. L'agent se figea en l'apercevant.

– Je vous avais bien dit que je reviendrais, lança Junpei d'une voix forte. On va reprendre notre discussion d'hier. J'en ai pas fini avec vous ! Alors, vous allez lui rendre sa caution, à Hiromi ? Deux mois de loyer, ça fait cent quatre-vingt mille yens.

Le chef d'âge moyen passa la tête derrière la partition, avant de se jeter sur le téléphone, paniqué.

– Hé là, pas si vite ! Tu veux bien attendre une seconde avant d'appeler le clan Isoé ? Occupe-toi de moi d'abord.

Junpei grimpa sur le comptoir et sortit le pistolet de sa poche arrière. Bien campé sur ses jambes, il brandit l'arme des deux mains.

La réceptionniste poussa un hurlement et se leva précipitamment pour fuir dans les profondeurs exiguës de la boutique. Les deux hommes, eux, s'accroupirent sur place.

– A-attendez ! Ne tirez pas ! lança une voix mal assurée.

– Je n'en aurai pas besoin, si vous rendez la caution. Comme je vous l'ai dit, je ne suis pas un voleur. Tout ce que je veux, c'est les cent quatre-vingt mille yens. Rendez-les-moi et je repartirai gentiment. Alors, vous voulez pas payer ?

Maintenant qu'il avait commencé, il se sentait étrangement calme. Il n'éprouvait pas la moindre émotion. Même les mots sortaient tout seuls de sa bouche.

– Pourquoi vous me répondez pas ? Hé, le papy, là ! C'est toi le responsable, non ? Dis quelque chose !

– En… entendu. On va payer, répondit le quinquagénaire, livide.

– Plus poliment que ça !

– Nous allons vous rembourser, monsieur, c'est promis !

Sur l'ordre de son supérieur, l'agent ouvrit un petit coffre-fort. La tête rentrée comme le ferait une tortue, il compta les billets avant de déposer la somme demandée sur le comptoir.

– Mets-moi tout ça dans une enveloppe. Et donne-moi un reçu, aussi. Note bien la transaction. Comme je me tue à vous le dire, je ne suis pas un voleur. Je suis seulement venu récupérer cette fichue caution.

Junpei descendit de son perchoir et s'assit sur une chaise. Le pistolet dans la main droite, il se servit de la gauche pour sortir ses cigarettes et en coincer une dans sa bouche. Il s'apprêtait à l'allumer quand ses doigts se mirent soudain à trembler. Il laissa tomber son briquet.

Il ramassa l'ustensile pour faire une deuxième tentative. Il n'avait plus de force dans la main. Il abandonna l'idée avec un claquement de langue dépité.

– Allez, dépêche ! aboya-t-il pour masquer son angoisse.

Il signa le reçu posé sur le comptoir. Les caractères étaient à peine lisibles, tellement il avait forcé sur le stylo pour contenir ses tremblements.

Il s'empara de l'enveloppe d'argent et la cala dans la poche arrière de son jean avant de brandir son arme de plus belle et de regarder une dernière fois les visages de ses interlocuteurs terrorisés.

– Alors, vous avez bien compris ? Je suis vraiment pas du genre à me laisser impressionner. Désormais, je n'hésiterai pas à repasser dans vos locaux si vous refaites des coups foireux. Mettez-vous ça bien dans la tête. Et transmettez le message aux gars du clan Isoé, aussi. Qu'ils fassent gaffe à leurs arrières. Je vais leur rendre la monnaie de leur pièce. Et ça ne va pas tarder.

Il sortit de l'agence immobilière et dévala l'escalier. Le soir allait bientôt tomber. Il pressa le pas afin d'échapper aux néons criards des boutiques louches qui commençaient déjà à clignoter. Remarquant qu'il tenait toujours son pistolet à la main, il le rangea dans sa poche arrière et parcourut les environs du regard. Les passants ne lui prêtaient pas attention.

La gorge desséchée, il avisa un distributeur automatique et acheta une bouteille de Pocari Sweat, qu'il vida d'un trait.

Bon, et maintenant ? Le clan Isoé allait sans doute répliquer. Ils le connaissaient déjà. Si la probabilité qu'ils s'en prennent à ses camarades était faible, les types de la veille n'allaient pas la fermer, maintenant qu'il avait piétiné leur honneur. Et puis Junpei lui-même devait encore se venger.

Sa soif pas encore étanchée, il s'acheta une nouvelle boisson – un Coca, cette fois. Les bulles éclatèrent sur son palais. Il respirait enfin.

Pour l'heure, il décida d'aller rendre l'argent qu'il venait de collecter. D'autant qu'au *Lac des Cygnes*, il pourrait croiser Kaori... Sans s'en rendre compte, il pressa l'allure, poussé par l'excitation. Il n'arrêtait pas de transpirer.

À 17 heures, il faisait déjà nuit à Kabukichô. Le crépuscule s'effaçait devant les néons.

Deux policiers en patrouille avancèrent vers lui sur leurs vélos. Craignant de paraître louche s'il baissait le nez, il marcha le torse bombé.

Ils se croisèrent sans incident. La sueur lui coulait le long du dos.

Il fit d'abord un crochet par l'hôtel capsule, où il déposa son arme dans le coffre et rajusta sa coiffure devant le miroir, remerciant les dieux de lui avoir évité les questions des policiers. Il serra les fesses, rien que d'y penser, et but un autre soda.

Après avoir repris ses esprits, il rejoignit le *Lac des Cygnes*, où il trouva les danseuses en pleine répétition. La musique s'interrompait de temps à autre pour permettre à la chorégraphe d'intervenir. Les danseuses, habituellement enjouées, l'écoutaient le plus sérieusement du monde. Junpei s'installa dans un box pour contempler la scène.

Aujourd'hui, Kaori répétait un solo au son d'une ballade. Junpei ne pouvait qu'admirer ses mouvements gracieux qui mobilisaient totalement ses longs membres.

La répétition finie, Katherine s'approcha, la tête emmitouflée dans une serviette. En remarquant Junpei, elle écarquilla les yeux.

– Quelle trogne ! Qu'est-ce qui t'est arrivé ?

– Rien, rien. Tiens, j'ai rapporté la caution de Hiromi.

Cigarette au bec, il jeta l'enveloppe sur la table.

– Minute, il faut d'abord qu'on s'occupe de tes blessures ! Tu t'es bien soigné, au moins ?

Katherine s'assit à côté de lui et s'approcha pour lui ôter ses lunettes de soleil.

– Ça va, je te dis ! Ça date d'hier. J'ai déjà désinfecté.

Il lui reprit violemment ses binocles. Elle empestait le parfum, comme d'habitude. Il retint instinctivement son souffle.

– Tu t'es bagarré avec les brutes qui protègent l'agence immobilière ?

– T'occupe pas de ça. Je suis encore entier, j'ai rapporté l'argent. Ça devrait te suffire.

Katherine prit l'enveloppe et en inspecta le contenu.

– Ne bouge pas, dit-elle avant de disparaître dans les loges.

Junpei la regarda s'éloigner, priant pour que l'histoire remonte aux oreilles de Kaori.

Un instant plus tard, Hiromi s'approcha avec humilité. Elle inclina la tête d'un air gêné pour le remercier.

– Décidément, mon petit Jun, tu es formidable en dépit de ton jeune âge. Les filles sont très impressionnées.

– Mais non, voyons. C'est rien, protesta Junpei, réconforté par les paroles de Katherine.

Nul doute que Kaori aussi avait eu vent de l'affaire.

Même le gérant pointa le nez pour lui exprimer sa reconnaissance de s'être donné tant de mal.

– Qu'est-ce que je peux faire pour vous remercier ? demanda Hiromi.

– J'ai besoin de rien, t'inquiète. Je suis le second de Kitajima, je te rappelle. Je ne peux pas rester les bras croisés sans rien dire quand on s'en prend à un établissement que je fréquente.

Junpei se délectait de ce moment. Un agréable frisson le parcourait tandis qu'on le remerciait.

Katherine réapparut armée d'une trousse de premiers secours et posa son gros derrière à côté de lui.

– Mais qu'est-ce que tu fais, enfin !

– Tiens-toi tranquille. Je vais te coller un sparadrap. On ne va pas laisser des bleus gâcher un beau garçon comme toi.

Elle se mit à l'œuvre en dépit de ses protestations. Bientôt, les autres danseuses s'étaient rassemblées autour d'eux avec le sourire. À l'arrière du cercle se tenait Kaori. Elle laissa échapper un rire avant de disparaître en coulisses.

Junpei sentit une lueur s'animer dans sa poitrine.

Il aurait bien bu une bière glacée.

4

Pour le dîner, il mangea un *yakiniku*. En réalité, il avait envie d'un énorme steak marbré, mais ne connaissant pas de restaurant de *teppanyaki* haut de gamme, et n'ayant pas le courage d'y entrer seul, il n'avait eu d'autre choix que d'aller au restaurant de grillades à la coréenne habituellement fréquenté par son aîné.

– Tiens, Junpei ! J'en déduis que M. Kitajima ne va pas tarder ? lui demanda le jeune gérant en sirotant une bière.

– Non, il n'y a que moi aujourd'hui. Mon aniki est en déplacement à Ôsaka.

– Ça alors, voilà qui n'est pas courant. Enfin, ne te prive pas, surtout.

– Entendu, merci.

Il profita de ses finances pour commander sans hésiter un tartare de bœuf *yukhoe* et des côtes marinées *galbi*. Le tout accompagné d'une pression, bien entendu.

La majorité des tables étaient occupées, comme toujours le vendredi soir, entre salariés sortant du bureau, groupes d'étrangers de type asiatique et travailleurs de la nuit venus se remplir la panse avant de prendre leur service. Dans la salle du fond semblait se dérouler une soirée privée.

Le tartare arriva en premier. Il mélangea le jaune d'œuf avec ses baguettes avant d'engloutir la viande. C'était la première fois qu'il pouvait en manger autant d'un coup – d'ordinaire, il devait se contenter des restes laissés par Kitajima.

Même si les plaies à l'intérieur de sa bouche lui faisaient un peu mal, cela n'ôtait rien au goût de son délicieux plat. La vue de cette viande crue et écarlate lui rappela soudain du thon. Ah, mais oui, il lui faudrait profiter de ces trois jours de liberté pour déguster des sushis, aussi ! Il inscrivit le mot sur le dos de sa main au stylo-bille.

Vinrent ensuite les côtes marinées. Sans Kitajima pour occuper la place principale, Junpei goûtait la liberté du chien délivré de son collier, grillant les pièces tout son saoul avant de les savourer jusqu'à la dernière miette.

Chaque morceau rissolait en chantant, dégageant une odeur succulente. Il lui semblait n'être plus qu'une langue géante tandis qu'il engloutissait la chair enrobée de sauce.

Mais ne manger que de la viande eût été du gâchis, aussi commanda-t-il un bol de riz blanc.

– Bien rempli ? lui demanda-t-on.

– Oui, tout juste, acquiesça-t-il.

Alors qu'il poursuivait benoîtement son repas, deux jeunes femmes vinrent s'installer à la table voisine. Du style à travailler dans un cabaret, avec leurs hautes chevelures décolorées et des cils longs comme des antennes d'insectes. Elles ne cessèrent de lui jeter des regards tout en dégustant leurs grillades.

Junpei, qui ne détestait pas leur genre, attendit le moment propice pour leur adresser la parole.

– Vous bossez dans quelle boîte ? leur demanda-t-il, égayé par la boisson.

– Disons qu'on ne travaille pas au cabaret, lui rétorqua l'une d'elles d'un air piqué.

Dans son regard, pourtant, pétillait un rire.

– Vous vendez votre corps, alors ? hasarda-t-il.

Elles s'esclaffèrent en battant des mains.

– De quoi on a l'air, à ton avis ?

– Voyons voir… Pas d'infirmières, en tout cas.

– On ne travaille pas dans les quartiers chauds, pourtant. Nous sommes de simples salariées.

– Vraiment ? Votre entreprise doit être sacrément laxiste.

– On est intérimaires, expliqua son interlocutrice. Dans une boîte de vente par correspondance, spécialisée dans les produits de régime. Mais c'est des placebos. Du coup, on peut s'habiller comme on veut. Et dans la journée, on peut pas se maquiller comme ça.

– Et toi, qu'est-ce que tu fais dans la vie ? s'enquit sa camarade.

Le regard de Junpei s'arrêta accidentellement sur sa poitrine généreuse.

– Moi ? Je suis yakuza.

– Pas possible. Tu déconnes ?

– Je t'assure. Je fais partie du clan Hayata.

– Hein ? Ça me plaît pas, ça, protesta la jeune femme.

– Tu as beau dire…, répliqua Junpei.

Que répondre à ça ? Ces demoiselles n'étaient vraiment pas du genre méfiant.

– On ne peut rien y faire ?

– Ça vous arrive souvent, de blaguer comme ça avec des inconnus ?

– En s'asseyant ici, on s'est dit, ah, quelle chance, notre voisin est tout à fait notre type.

– Mais oui ! En plus on est vendredi. Ce serait dommage qu'il ne se passe rien.

– Parlez pas à tort et à travers !

– Vous autres, les yakuzas, vous êtes du genre à droguer les filles pour les mettre sur le trottoir, pas vrai ?

– N'importe quoi. D'une, je suis tout en bas de l'échelle, alors je me tape les menues corvées.

– T'as quel âge ?

– Vingt et un.

– Ah, comme nous !

En apprenant qu'ils avaient le même âge, les deux amies redoublèrent de familiarité et se présentèrent : Risa et Kana. Kana l'opulente… Originaires de Nishi-Funabashi, à Chiba, elles étaient venues passer le week-end à Kabukichô, avec l'intention de s'amuser jusqu'au bout de la nuit.

– Moi, c'est Junpei.

– Quel dommage, t'as pourtant la classe, geignit Kana en tripotant ses cheveux.

– Qu'est-ce qui est dommage ?

– Je veux pas être la meuf d'un yakuza.

– Moi non plus, pardi, renchérit Risa en faisant la moue de ses lèvres épaisses.

– Idiotes ! Continuez comme ça et je vous saute dessus.

– Hahaha ! On se croirait dans un film de samouraï. Ce que t'es drôle, Junpei !

Visiblement habituées à badiner, elles n'avaient pas peur de Junpei. Sans doute ne prenaient-elles au sérieux ni l'homme ni le monde dans lequel il évoluait.

– Tu as quelque chose de prévu ce soir, Junpei ? lui demanda Kana.

– J'ai une petite course à faire.

– Quel genre de course ?

– C'est pas un truc important.

– Dans ce cas, tu veux aller danser après ? Il y a un club, pas loin, le *Friday*. Il est pas mal.

– Un club ? Mais je ne sais pas danser.

Il n'allait jamais en boîte. Il n'avait pas cette liberté.

– Pas possible. Pourquoi ?

– Jamais eu l'occasion.

– Je le crois pas ! s'exclamèrent les deux jeunes femmes en chœur. Viens, on va danser ! ajoutèrent-elles en le prenant par les bras.

– Vous faites ça toutes les semaines, toutes les deux ? Et il ne vous est jamais rien arrivé ?

– Bien sûr que si.

– C'est vrai, une fois, des étrangers nous ont embarquées dans une fourgonnette.

– Mais oui ! On a eu tellement peur !

Même les plus bas membres du clan étaient plus sérieux que ça, constata Junpei en écoutant leur récit. Les gens ordinaires avaient de drôles de loisirs.

Il finit par se laisser convaincre et montrer l'emplacement du club, promettant de les y retrouver plus tard.

Alors qu'il prenait la pose à contrecœur, Junpei sentit monter en lui un élan. Le compte à rebours sur son temps libre avait déjà commencé. Tant qu'à faire, il voulait bien tenter le club.

Ils sortirent du restaurant et prirent des chemins séparés.

Il se gifla les joues pour dissiper son ébriété. Au boulot. Il n'avait pas le droit à la moindre erreur.

Remontant la fermeture de son blouson, il se mit en route. De part et d'autre, les crieurs l'interpellaient à l'entrée des cabarets.

Prenant la rue de la mairie d'arrondissement en direction du nord, il tourna à droite à mi-parcours et entra dans le quartier des *love hotels* – seul endroit de Kabukichô où régnaient le calme et l'obscurité. Les enseignes des établissements étaient alignées telles des étiquettes haut au-dessus de sa tête. Il n'était pas encore 21 heures, et les silhouettes de couples se faisaient encore rares.

Il avait beau se fier à la carte que lui avait fournie le bras droit, il ne parvenait pas à trouver sa destination. Si un inconnu l'avait observé, il l'aurait peut-être cru en train de participer à une chasse au trésor. Ce n'est qu'au bout de dix minutes d'errance qu'il se rendit compte qu'il avait confondu le nord et le sud sur son plan. Il arriva enfin à son but.

Il s'agissait d'un immeuble élancé comme un crayon. Au rez-de-chaussée se trouvait une laverie automatique. Il consulta la plaque : au premier, un masseur chinois ; au deuxième, un cours de japonais, et au troisième, un vidéoclub à destination des Chinois. Au dernier étage, enfin, était installé le casino clandestin du clan Matsuzaka, que gérait la cible désignée à Junpei – un cadre âgé de trente-huit ans, du nom de Yazawa. Toute floue qu'était la photo qu'on lui avait montrée, les lieutenants lui avaient assuré avec un rire qu'il n'aurait aucun mal à le reconnaître. Apparemment, son postiche se repérait au premier coup d'œil.

Junpei ôta son blouson et le noua autour de sa taille, avant de retirer ses lunettes de soleil et d'ébouriffer ses cheveux soigneusement lissés. Ouvrant la porte vitrée, il prit l'ascenseur. Son cœur se mit à cogner tandis qu'il pressait le bouton du cinquième étage. La cabine mit une éternité pour atteindre sa destination. Les portes s'ouvrirent. Un jeune homme transportait une caisse de bière sur le palier étroit. Leurs regards se croisèrent.

– Qu'est-ce que tu veux, toi ? gronda l'autre avec mépris.

– C'est pas encore ouvert ? demanda Junpei en s'improvisant un faux accent chinois.

– Hein ? Si tu veux regarder les feuilletons de ton pays, c'est au quatrième. Ici, on est au cinquième, grimaça le type, menaçant.

– Désolé. Je me suis trompé, marmonna Junpei tout en jetant un regard furtif par la porte entrouverte.

L'endroit était si sombre qu'il distingua seulement un tapis luxueux. Selon ses informations, on y tenait une salle de jeux, tous les vendredis, samedis et dimanches, de la tombée de la nuit jusqu'au lever du jour.

– Allez, du balai ! lui ordonna le type d'un coup de menton.

Junpei reprit l'ascenseur et descendit au quatrième, où se trouvait la boutique de location de vidéos chinoises piratées. Par la porte vitrée, il aperçut derrière le comptoir un employé qui regardait la télé d'un air blasé.

Junpei emprunta l'escalier de secours en direction du cinquième, s'arrêtant à mi-parcours pour tendre l'oreille en retenant son souffle.

– Alors, le ménage est pas encore fini ?

– Il ne reste plus que les toilettes à faire.

– Dépêche-toi. Le chef ne va pas tarder.

Deux subordonnés, sans doute, qui parlaient de Yazawa. Junpei rebroussa chemin pour regagner le rez-de-chaussée.

Sorti de l'immeuble, il pénétra cette fois dans la laverie automatique. Par la vitrine, il guetta le passage. Plutôt commode, comme planque : personne ne pouvait le soupçonner d'attendre sa proie.

Un seul client, un jeune homme, se trouvait dans la boutique remplie d'immenses machines à laver et sécher le linge. Installé sur un banc, son visage pâle baigné dans la lumière des tubes fluorescents, il lisait un hebdomadaire de prépublication de manga.

Junpei prit place près de l'entrée et attendit l'arrivée de Yazawa. Il s'alluma une cigarette, qu'il fuma lentement. Un rot lui monta à la bouche, souvenir de ses grillades. Qu'allait-il manger le lendemain ? Il établit mentalement son menu : sushis au déjeuner, puis steak le soir. Nul doute qu'en faisant une recherche sur son téléphone, il pourrait trouver des adresses haut de gamme à Kabukichô.

Peu après, le jeune homme croisé plus tôt sortit du bâtiment. Sûrement pour accueillir quelqu'un. Discrètement, Junpei se leva de son siège et fit mine de remplir une machine.

Il surveillait la rue du coin de l'œil. Une Lincoln arriva – une de ces américaines couleur champagne qui ne pouvaient qu'attirer le regard. Le chauffeur sortit par la gauche et s'empressa d'aller ouvrir la portière côté passager. Un homme en sortit avec autorité.

Junpei le fixa à s'en brûler les rétines. C'était forcément Yazawa. La ligne d'implantation de ses cheveux, d'un noir corbeau, avait quelque chose de pas naturel. Ça ne devait pas être facile pour ses subordonnés de faire comme si de rien n'était, songea-t-il distraitement.

Inutile de s'inquiéter : il n'y avait pas d'erreur possible sur la personne. Après tout, il aurait détesté se tromper de cible.

– Bon retour parmi nous, aniki, lança une voix.

– Merci, répondit Yazawa le perruqué.

Les épaules carrées, les jambes arquées, il pénétra dans le bâtiment.

Junpei consulta sa montre : 21 h 30. Ouverture à 22 heures, donc, mais jusqu'à quand ?

– Excusez-moi, lui murmura-t-on à l'oreille.

Il se retourna avec un sursaut. Devant lui se tenait le jeune homme qui faisait sa lessive. Presque assez près pour le toucher.

– Bonsoir. Je m'appelle Gorô. Et toi ? demanda-t-il avec un sourire sinistre.

– Hein ? Qu'est-ce que tu veux, toi ? éructa Junpei d'un ton menaçant tout en reculant d'un pas.

– Je me demandais ce que tu fabriques.

– Ça te regarde pas ! Retourne dans ton coin ! répliqua Junpei en le chassant de la main.

Un simple coup d'œil à son allure maniérée lui suffit à comprendre qu'il devait s'agir d'un homosexuel. Peut-être pensait-il avoir trouvé en lui un camarade.

Comprenant sans doute son erreur, le dénommé Gorô tourna les talons.

– Attends une minute. Tu sais si la laverie est ouverte vingt-quatre heures sur vingt-quatre ?

– Oui, pourquoi ?

Un visage menu, de grands yeux, une peau toute lisse. Si Katherine l'avait vu, elle en aurait bavé d'envie.

– Merci. Simple question que je me posais.

Junpei enfila son blouson et chaussa ses lunettes de soleil. Pour l'heure, il avait repéré sa cible. Une bonne chose de faite.

L'autre tapette continuait de le fixer. Il avait le regard pur, comme un enfant.

– Dis. Je peux te poser une question ? tenta Junpei.

– Bien sûr.

– Tu viens pour draguer ?

Pour toute réponse, Gorô lui adressa un sourire triste.

– T'es un drôle de type, toi.

Junpei éternua un coup avant de regagner l'extérieur et de mettre le cap sur la boîte de nuit. S'il pouvait danser au moins une fois avant d'aller en prison, ce ne serait pas plus mal. Et puis les filles l'attendaient.

Parcourant la rue de la mairie vers le sud, il prit à droite devant le Fûrin Kaikan avant de poursuivre en direction de la gare de Seibu-Shinjuku. Ça faisait partie de sa ronde habituelle. Les entraineuses occupées à attirer le client brandissaient le poing sur son passage. Junpei leur répondit de même.

– Mon petit Jun, l'interpella l'une d'elles.

Elle pâlit lorsqu'il se retourna.

– Viens voir par-là, lui enjoignit-elle avec un signe de la main.

Il n'eut d'autre choix que de s'arrêter en route.

L'hôtesse le prit par le bras pour l'attirer sous l'auvent de son lieu de travail.

– Qu'est-ce que tu veux ? Je suis pressé.

– Qu'est-ce qui t'est arrivé ? C'est quoi, ces bleus ? Tu t'es battu ?

– Qu'est-ce que ça peut te faire ?

– Les mecs du clan Isoé te cherchent partout.

Junpei se figea à ces mots, même si la nouvelle n'avait rien d'étonnant.

– Deux yakuzas m'ont interrogée tout à l'heure. Ils voulaient savoir si on n'avait pas vu le jeune Sakamoto, du clan Hayata.

– Et ?

– Je leur ai répondu que non. Tu t'es fourré dans le pétrin ?

– Rien de grave.

– Et M. Kitajima ?

– En déplacement à Ôsaka.

– Quand est-ce qu'il rentre ?

L'hôtesse semblait sincèrement inquiète.

– Tout ça n'a rien à voir avec mon aniki. Qu'est-ce que j'en ai à faire, moi, du clan Isoé ? Je vais leur montrer !

– Tu ferais mieux de rester discret en attendant le retour de M. Kitajima.

– Te fous pas de moi ! Justement, moi aussi, je les cherche. Ça tombe bien, non ?

Dégageant son bras, Junpei reprit sa route, en prenant soin de marcher au milieu de la rue. Ses adversaires aussi n'étaient que des sous-fifres. Ils ne pourraient pas s'en prendre à ses camarades de clan. Le hasard déciderait de la suite.

Il n'était pas inquiet. Au contraire, même, il était ravi de cette occasion de se faire un nom. Alors comme ça, on cherchait Sakamoto, du clan Hayata ? À ce rythme, ils allaient lui faire de la réclame.

Le *Friday* se situait dans un sous-sol, derrière le Milano. Devant l'escalier se dressait un type à l'allure de videur. La dégaine de Junpei lui valut une fouille au corps.

– Tu vas pas me confisquer mon flingue ? plaisanta-t-il.

– Pour les tickets, c'est en bas, répondit l'armoire à glace avec un coup de menton.

Junpei descendit les marches en sautillant et paya les cinq mille yens de droit d'entrée. Un type en noir lui ouvrit la lourde porte. Tel un tsunami, la musique bruyante frappa de plein fouet Junpei, qui retint involontairement son souffle. Quelles vibrations de dingue ! Ses tympans se bloquèrent aussitôt.

Des centaines de jeunes gens dansaient sous les lumières bariolées. Tous avaient son âge. Il lui semblait découvrir un monde nouveau, dont il ne soupçonnait même pas l'existence.

À cause de son passé violent, Junpei n'avait jamais connu les loisirs propres à la jeunesse.

À Saitama, il n'avait fait que se battre ; et dès son arrivée à Shinjuku, il était entré en apprentissage au clan. Même s'il avait déjà flirté avec des femmes, il n'était encore jamais vraiment sorti avec qui que ce soit. Il n'était même pas allé à Disneyland, ni à Odaiba. Lui qui croyait connaître Kabukichô par cœur… Il faut dire que Kitajima lui avait enjoint d'éviter les lieux où s'amusaient les honnêtes gens.

Il pénétra sur la piste de danse. Le plancher tremblait. Entraîné par cette oscillation, son corps se mit à bouger naturellement. Il imita les gens autour de lui.

Deux inconnues posèrent le regard sur lui, comme pour l'inviter à les aborder. Une autre, derrière elle, le fixait aussi. Ses intentions étaient plus claires encore. Une salariée, en plus.

Il avait donc du succès auprès des femmes, même en dehors du monde de la nuit ? La question lui tournait confusément dans la tête.

Il aurait aimé venir avec Kaori. Elle aurait attiré tous les regards. Après tout, c'était une pro de la danse.

Soudain, on l'enlaça par-derrière. C'était Kana, rencontrée plus tôt au barbecue coréen. Sa lourde poitrine se pressait contre son dos.

– Youhou, Junpei ! Tu es venu ! lui hurla-t-elle à l'oreille.

– Bien sûr. J'avais promis, non ?

– Ce que t'as la classe, Junpei ! Je t'ai remarqué tout de suite, tu sais. Tu bouges bien !

– Je ne fais que remuer mon corps, pourtant.

– C'est parfait. Viens, on va danser au milieu !

Elle l'attira à elle, visiblement en plein trip.

Au centre de la piste bondée – la nuit battait son plein –, il se trémoussa en rythme avec Kana. *Poum poum poum*. Il n'y avait rien de plus agréable que de danser à l'unisson de ce *beat* entêtant. Une sensation encore inédite le parcourait des pieds à la tête. Un sourire se dessina instinctivement sur ses lèvres.

Un mot lui vint en tête : *jeunesse*.

5

Au bout de la quatrième fois, les rapports se révélèrent comme une simple suite de mouvements. La première fois, mus par l'excitation, ils s'étaient étreints comme des bêtes, sans s'encombrer de préliminaires ; la deuxième fois, ils s'étaient accordé plus de délicatesse, comme pour reconquérir un terrain perdu ; à la troisième, enfin, chacun avait commencé à savourer les réactions de l'autre, ce qui avait rendu le sexe enfin satisfaisant. À partir de là, le membre de Junpei était resté en érection. Quant à Kana, sa partenaire – était-ce parce qu'elle avait décidé de profiter du week-end pour évacuer tout le stress accumulé pendant sa semaine de travail ? Elle était tout simplement insatiable. Même après l'acte, elle restait collée à lui, leurs membres entremêlés.

Junpei adorait cette intimité, lui aussi. Le contact de sa peau douce et de ses cheveux soyeux, la chaleur qui émanait de l'intérieur, cette façon qu'elle avait de l'accueillir tout entier. Il aurait pu mourir heureux en cet instant, avec la sensation d'avoir pleinement vécu.

Ce n'est qu'après avoir utilisé tous les préservatifs fournis dans les deux tables de nuit ainsi que la moitié d'une boîte de six achetée au distributeur installé dans la chambre qu'ils avaient repris leur souffle, les yeux rivés au plafond.

– Vous faites ça tous les week-ends, toi et ta copine ? souffla Junpei en s'allumant une cigarette.

Kana laissa passer un instant avant d'acquiescer avec un petit rire, comme pour se moquer d'elle-même.

– Faut dire que le quotidien est à crever d'ennui ! Je ne fais que trier des bons et des factures. Même un enfant pourrait faire ce boulot. Du coup, j'ai un salaire de misère, et je ne peux même pas m'acheter les fringues que je veux. Je n'ai pas de perspective d'avenir, à part envoyer des colis louches… (Elle poussa un soupir lourd.) Mais tu sais, je ne me jette pas à la tête du premier venu. La semaine dernière, par exemple, Risa a filé direct à l'hôtel avec un mec qui la draguait, mais moi, je suis rentrée. L'assistant du DJ a pas arrêté de me faire du gringue, mais comme il ne me plaisait pas, je n'ai pas pu aller plus loin.

Ce soir aussi, ladite Risa s'était acoquinée avec un autre type au club avant de disparaître avec lui. Sans doute dans un *love hotel* du quartier, pour y faire la bête à deux dos. Peut-être qu'avec une psychologie un peu différente, elle aurait passé la nuit avec Junpei.

– Après, il y a des types qui sont prêts à te filer de l'argent pour leur faire des trucs, mais ça aussi, je refuse. J'ai ma fierté, tout de même ! Simplement, il n'y a que quand on est jeune qu'on peut s'éclater comme ça. Une fois mariée et avec des enfants, je serai enchaînée à la maison. Ça viendra, bien sûr, mais pour l'instant, j'ai envie de profiter.

Kana roula sur le côté et demanda à Junpei de lui prêter son bras comme oreiller. Il éteignit sa clope avant d'accéder à sa requête.

– Tu n'as pas de tatouages, constata-t-elle.

– Ils ne sont pas nombreux, ceux de notre clan, à s'être fait tatouer nos armoiries sur le dos. J'y ai songé, moi aussi, mais mon aniki m'en a dissuadé. Pour une raison un peu étrange, d'ailleurs… Il m'a dit que si je le faisais, je ne pourrais plus m'inscrire en salle de sport…

– Hahaha ! C'est marrant, oui, s'esclaffa Kana en tapant des mains.

– Il fait du karaté, mon aniki, il croit beaucoup à la discipline physique.

– Ça alors… Dis, Junpei. Tu es vraiment yakuza ?

– Bien sûr. Tu crois que je te fais marcher ?

– Ce n'est pas ça. Mais j'aurais aimé que tu ne le sois pas. Si tu étais un homme ordinaire, avec la classe que tu as, j'aurais voulu être ta copine. Au fait, tu en as une ?

– Non. Tu crois qu'on a cette liberté quand on est logé par le clan ? répliqua-t-il.

Le visage de Kaori lui revint en tête.

– Dans ce cas, même si je n'ai pas le courage de devenir la femme d'un yakuza, j'aimerais bien te revoir de temps en temps.

– Impossible. Je vais bientôt disparaître de la circulation.

– Comment ça ?

– Disons que je suis dans une situation un peu particulière.

Junpei dégagea son bras pour se redresser. Il consulta sa montre : 3 heures et demie du matin. Bientôt, il devrait retourner guetter la sortie du casino.

– Quelle situation ? demanda Kana en faisant glisser un ongle le long de son dos.

Il se retourna pour la regarder. Ce n'était pas vraiment une beauté, mais elle ne manquait pas de charme. Nul doute qu'elle trouverait un type normal à épouser dans son bled, avec lequel elle formerait un couple banal.

Junpei songea aux caprices de la vie. Une fille de son âge, rencontrée il y avait quelques heures à peine. Un coup d'un soir, qui lui avait montré son cul, et qu'il ne reverrait plus.

Soudain, il eut envie de se confesser.

– Je serai sans doute coffré par les keufs en début de semaine.

– Tu rigoles ? Mais pourquoi ? Il s'est passé un truc ?

– Pas encore. Mais je dois éliminer un cadre d'un clan rival.

– L'éliminer ?

– Le tuer, quoi.

Voilà, il l'avait dit. Aucun mal à ça.

Kana changea de mine. Le choc l'avait rendue muette.

– On voit souvent ça dans les films, non ? Je suis un porte-flingue. Je me suis même procuré une arme. Je suis en train de vivre mes dernières heures de liberté.

– Tu ne te fiches pas de moi ? insista Kana, à demi sceptique.

– T'es pas obligée de me croire. Mais la semaine prochaine, tu seras fixée. Surveille bien les journaux.

Il quitta le lit et enfila son T-shirt.

– Ben, tu pars ? À cette heure ? Ça va pas, j'ai pas envie de sortir seule de l'hôtel.

– J'ai juste une course à faire. Attends-moi ici. Je reviens avant le lever du jour.

– Où vas-tu ? Je t'accompagne.

– Hors de question. Le boulot m'attend. Si je me plante, j'aurai des ennuis.

Kana prit un air triste.

– Laisse tomber, Jun ! C'est pas bien, de tuer les gens.

Elle se montrait bien familière, d'un coup. On aurait dit un enfant qui faisait un caprice.

– C'est juste un repérage. Il ne se passera rien. Contente-toi de m'attendre, inutile de t'inquiéter.

– Je veux pas.

– Que tu le veuilles ou non, ça a déjà commencé.

Il enfila son blouson et se passa un coup de peigne.

Perplexe, Kana l'observa sans rien dire.

Chaussant ses boots, il quitta la chambre. Dans le couloir désert résonnaient les accords lointains d'une musique festive. Un karaoké, sans doute.

La tête rentrée, il avança à grands pas.

Lorsqu'il regagna le bâtiment repéré quelques heures plus tôt dans ce même quartier des *love hotels*, les lumières de la laverie automatique se réfléchissaient faiblement sur l'asphalte de la rue. Pas une âme, ou presque. À cette heure, les couples en rut étaient tous bien au chaud sous la couette, et il n'y avait vraiment que les prostituées désœuvrées et les chats errants pour courir les rues.

Il marcha d'un pas vif jusqu'à la devanture pour jeter un coup d'œil à l'intérieur. Tout au fond, un jeune homme lisait des mangas. *Encore celui-là*..., marmonna Junpei pour lui-même.

Il ouvrit la porte et entra. Gorô se retourna et le regarda sans un mot.

– Alors, ça mord pas aujourd'hui ? demanda Junpei d'un air railleur.

Gorô secoua la tête.

– J'étais avec un client il y a un instant, répondit-il d'une voix ténue.

– Tu travailles dur !

Junpei s'assit sur une chaise en fer et sortit une cigarette qu'il alluma, avant de tirer profondément dessus. Gorô lui jeta un regard plein de nostalgie.

– Ne me dis pas que t'as nulle part où crécher ?

Gorô hésita un instant avant d'acquiescer.

– D'où tu viens, au juste ?

– De Hokkaidô…

– Ça fait un bout de chemin, dis donc. Tu n'as pas l'accent, pourtant.

– Ça fait déjà trois ans que je vis à Tôkyô.

– Tu as quel âge ?

– Vingt et un ans.

Lui aussi ? La coïncidence arracha un ricanement à Junpei.

– Où est-ce que tu dors ?

– À l'hôtel capsule, le sauna…

– C'est pas plutôt là-bas que tu devrais chercher des clients ? Il y a pas mal de points de rencontre pour les gens comme toi à Kabukichô, de ce que j'ai entendu dire.

– Mais si je fais des rencontres dans ce genre de lieu, ce sera gratuit pour eux.

– Ça alors… Même pour les pédés, c'est compliqué…

– Comment tu t'appelles ? demanda Gorô.

– Hein ? Ne demande pas si facilement leur nom aux gens, enfin ! Pourquoi je devrais me présenter à un type comme toi ?

Froissé, Junpei lui jeta sa clope encore allumée.

– Désolé. Comme c'est la deuxième fois qu'on se croise en une nuit…, expliqua Gorô avec un regard triste.

Un regard de chien abandonné.

C'était toujours comme ça à Kabukichô. Nul doute que les autres voyaient Junpei de la même façon.

– Mon nom est Junpei. Mets-le toi bien dans la tête, cracha-t-il.

– Je vois… Merci. Moi, c'est Gorô.

– Tu me l'as déjà dit !

Un groupe de voyous passa dans la rue Meiji. Un pot d'échappement rugit dans l'air.

– Ah, au fait. Même la nuit, il y a du passage dans ce bâtiment, non ? demanda soudain Junpei.

– En effet. Je crois que c'est parce qu'il y a un vidéo-club à l'étage qui reste ouvert jusqu'au matin.

– Et à part les Chinois ?

– Je n'ai pas vraiment fait attention, mais je vois parfois passer des types à l'allure de yakuzas.

– Dis-moi, Gorô. Un vieux avec une perruque, ça te dit quelque chose ?

– Une perruque ?

– Oui, un type d'âge mûr, avec une ligne d'implantation toute droite, précisa Junpei en dessinant un trait sur son front.

– Ah, lui ? Je l'ai vu plein de fois, oui. C'est un yakuza ?

– Pose pas de questions. Et mêle-toi de tes affaires. Alors, ce type, il sort vers quelle heure ?

– Bonne question… D'habitude, quand je le vois passer le matin, c'est entre 4 et 5 heures, je dirais. Une grosse voiture vient le chercher, et il se fait escorter dehors par des mecs qui doivent être ses subordonnés.

Junpei consulta sa montre. Bientôt 4 heures.

– Quelque chose ne va pas ?

– Je t'ai dit de pas poser de questions !

– Si je peux t'être utile, ce serait avec plaisir.

À ces mots, Junpei se retourna.

– Pourquoi tu me dis ça ? J'ai l'air de quelqu'un de respectable ? T'as pas encore compris que je baignais dans des histoires louches ?

– Mais je n'ai rien d'autre à faire…

Gorô fit la moue. Geste totalement efféminé. Il devait avoir du succès chez ses semblables.

La Lincoln dorée arriva à cet instant précis. Junpei se raidit avant d'attraper un magazine à portée de main pour faire semblant de lire.

Du coin de l'œil, il surveilla la scène. Le conducteur semblait être au téléphone. Moins d'une minute plus tard, des pas résonnèrent dans le hall de l'immeuble, et un groupe d'hommes en sortit. Parmi eux se trouvait Yazawa, du clan Matsuzaka. Junpei ne put s'empêcher de regarder son postiche.

– Permettez-moi de vous raccompagner en voiture, cher monsieur, lança Yazawa.

– Inutile, merci. Vous me coûteriez trop cher. Je vais appeler un taxi, répondit une voix, provoquant des rires.

Les clients du casino. L'assemblée se dispersa. Yazawa monta à bord de la Lincoln sous le regard de ses lieutenants. Le véhicule démarra dans un rugissement de moteur.

3 h 50, griffonna Junpei au stylo-bille sur le dos de sa main gauche. Le jour fatidique, mieux vaudrait arriver vers les 3 heures, juste pour être sûr.

– Dis, Gorô. Tu veux pas me donner ton numéro de portable ?

Le jeune homme traînait là tous les soirs. Il pourrait peut-être lui être utile. Gorô sortit son téléphone avec un sourire ravi.

– Toi aussi, Junpei, donne-moi le tien.

– Entendu.

Ils échangèrent leurs coordonnées par infrarouge. Junpei eut un sursaut en voyant le poignet de son nouvel ami : il était bardé de cicatrices.

Il fut tenté de dire quelque chose mais se retint. Il ne pouvait rien faire pour lui, même s'il le voulait.

– Allez, salut, lança-t-il en levant une main avant de sortir de la laverie.

Une bourrasque de vent agita son blouson.

S'il tuait sa cible ici, le problème, ce serait la fuite. Si les gars du clan Matsuzaka l'attrapaient, ils l'enterreraient quelque part. Il n'y aurait pas pire comme mort. Pour l'intérêt même de son propre clan, il devrait les semer pour aller se rendre à la police.

Fallait-il planquer une moto, dans un lieu qu'il puisse rejoindre en courant ? Peut-être que ses vieux copains accepteraient de lui en prêter une.

Un livreur de journaux le dépassa en scooter. Dans le coin, c'était tous des étudiants chinois. Sans eux, pas de presse à Kabukichô.

La lueur rouge du phare arrière vacilla dans le petit matin.

Lorsqu'il regagna l'hôtel, Kana tripotait son téléphone, allongée en peignoir sur le lit.

– Ah, Junpei, tu es rentré ! Tu sais, j'ai parlé de toi sur un forum mobile, et j'ai reçu des tonnes de réponses ! Tout le monde est très inquiet, lui annonça-t-elle d'une voix joyeuse en lui faisant signe d'approcher.

– Hein ? Qu'est-ce que tu fabriques ?

Junpei s'allongea auprès d'elle pour jeter un coup d'œil à l'écran de son téléphone.

– Regarde un peu toutes ces réponses ! Attends, je vais t'en lire une. « Junpei ferait mieux de changer d'avis. Les porte-flingue, c'est dépassé. Ça fera peut-être plaisir au boss de son clan, mais est-ce qu'il a une garantie, au moins ? Et si, lorsqu'il sort de prison, le clan s'est dissous ? Il ferait bien de redescendre un peu. De : Anonyme

– Imbécile ! C'est qui, celui-là ?!

Le sang monta aussitôt à la tête de Junpei. Il s'empara du téléphone de Kana pour le brandir hors de sa portée.

– Arrête ! C'est sur internet, on ne le connaît pas. À quoi ça sert, de t'énerver comme ça ?

Elle s'agrippa à son bras pour reprendre l'appareil, qu'elle cacha dans son peignoir.

– Qu'est-ce que tu as écrit, au juste ?

– Eh bien…

Kana esquissa une moue, comme un enfant qui venait de faire une bêtise.

– Réponds !

— « L'homme avec qui je viens de passer la nuit dans un *love hotel* m'a dit faire partie d'un clan de gangsters, pour qui il va devoir abattre un cadre rival en début de semaine. J'aimerais le faire changer d'avis. Quelqu'un a une idée ? »

– Espèce de garce, qu'est-ce qui t'a pris ? Tu leur as même donné mon nom ?!

– J'ai seulement écrit « Junpei ». Je n'ai pas donné ton nom de famille. Je n'ai pas précisé où tu étais non plus.

– Pauvre conne ! Les gens ne sont pas tes jouets !

– Mais je me fais du souci ! J'aimerais te dissuader…

– La ferme ! Fous-moi la paix !

– Calme-toi un peu, Junpei, et écoute cette réponse.

Kana ressortit son téléphone et, d'une simple pression du pouce, afficha la page du forum. En moins d'une heure, son post avait déjà reçu des dizaines de réponses.

– Qu'est-ce que c'est que ce délire ! maugréa Junpei. À une heure pareille ? Les gens normaux sont tous en train de dormir.

S'il lui arrivait de traîner sur le net, il détestait les trucs d'otaku et se gardait bien d'y participer. Ce monde-là lui échappait.

– On est bien debout, nous. Et puis, le Japon est vaste. De Hokkaidô à Okinawa, tout le monde est connecté.

Kana sélectionna un post pour le montrer à Junpei.

#5 Junpei n'a encore que 21 ans. L'homicide volontaire constitue un crime, et même sans prendre en compte le fait qu'il s'agit d'une dispute entre yakuzas, il risque au minimum dix ans de prison. Sa jeunesse sera perdue. Il ferait mieux de se ressaisir. De : *Ponpon*

– D'où il sort, ce guignol ? laissa échapper Junpei.

Comment osait-il...

– Comme je te le disais, on ne sait rien de ces gens. Ni leur âge, ni leur genre...

– Te fous pas de moi. Si t'as des trucs à me dire, fais-le directement, au lieu de poster sur le net ! Je pourrais te tuer !

– Comme c'est anonyme, on peut dire ce qu'on veut. Bien sûr, il y aussi des réponses méchantes dans le lot, mais ça vient généralement de gens malheureux. Il n'y a qu'à les ignorer.

Junpei lut une nouvelle entrée.

#6 Arrête d'inventer des histoires, on sait très bien que t'es pas vraiment allée faire des trucs avec un yakuza dans un love hotel. *Ou alors, montre-nous des preuves.* De : Anonyme

– Tu vois, il y a même des imbéciles dans son genre, grommela Kana, visiblement mécontente.

#7 Vas-y, Junpei, fonce. Tu seras plus pépère en taule, qui sait ? De : Anonyme

– Il ne mâche pas ses mots, celui-là.

#8 *Dis, dis, il est beau, le Junpei ? Poste une photo !* De : Petite Sailor Moon

– Pourquoi je devrais amuser la galerie, moi ?

Il y avait pas mal de publications sans intérêt. Il fallait vraiment n'avoir rien à faire, pour rester collé à son portable à une heure pareille. Ils disaient ce qui leur passait par la tête. Cela dit, ce n'était pas totalement déplaisant à lire. Ça en faisait, des gens qui s'intéressaient à lui…

– Bon. Je vais dormir un peu.

Junpei poussa Kana qui occupait le milieu du lit. Bien calé, il tira la couverture à lui.

– Tu te couches ? Pas drôle.

– Je suis crevé. La journée a été longue, répondit Junpei avec un bâillement démesuré.

– Dans ce cas, moi aussi je vais dormir.

Kana roula sur le côté. Ses gros seins jaillirent de son peignoir.

Malgré lui, Junpei tendit instinctivement la main.

– Ben alors, je croyais que tu voulais dormir ! s'écria Kana d'une voix aguicheuse en se tortillant.

– Encore un coup, répondit Junpei en se plaçant au-dessus d'elle.

Ça devait bien être la sixième fois. Ce n'était pas une mauvaise façon de passer ses trois dernières nuits d'homme libre.

6

Lorsqu'il se réveilla, Kana était en train de se maquiller. Accroupie devant le canapé, elle appliquait du fond de teint avec le plus grand sérieux. À la réflexion, Junpei avait bien dû la voir au naturel pendant la nuit, mais ils avaient été tellement occupés à copuler qu'il ne parvenait pas à se remémorer son visage.

Il jeta un coup d'œil à sa montre : 13 heures. Il allait devoir payer des frais de dépassement, mais après avoir si bien dormi qu'il en avait mal au dos, ça ne le dérangeait pas. Il y avait des années qu'il n'avait pas connu un sommeil aussi réparateur. Lorsqu'il passait la nuit dans son lit superposé au QG du clan, il restait inconsciemment sur le qui-vive, prêt à aller se battre.

– Junpei, tu es réveillé ? Tu veux un café ? J'ai acheté des canettes, lança Kana derrière son miroir.

Il y avait aussi des petits encas sur la table.

– Je veux bien, merci.

Junpei sortit du lit et enfila son jean.

– Jc vais faire un tour au bowling, annonça Kana.

– Au bowling ?

– Oui, Risa m'a envoyé un message, c'est le mec avec qui elle a passé la nuit qui nous invite avec ses potes.

– Eh bien, elle déborde d'énergie, cette petite, ironisa Junpei devant l'insouciance de cette jeune femme qui avait pourtant son âge.

– Et toi, qu'est-ce que tu fais maintenant ?

– Je continue sur ma lancée. J'ai encore des trucs à régler.

Il décapsula une canette de café qu'il but d'un trait.

– On se retrouve ce soir ?

– Sais pas.

– Je te textote, alors. J'ai envie de te revoir.

Kana rassembla sa chevelure décolorée avant de retoucher son rouge à lèvres rose.

Lorsque Junpei sortit son téléphone afin d'échanger leurs coordonnées, il remarqua un appel en absence. De qui cela pouvait-il venir ? Il redressa involontairement l'échine : Kitajima avait essayé de le joindre. Vers 9 heures. Sans laisser de message. Puisqu'il devait rentrer dimanche soir, il était encore à Ôsaka.

Impossible d'ignorer son aniki. Junpei essaya de le rappeler. Celui-ci décrocha aux alentours de la cinquième sonnerie.

– Bonjour, c'est Junpei. J'espère que je ne vous dérange pas ?

– Une seconde. Je suis au restaurant du golf, avec un client, répondit Kitajima à voix basse.

Il y eut un bruit de chaise. Puis, au bout de quelques secondes, il reprit la communication.

– J'ai été surpris quand le patron m'a annoncé la nouvelle, tard hier soir. Alors comme ça, tu joues les porte-flingue, dit-il d'un ton grave.

– Oui. Je vais éliminer un membre du clan Matsuzaka, précisa Junpei, au garde-à-vous.

– Tu es vraiment une bonne poire. Tu n'as même pas cherché un moyen d'y échapper ?

– C'est-à-dire que… l'ordre venait directement du boss.

– Dans ce cas, tu aurais dû dire que tu avais besoin d'en parler avec ton aniki, afin de gagner du temps.

Kitajima soupira à l'autre bout du fil, pour la plus grande perplexité de Junpei, qui s'attendait plutôt à des félicitations.

– Ne le répète à personne, mais pour être honnête, je suis un peu fâché. Tu es mon subordonné. Même si l'ordre venait du boss, ça aurait dû passer par moi. Et non seulement ça ne me fait pas plaisir d'avoir été évincé dans une histoire aussi importante, mais ça m'ennuie pour toi, aussi…

– Non, aniki, ne vous en faites pas pour moi. C'est en pensant à vous que je le fais.

– Junpei… (Kitajima s'interrompit.) Quoi qu'il en soit, je rentre à Tôkyô un soir plus tôt que prévu. Tu peux faire ce que tu veux en attendant, mais tâche de me retrouver tout de suite.

– Je suis à Shinjuku. Appelez-moi quand vous voulez.

– Entendu. Reste joignable.

Fin de la communication. Junpei sentit une fièvre l'envahir. Kitajima s'inquiétait sincèrement pour lui. Voilà qui le comblait de bonheur.

– À qui tu parlais, Junpei ? s'enquit Kana.

– À mon aniki. Keisuke Kitajima, qu'il s'appelle, répondit Junpei, les narines dilatées.

– Oh ? Il doit avoir la classe, vu comme tu étais au garde-à-vous pendant votre conversation.

– Oui, c'est le meilleur aniki de tout le Japon.

– C'est lui qui t'a ordonné de jouer les porte-flingue ?

– Dis pas n'importe quoi ! L'ordre venait du boss. Mon aniki était tellement fâché de l'apprendre qu'il a décidé de rentrer précipitamment d'Ôsaka.

– Moi aussi, je veux le rencontrer !

– Et puis quoi encore ! Mon aniki, rencontrer une pimbêche comme toi ?!

– Une pimbêche, moi ? Pfft ! (Kana se leva et fit tournoyer son sac à main.) Bon, on y va ?

– Oui, bonne idée. C'était sympa. Merci.

– Tout le plaisir était pour moi.

Ensemble, ils quittèrent le *love hotel*. Le ciel d'automne était dégagé, la lumière éclatante même à travers des lunettes de soleil. Shinjuku débordait de monde, comme tous les samedis.

– À plus, lança Kana en agitant la main.

– Ouais, salut.

– C'est quoi, cette façon de parler ! s'esclaffa Kana.

Son ample poitrine frémit.

La lumière du soleil inondait Junpei tandis qu'il déambulait dans le quartier de Kabukichô. Aujourd'hui encore, il avait les coudées franches. Sans ordre de la part des lieutenants, le cœur léger, il goûtait la liberté de l'esclave auquel on avait ôté ses chaînes.

Il lui restait une chose à faire, cependant. Dans les vingt-quatre heures à venir, il lui faudrait prendre sa revanche sur les membres du clan Isoé qui lui avaient cassé la figure l'avant-veille.

Il consulta le pense-bête sur sa main gauche. Son regard tomba sur le mot « sushis ». Ah oui. Justement, il avait faim. Et avec l'argent dont il disposait, il pouvait se faire plaisir. Goûter de l'oursin, du congre, et autres garnitures dont il n'avait pas l'habitude. L'eau lui montait à la bouche rien que d'y penser.

Il ne connaissait qu'une seule adresse pour les sushis. Un restaurant de Kabukichô que Kitajima fréquentait souvent. D'après la devanture, l'établissement semblait huppé, mais il n'en avait jamais vu l'intérieur. Car il attendait toujours dehors, dans la voiture. Combien cela pouvait-il coûter, pour une personne, d'y manger à sa faim ? Jusqu'à dix mille yens, il pourrait se le permettre. Quoi qu'il en soit, n'ayant pas d'autre option, il décida de s'y rendre.

Alors qu'il avançait dans la rue, un marchand ambulant l'interpella.

– Le clan Isoé te cherche, mon petit Junpei. Il s'est passé quelque chose ?

– Qui sait, c'est peut-être pour me prêter de l'argent ? plaisanta Junpei d'un air bravache.

Qu'importe s'il devait tomber sur eux au prochain carrefour. Comme ça, au moins, il n'aurait pas à les pister.

Après cinq minutes d'errance, il arriva à sa destination. Décidément, l'endroit semblait hors d'atteinte pour un petit jeune de vingt et un ans, avec sa porte en bois naturel méticuleusement poli et des stèles de pierre soigneusement purifiées au sel. Junpei jeta un coup d'œil par l'interstice du *noren*[1]. L'établissement était à moitié rempli de personnes bien mises qui dégustaient des sushis avec élégance. Il serait sans doute le plus jeune client.

N'ayant pas le courage d'entrer tout de suite, Junpei s'écarta un peu pour reprendre ses esprits. D'abord, il commanderait une bière avec un encas… Et si on lui demandait quel genre de sashimi il désirait, que dirait-il ? S'il répondait de la seiche ou de la crevette, ne risquait-on pas de se moquer de lui ? Il n'y connaissait

1. Demi-rideau rectangulaire et fendu en son milieu, généralement indigo et frappé de caractères calligraphiés ou de symboles, que l'on retrouve souvent à l'entrée des restaurants et commerces.

rien en garnitures. Il mangerait bien une vingtaine de pièces, mais comment s'y prendre pour la commande ? Il avait entendu dire qu'il y avait un ordre à suivre avec les sushis. Il aurait sans doute l'air ridicule s'il réclamait d'entrée du congre.

Le voilà qui se tortillait sur le trottoir. Il aperçut son reflet dans la vitrine. Blouson de baseball, lunettes de soleil, boots. Un vrai gamin des rues. Quel con ! Il jura dans sa barbe. Comment faire pour ressembler à son aniki ?

Il finit par laisser tomber l'affaire. Quand bien même il parviendrait à entrer et à prendre une table, il n'aurait pas le cœur de savourer ses sushis. Il passerait son temps à se demander si tout le monde n'était pas en train de se payer sa tête.

Il parcourut les rues en quête d'une autre adresse. En y regardant de plus près, ce n'étaient pas les enseignes de sushis qui manquaient dans le plus grand quartier de divertissement du Japon. Mais entre les restaurants qui n'ouvraient que le soir et les autres qui étaient déjà bondés, dur de trouver chaussure à son pied.

Et pour être honnête, il commençait à se sentir intimidé. Déjà, les portes d'entrée étaient opaques, on refusait les nouveaux clients, et les jeunes n'y étaient pas les bienvenus. Pour un homme, il n'y avait que des inconvénients à avoir vingt et un ans.

Junpei décida d'essayer un *kaitenzushi*[1] près du théâtre Koma. De nos jours, ce type d'adresse proposait aussi des garnitures luxueuses et des desserts.

– Bienvenue !

1. Restaurant plutôt bon marché où les sushis sont placés sur un tapis roulant faisant le tour du comptoir et où les clients se servent au passage, sorte de version « restauration rapide » du *sushiya*.

Accueilli par une voix enjouée, il prit place au comptoir déjà occupé à moitié. Assis à côté de lui, vêtu d'un costume en tweed, un vieillard édenté dégustait ses sushis sans penser à rien.

Junpei commanda une bière et attrapa pour commencer une assiette d'aubergines marinées. Habitué à ne manger que des bentos, il était en manque de ce genre de cuisine familiale. Les légumes, juteux, fondaient sous la dent.

Il saisit des sushis à la crevette, puis à la seiche et au thon. Il voulait d'abord en manger un de chaque sorte. Il enfourna une pièce de thon à la chair rouge. C'est vrai que c'était bon, les sushis. Et avec toute l'énergie qu'il avait dépensée au club puis au *love hotel*, il avait de la place dans l'estomac.

– Si vous avez des envies particulières, n'hésitez pas à demander, lui suggéra un employé.

– Une pièce de thon gras, s'il vous plaît, commanda Junpei.

– Ah, pour moi aussi, renchérit son voisin.

Ils échangèrent un regard. Le vieillard esquissa un sourire joyeux.

– Sacré appétit que vous avez là, jeune homme. Que c'est beau, la jeunesse ! Moi, dix pièces, ça me suffit.

Il lui parlait comme à un ami de longue date.

Junpei lui adressa un regard sévère avant de l'ignorer. Il n'était pas du genre à faire la conversation aux croulants. Et puis, à y mieux regarder, son costume était un peu sale.

Les sushis au thon gras arrivèrent à peine une minute plus tard.

– Oh, du *toro-jabara*, quelle aubaine ! s'exclama l'homme pour lui-même, avant de jeter un œil à l'assiette de Junpei. On échange ?

– La ferme. Tu sais pas manger en silence ? aboya Junpei.

Tous les regards se posèrent sur lui.

– Mais, tu vois, le mien est en bandelettes. Alors que tu n'as eu que du *toro* ordinaire, insista l'autre.

– Quelle est la différence ?

– Regarde bien : la chair est découpée en fines lamelles. C'est meilleur, plus fondant.

– Dis donc, papy. Qu'est-ce que tu me chantes ? On est dans un *kaitenzushi*. Un fois avalé, c'est kif-kif.

– On n'entend plus souvent ce genre de discours de nos jours. D'où viens-tu au juste, jeune homme ?

– La ferme, je te dis. Fous-moi la paix ! s'écria Junpei en faisant face à l'importun pour lui donner une tape sur l'épaule.

Le vieil homme perdit l'équilibre et tomba de son siège. Son bol de thé vacilla, avant de se répandre sur sa tête.

– Ça brûle ! gémit-il, roulé en boule par terre.

La caissière se précipita auprès d'eux.

– Je vais vous demander de vous calmer, s'il vous plaît, dit-elle à Junpei avec un regard dur.

– Imbécile ! Vous voyez bien que c'est ce vieux qui est venu m'embêter !

C'était parti tout seul. D'instinct.

Un autre employé apparut – un responsable, visiblement, venu éponger la tête du vieil homme à l'aide d'un essuie-mains.

– Appelez une ambulance, implora la victime. Je me suis brûlé. Je me suis fait mal au coccyx, aussi.

– Comment ça, brûlé ? Tu me prends pour qui, papy ? Si tu me manques de respect à cause de ma jeunesse, attends-toi à en payer le prix !

Le sang monta à la tête de Junpei. Pourquoi se retrouvait-il toujours harcelé par des petits vieux ?

– Je vois. Tu es un de ces délinquants…

– Qu'est-ce que ça peut faire !

– Aïe aïe aïe ! Une ambulance ! grimaça le vieil homme en se relevant à grand-peine, la main sur le derrière.

Tous les clients du restaurant les regardaient fixement. Craignant de se trouver mêlés à l'affaire, certains quittaient même leur siège.

– J'appelle la police, si ça ne vous dérange pas, déclara le gérant à Junpei.

– Hein ? Pourquoi vous me dites ça à moi ? Vous n'avez pas vu ? C'est ce vieux croûton qui est venu m'asticoter !

– Mais c'est vous qui l'avez poussé, monsieur. Et comme il est blessé…

– Appelez-les, si ça vous chante ! La police, l'armée, tout ce que vous voulez ! s'époumona Junpei, le visage cramoisi.

Il n'allait pas se laisser humilier sans rien dire par ces quidams. Un flot d'adrénaline le parcourait des pieds à la tête. La caissière échangea un regard avec son patron avant de regagner l'arrière-boutique. La police ne tarderait pas à venir : il y avait un poste de quartier pas loin. S'il faisait du grabuge… Junpei respira trois secondes pour reprendre ses esprits.

– Ah, attendez. N'appelez pas les flics tout de suite, dit-il en se contenant. Calmons-nous, tous. Le vieux et moi, on va sortir d'ici. Ça vous va ? Allez, papy, on va pas mêler le restaurant à tout ça. Sortons. T'en fais pas, je ne suis pas du genre à maltraiter les ancêtres. On va juste parler. Excusez-moi d'avoir élevé la voix dans votre établissement, ajouta-t-il en donnant une tape sur l'épaule du gérant. L'addition, s'il vous plaît.

– Dans ce cas…, marmonna le patron d'un air crispé, avant de se tourner vers les autres clients. Je vous prie de bien vouloir nous excuser pour la gêne occasionnée, lança-t-il d'une voix forte en s'inclinant profondément.

– Allez, papy. On se lève. C'est fini. On a bien mangé, non ? On paye et on se casse.

Junpei remit le vieil homme sur ses pieds.

– Dis-moi, jeune homme. Ça m'embête, mais… peux-tu payer pour moi ? demanda ce dernier, la mine contrite.

Junpei n'en croyait pas ses oreilles.

– Je suis un peu à sec en ce moment…

Ce vieux, alors… Le feu lui monta aux joues.

– Tu comptais manger à l'œil ? murmura-t-il.

– Ne dis pas ça, les gens pourraient se méprendre. J'ai oublié mon portefeuille, c'est tout.

– C'est ce qu'on appelle jouer les pique-assiette !

– Aïe aïe aïe ! Je vais avoir besoin de cette ambulance, finalement !

– Quel boulet…

Junpei parcourut les environs du regard. L'humiliation était totale. À la caisse, le gérant rentrait la somme.

– J'espère que t'es prêt, ducon.

Junpei attrapa le vieux par le col pour le forcer à marcher.

– Patron, mettez tout sur ma note. Je paye pour deux.

– Désolé, jeune homme, répéta le vieux en souriant de toutes ses dents.

Junpei en avait complètement oublié la saveur des sushis qu'il venait de déguster.

Une fois dehors, il poussa le doyen entre deux immeubles pour le secouer violemment.

– Sale cafard, je vais t'apprendre à te payer la tête des gens ! Je suis Sakamoto, du clan Hayata, filiale du groupe Rokumei. Ne crois pas que tu vas t'en tirer comme ça face à un membre du crime organisé !

– Sakamoto, dis-tu ? Calme-toi, voyons. Ce n'est pas bon de s'agiter juste après avoir mangé, pérora le vieux, feignant l'innocence.

– Espèce d'ordure ! hurla Junpei, les traits déformés par la colère, en l'étranglant de toutes ses forces.

– Tu me fais mal ! Je suis contre la violence !

– Où tu crèches, l'ancêtre ?

– Pas loin d'ici… Dans un complexe de Kabukichô… Lâche-moi, s'il te plaît.

– La ferme ! Tu as des sous, là-bas, au moins ?

– Oui…, acquiesça le bonhomme. Enfin, je crois ?

– Rends-moi ma thune !

Junpei maudissait sa malchance. Pourquoi devait-il perdre un temps précieux avec un tel parasite ?

– Conduis-moi chez toi. Tu dois bien avoir des objets de valeur, si tu n'es pas à la rue.

Il lâcha sa proie, qui se plia en deux, les mains sur les genoux, pour tousser.

– Jeune Sakamoto, tu manques de respect envers les personnes âgées, murmura-t-il, tête baissée.

– Allez, on y va, ordonna Junpei en le prenant par le bras.

– Tu en fais, des histoires, pour deux mille yens à peine.

– Imbécile ! Il n'y a vraiment qu'un pique-assiette pour dire ça !

Ils se mirent en chemin, Junpei poussant le vieil homme dans le dos. En dépit des apparences, ce dernier marchait d'un pas alerte et n'avait aucun mal à tenir le rythme de Junpei. Il était grand, aussi, à mieux y regarder. Quant à la barbe de trois jours qui lui couvrait le bas du visage, elle était bien distribuée et se mariait à son teint mat.

– Tiens, mon petit Junpei ! lança un homme-sandwich aux traits familiers. Quel duo insolite ! D'où tu connais le professeur ? s'enquit-il avec curiosité.

— « Le professeur » ? (Junpei s'arrêta sur ses pas.) Tu connais ce papy ?

– Oui, c'est un prof de l'université de Waseda. Il est célèbre dans tout Kabukichô.

– Ce sont des vieilles histoires, ça, protesta l'intéressé, les sourcils froncés, avant de reprendre son chemin. Allons-y, Sakamoto.

– C'est vrai, ce que tu me racontes ? Au sujet de Waseda ? demanda Junpei à l'homme-sandwich.

– Bien sûr. Il y enseignait autrefois. La littérature, ou la philosophie… Il m'a même filé un livre d'un certain Hagel.

– Hegel, rectifia le vieux tout en marchant.

– Enfin bref, c'était compliqué, j'ai pas bien compris. Oh, et il est connu pour jouer les pique-assiette. Avec une méthode bien rodée : il fait la conversation à son voisin et se débrouille pour tomber de sa chaise et faire appeler une ambulance. Ne me dis pas que tu t'es fait avoir, mon petit Jun ? Ha ha ha !

Le type à la pancarte s'esclaffa de bon cœur.

– Dis donc, papy, tu as du culot, de te servir de moi comme ça, maugréa Junpei en attrapant une nouvelle fois le professeur par le col.

– Ce que tu peux être violent ! Si c'est une question d'argent, je vais te rembourser, je te l'ai dit.

Le vieil homme se recoiffa avec un regard mécontent.

– Tu sais ce qui t'attend si tu ne le fais pas ?

– Tu ne peux pas me parler plus gentiment ? C'est peut-être une déformation professionnelle, mais tu vas te casser la voix à crier tout le temps comme ça. Chien qui aboie ne mord pas.

– Qui tu traites de chien ?!

– Ça va, inutile de me cracher dessus.

Avec une grimace, le vieil homme se remit en marche, Junpei sur les talons.

Les rues de Kabukichô étaient noires de monde en ce samedi après-midi. Des groupes de touristes chinois bloquaient la chaussée tandis qu'ils prenaient des photos souvenirs. Accroupis sur le trottoir, de jeunes voyous interpellaient les passantes. Des personnes postées çà et là pour distribuer des tracts entravaient le passage, tels les leviers d'un flipper.

– Quel âge as-tu, Sakamoto ? s'enquit le vieil homme.

– Vingt et un ans.

– Je vois. Vingt et un, hein ? C'est l'âge auquel on s'imprègne de l'essentiel. Celui dont les lectures nous restent en mémoire toute la vie. C'est merveilleux.

– La ferme. Moi, je lis pas de livres.

– Ah bon ? Mais pourquoi ?

– Pourquoi lire des bouquins où il n'y a que du texte, alors que les mangas existent ?

– Intéressant… C'est une raison valable, en effet.

Le vieil homme haussa les épaules. Arrivés au carrefour suivant, c'est un marchand à la sauvette iranien qui les arrêta.

– Yo, Junpei ! Il y a des gens du clan Isoé qui te cherchaient. Il est arrivé quelque chose ?

– Ouais ouais. La prochaine fois qu'on t'interroge, réponds-leur que je me balade en pleine forme, lança Junpei d'une voix exaspérée.

Visiblement, ils ne lâchaient pas l'affaire.

– Tu es très demandé, dis-moi, constata le vieil homme.

– Tu l'as dit. Alors, tâche de bien retenir mon nom !

Les mains dans les poches, il allongea le pas. Il n'avait pas peur du clan Isoé. « Venez donc me chercher ! » avait-il envie de leur crier dans les haut-parleurs du quartier.

L'appartement du vieil homme se situait dans un complexe défraîchi, juste avant la rue où se trouvait l'Office pour la sécurité de l'emploi, qui traversait le quartier des *love hotels*. Il s'agissait moins d'une résidence que d'une communauté hétérogène qui, vue de l'extérieur, semblait à l'abandon. Sur le toit, des corbeaux croassaient à gorge déployée.

– Il y a vraiment des gens qui habitent ici ? s'étonna Junpei en contemplant le bâtiment.

– Bien sûr. Enfin, il y a moi, c'est tout.

Le vieil homme pénétra dans le vestibule. L'intérieur se révéla plus sinistre encore, avec des portes menant à des bureaux privés qui ne pouvait appartenir qu'à des extorqueurs et des plaques désignant les bureaux de bandes mafieuses.

Le couloir, encombré de grosses boîtes et d'emplacements où garer les vélos, était difficilement praticable. Même constat dans l'escalier, où un simple coup de pied dans un carton mit en fuite un groupe de chats de gouttière qui s'y cachaient.

– C'est au cinquième. L'ascenseur est en panne. Mais c'est meilleur pour la santé de monter à pied.

– Qu'est-ce que c'est, comme bâtiment ?

– Un immeuble qui a échappé de justesse à la spéculation immobilière, et sur lequel personne n'a réussi à mettre la main à cause d'un flou juridique. Le loyer ne coûte quasiment rien. Il est collecté tous les six mois, mais comme le propriétaire est du genre laxiste, il ne passe pas régulièrement.

Le vieillard partit d'un rire sonore. Contenant son irritation, Junpei s'engagea dans l'escalier. Tout ce qu'il voulait, c'était récupérer ses sous le plus vite possible.

L'appartement se trouvait au bout du couloir. Pas de plaque de nom. À l'intérieur, de grandes piles de livres s'entassaient jusque dans le vestibule. Il n'y avait nulle part où mettre les pieds.

– Dis donc, papy, on peut même pas entrer !

– Marche en crabe. C'est plus spacieux à l'intérieur.

Junpei s'exécuta. Le peu d'espace disponible était entièrement occupé par des bibliothèques ; et même le bureau et le lit croulaient sous les volumes. Seuls la fenêtre et le balcon orientés nord laissaient entrer la lumière du soleil, apportant un peu de vie à l'endroit. Là encore se prélassaient quelques chats, les yeux plissés de plaisir.

– Bon, l'argent. Combien était-ce, déjà ?

– Deux mille six cents yens.

– Entendu. Assieds-toi là en attendant. Je vais chercher ça.

Le professeur poussa les livres sur le bureau et se mit à fouiller. Les épaules lasses, Junpei dégagea la causeuse pour s'y installer.

Il balaya la pièce du regard. Il fut étonné par l'abondance de titres étrangers. Il n'y avait pas que de l'anglais, mais aussi des langues dont il ne reconnaissait pas les caractères.

Soudain, son téléphone lui signala un nouveau texto. Qui cela pouvait-il être ? Un regard l'informa qu'il s'agissait de Kana.

Junpei, qu'est-ce que tu fais ? Le forum de discussion déborde de réponses à ton sujet. Je t'envoie le lien, tâche d'y jeter un œil toi aussi.

Qu'est-ce que ces geeks qui traînaient sur le net avaient encore bien pu raconter... ? En dépit de son mépris, Junpei ne pouvait réprimer une certaine curiosité, aussi cliqua-t-il sur le lien fourni.

Et commença sa lecture.

#28 Junpei. Tu es jeune. Je sais qu'à ton âge, on ne soucie guère de l'avenir, mais ne crains-tu pas de faire un choix de vie trop radical en embrassant une carrière de porte-flingue ? Je te conseille d'abandonner tout de suite. Ce ne sont pas les cachettes qui manquent. Que dirais-tu de venir récolter la canne à sucre à Okinawa ? Tu ne serais pas payé, mais tu n'aurais pas à te préoccuper des frais de transport, ni du gîte et du couvert. Pour tout te dire, je l'ai déjà fait moi-même. Quand j'étais au lycée, je suis devenu hikikomori*, et pour me réhabiliter, j'ai fait un séjour de trois mois, mais je m'y suis fait tellement d'amis que ça a été une expérience précieuse. Il y avait plein de jolies filles, aussi.* De : Anonyme

Mais quel con ! Pourquoi devrait-il aller travailler dans les champs ?!

#29 Salutations, m'sieur Junpei. Moi aussi, j'ai fait partie du crime organisé. Intronisé à dix-huit piges, avant de me ranger des voitures au bout de trois ans. Maintenant, je travaille comme chauffeur routier. Mais j'ai gardé mes petits doigts ! Un heureux hasard a fait que mon clan s'est dissous, j'en ai profité pour redevenir un honnête homme. Moi aussi, quand j'étais de la partie, j'ai vu un camarade avoir la malchance d'être désigné pour abattre un membre d'un clan rival, mais un groupe d'aniki pleins de

bon sens a fait irruption dans leurs bureaux, toute pétoire dehors, pour s'y faire arrêter. Car c'est toujours moins grave de se faire choper pour coups et blessures et détention d'arme à feu que pour meurtre. Quant au pauvre type qui avait été désigné, il est mort d'une balle perdue. Junpei, que penses-tu d'aller te rendre une fois ton forfait commis ? De : L'Étoile du routier

Trop tard. Il avait été désigné directement par le boss… Junpei laissa échapper un soupir. Ce commentateur était-il vraiment un ancien du milieu ? L'internet était trop vaste pour qu'on puisse en avoir la certitude.

#30 Tu m'as l'air d'un jeune homme qui n'a pas froid aux yeux, Junpei. Ça me plaît. Dans un monde où la plupart des gens passent leur temps à peser le pour et le contre, je ne peux que m'incliner devant ton sens du sacrifice. Mais je trouve un peu dommage que ta cible soit un yakuza. Tant qu'à devoir faire de la taule, autant abattre quelqu'un de vraiment mauvais. Un membre du gouvernement, par exemple. Tue le premier ministre Junji Koizumi et inscris ton nom dans l'histoire ! De : Tarô le terroriste

Joue pas avec le destin des gens, enfin ! ne put s'empêcher d'ironiser mentalement Junpei.

#31 Junpei, se pourrait-il que tu sois le Junpei Aoki du collège Umegaoka ? Ici Megumi, je faisais partie du club de basket. Si c'est bien toi, contacte-moi. Tout le monde se fait du souci pour toi… De : Megumi

L'idiote se trompait de destinataire. Il fallait vraiment avoir du temps à perdre…

#32 Junpei, il existe un moyen simple d'échapper à cette mission de porte-flingue. Mais je ne peux pas te l'expliquer gratuitement. Envoie d'abord un mail vide à cette adresse. De : Teufteuf

Quel sens des affaires… Lassé, Junpei abandonna sa lecture et quitta la page, avant de répondre à la seule Kana.

Merci de ton message. Il y a beaucoup de gens qui s'ennuient, dis donc. Mais il n'y a pas à tortiller. Je vais devenir un homme. En tant que femme, tu ne peux pas comprendre.

Il ferma son portable. Lorsqu'il leva le nez, le vieux escaladait une montagne de livres pour aller ouvrir l'autel des ancêtres.

– Qu'est-ce tu fabriques, papy ? demanda-t-il.

– Comme c'est étrange, je ne trouve plus mon argent…, répondit l'autre, la tête penchée.

Ça empestait le mensonge à plein nez.

– Une petite souris a dû l'emporter…

– Tu mentais depuis le début ! Alors que tu m'as fait venir jusque-là !

Le sang de Junpei ne fit qu'un tour. Il ne pourrait pas se calmer tant qu'il n'aurait pas suspendu le vieux par les pieds à son balcon.

– Bon. Finie la comédie. Prépare-toi, ducon !

– Attends une minute. Si c'est de l'argent que tu veux, je vais t'en trouver, répondit le vieillard du haut de sa montagne de livres, le plus calmement du monde, tel un ermite.

– Comment tu comptes t'y prendre ?

– Tu ne regardes pas où il faut, jeune Sakamoto. Tu te trouves au cœur même d'un monceau de trésors.

– Qu'est-ce que tu me chantes, encore ? Je n'ai pas que ça à faire. Aboule le fric ! s'impatienta Junpei en tapant du pied.

– Eh bien, par exemple, que penses-tu de ce livre à la couverture rouge, pile au milieu de l'étagère sur ta droite ?

– Qu’est-ce que j’en sais ? Un livre est un livre.

– Il s’agit d’une édition originale de Mishima.

– Qu’est-ce que ça peut me foutre ?

– Si tu la ramènes dans une librairie d’occasion, tu devrais pouvoir te payer trois repas dans un vrai restaurant de sushis avec.

Ne sachant que répondre, Junpei tendit le bras et s’empara du volume indiqué.

– Prends-en grand soin. Ancien comme il est, il a le dos fragile.

À l’ouverture, il sentait le moisi. Junpei n’eut pas le cœur de déchiffrer les caractères alignés sur la page.

– Tiens, c’est pour toi.

Le vieil homme descendit de sa montagne de livres et tendit un ouvrage à Junpei.

– C’est un recueil d’aphorismes de Saitô Ryokuu. Vends-le, ou garde-le.

– J’ai pas besoin de ça. Donne-moi plutôt de l’oseille.

– Justement, si tu veux en tirer de l’argent, tu n’as qu’à aller le revendre dans une librairie d’occasion.

– Espèce de vieille mule. S’il fait moins de 2 600 yens, je reviens foutre le feu à ton appartement.

Junpei n’eut pas d’autre choix que d’accepter l’offrande. Il en avait assez de se faire mener en bateau par ce type.

– Il faut savoir que le pinceau est un, les baguettes sont deux, et que seul contre tous, le combat est perdu d’avance, déclama le vieux.

– C’est quoi, ça, encore ?

– Une citation célèbre tirée de ce recueil. Elle veut dire qu’il faut savoir qu’on ne peut gagner lorsqu’on est en infériorité numérique.

– Ça tombe sous le sens ! Il est bête, ce Saitô machin-chose, ou quoi ?

– Hmm, difficile de répliquer… Ah, je sais. J'ai là un délicieux thé rouge, prends-en donc une tasse.

Sans attendre la réponse de Junpei, le vieil homme se glissa entre les livres en direction de l'évier.

Un chat noir s'approcha. Junpei le prit sur ses genoux.

– T'es un chat de gouttière ? Comme moi, murmura-t-il.

Le félin bâilla à s'en décrocher la mâchoire avant de se rouler en boule.

– Qu'est-ce tu fais ? J'allais partir, moi.

Junpei s'enfonça dans le canapé avec un soupir.

Il balaya une nouvelle fois la pièce du regard. Sur une des étagères était négligemment posée une montre à gousset. Junpei l'attrapa. Au dos se trouvait une inscription un peu sale, qu'il essuya de sa manche pour mieux la voir : « 55e prix de nouvelle littérature japonaise – Keizaburô Nishio »

De quoi pouvait-il bien s'agir ? Autant demander à son hôte.

– Dis donc, papy. Comment tu t'appelles, au juste ?

– Moi ? Mon nom est Nishio.

– Hmm…

Sans doute une récompense reçue pour son travail universitaire… Junpei songea un instant à la garder pour lui, avant de se raviser : jamais un prêteur sur gage ne l'accepterait sans justificatif d'identité. De toute façon, elle ne vaudrait presque rien.

Le professeur revint avec le thé. Les tasses, bien que vieilles, avaient l'air très chères. Une odeur boisée emplit les narines de Junpei lorsqu'il huma le breuvage. Son hôte contempla sa réaction avec un sourire.

– Pourquoi vis-tu dans un taudis pareil, papy ? En tant qu'ancien de Waseda, tu dois être plein aux as.

– Plus maintenant. Maison, argent… mon ex-femme et mes enfants m'ont dépouillé, expliqua le vieux dans un haussement d'épaules. En prenant ma retraite, j'ai décidé de quitter le droit chemin.

– Vraiment ?

– Tout juste. C'est amusant, de déraper, déclara-t-il joyeusement.

Junpei n'avait qu'une envie : déguerpir au plus vite.

7

Le vieil érudit semblait heureux d'avoir quelqu'un à qui faire la conversation. Même si son visage demeurait toujours aussi impassible, un sourire relevait la commissure de ses lèvres. Et il se montrait intarissable, de surcroît.

Déconcerté par le tour qu'avait pris la situation, Junpei se laissait inonder par ses propos tout en caressant le chat noir installé sur ses genoux. C'était à peine s'il l'écoutait.

– J'ai quitté l'université et abandonné ma famille. J'ai complètement coupé les ponts avec ma femme et mes enfants. Jusque-là, j'avais toujours vécu entravé, à tous les niveaux. Que ce soit par ma place à l'université et dans le monde académique, par les rumeurs de voisinage, par la famille de ma femme, ou même par mon propre orgueil. Ligoté de la tête aux pieds. Je restais courtois et raisonnable en toutes circonstances, le sourire toujours aux lèvres. Je ne laissais jamais éclater mes sentiments. Tout le monde me voyait comme un parfait gentleman. Grâce à ma profession, tous me faisaient confiance. La mairie, les banques, les sociétés de crédit. Pourtant, tout cela n'était qu'une façade. Je n'avais rien d'un gentleman. Depuis ma tendre enfance, quelque chose bouillonnait en moi, prêt à entrer en éruption, tel un volcan.

Le vieil homme parlait face à la fenêtre ouverte, comme pour prononcer une allocution à l'attention de la rue. Les chats du balcon continuaient de se prélasser sans lui prêter la moindre attention.

– Une fois seulement, quand j'étais jeune, une occasion s'est présentée de m'évader. Alors que je poursuivais mes études en Allemagne, j'ai écrit un roman, que j'ai envoyé à une revue littéraire japonaise. Le magazine l'a sélectionné, et il a remporté un prix réputé. Même si cela n'a pas fait autant de bruit qu'aujourd'hui, la nouvelle a été publiée dans les journaux, et j'en ai nourri de grands espoirs pour l'avenir. À mes yeux, c'était la chance d'une vie. En devenant écrivain, je n'aurais plus besoin de me plier aux normes. On me pardonnerait mes écarts de conduite… Mais la réalité en a décidé autrement. Ma mère, friande de décorations, s'est fourré dans la tête que, si son fils avait reçu un tel prix, c'est qu'il devait être exceptionnel. Lorsqu'elle s'est vantée, devant toute la famille, d'avoir décidément bien soigné mon éducation, comme on en avait là la preuve concrète, le monde a viré au noir devant mes yeux. Elle n'avait pas la moindre idée des ténèbres que renfermait le cœur de son fils. Elle ne pouvait même pas comprendre, ne serait-ce qu'un peu, comme les écrivains vivaient à la marge. La prétention de cette mère vaniteuse, éprise d'autorité et de prestige, ne connaissait plus de bornes… Elle avait toujours été la première source de mon tourment. Quand j'étais petit, elle avait fait venir des professeurs particuliers, exigé que je sois le premier de la classe ; elle m'avait privé de liberté, étouffé ma croissance dans l'œuf. Je n'avais pas de personnalité propre. Sans cesse, je guettais ses réactions, m'efforçais de satisfaire à ses attentes. Je n'étais qu'un chien castré et domestiqué.

– Dis-moi, papy, l'interrompit Junpei. Elle est toujours vivante, ta vieille ?

– Bien sûr que non. Il y a longtemps qu'elle est morte. Moi-même, j'ai soixante-huit ans.

– Alors tu devrais être peinard, non ? Les morts ne peuvent plus s'en prendre aux vivants.

– Certes, tu n'as pas tort... Mais je te parle là d'un trauma.

– Eh bien. C'est compliqué, quand on a de la cervelle. Peu importe, t'aurais pas un cendrier ?

– Attends voir...

Le vieil homme lui tendit une palette encroûtée de pigments desséchés.

– Tu peux utiliser ça.

C'est alors, seulement, que Junpei remarqua l'odeur de peinture à l'huile qui flottait dans la pièce. Plusieurs toiles étaient exposées, aussi.

Il alluma une cigarette et inhala lentement. Un autre chat s'approcha de lui pour bondir sur ses genoux et grimper jusqu'à ses épaules, où il s'étira les pattes avant.

– Bon, où en étais-je ? Ah oui, je te racontais comment j'ai décidé de quitter le droit chemin. (Le vieil homme toussota avant de rendre son récit.) J'ai épousé une jeune femme choisie par ma mère, fait deux enfants et fondé une famille. Mais pour moi, ce n'était qu'un château de cartes. Tout n'était que mensonge ; je devais constamment jouer le rôle du bon mari, du bon père, sans jamais pouvoir me détendre, même dans ma propre maison. À l'instar de ma mère, mon épouse, persuadée de sa supériorité, me maintenait sous pression en permanence. Et elle passait son temps dehors, de surcroît ! Elle faisait partie d'une association d'aide aux réfugiés africains. Cela ne revenait-il pas au même que l'action de ces missionnaires chrétiens soutenant les peuples colonisés à des fins de prosélytisme ? À maintes reprises, ils m'ont embarqué dans leurs histoires ; chaque fois, j'avais le plus grand mal à contenir mon irritation. Pour aller vite, on pourrait dire que ma femme avait pris le relais de ma mère. Je ne demandais qu'à me libérer de cette situation. À jeter cette autorité aux orties pour en émerger nu comme un ver. C'est alors que j'ai pris ma retraite anticipée de l'université, abandonné mon statut et ma famille, et choisi de devenir totalement libre. J'ai donc commencé par quitter la maison. Et laissé à ma femme un message lui demandant de ne pas me chercher, et l'assurant que je lui donnerais des nouvelles une fois par mois.

– Attends une minute. Tu veux dire que tu as fugué ? demanda Junpei en sirotant son thé refroidi.

Un troisième chat était venu s'installer sur lui entretemps.

– Si on veut. Mais peut-être pas dans le sens où tu l'entends, jeune Sakamoto.

– Mais quand on fugue, on ne donne pas sa nouvelle adresse.

– Tu parles d'expérience ?

– Et pas qu'un peu. La première fois que j'ai fait le mur, c'était au collège, pendant les vacances d'été.

– Tu as commencé tôt.

– Imbécile. Si on ne le fait pas tant que l'école est obligatoire, quel intérêt ?

– Ah, dit comme ça, effectivement..., acquiesça le vieil homme, comme sous le coup d'une révélation. Qu'essayais-tu de fuir, au juste ?

– La maison et le collège m'étaient pénibles, alors j'ai quitté Saitama pour Tôkyô.

– Si tu étais au collège, on a dû signaler ta disparition, non ?

– Même pas.

– Mais pourquoi ?

– Mes parents n'étaient pas comme ça. Pas de père, ma daronne était encore jeune, elle travaillait comme hôtesse et couchait systématiquement avec ses clients, alors un enfant ne pouvait que la gêner. Du coup, quand j'ai fugué, elle a dû se dire que c'était son jour de chance, avant de se précipiter chez son amant.

– Quelle mère indigne ! Qu'est-elle devenue ?

– Qu'est-ce que j'en sais ? Je suppose qu'elle bosse toujours comme hôtesse là-bas. C'est tout ce dont elle est capable.

– Et toi, où as-tu dévié ?

– Tu le vois bien, non ? Je fais partie du crime organisé, maintenant, répondit Junpei, les sourcils froncés.

Aucune cohérence dans les propos de ce vieux croûton, décidément.

– Héhé ! Je vois. Peut-être ferais-je bien de prendre exemple sur toi, marmonna-t-il. Quel genre de méfait as-tu commis, au juste ?

– J'ai tout essayé. Bagarre, chantage, vol, trafic de drogue…

– Tu as fait de la prison ?

– Maison de correction, seulement, car j'étais encore mineur. Six mois environ.

– Tu m'en diras tant. Tu fais partie de l'élite des délinquants, constata le vieil homme en posant sur lui un regard admiratif. À vrai dire, c'est bien beau de fuguer, mais maintenant que je suis là, je ne sais pas quoi faire de ma personne. J'ai dormi sous les ponts, eu affaire à la police, joué les pique-assiette, mais je peine à progresser plus avant. J'aimerais sortir des sentiers battus, mais comme tu peux le voir, je ne suis qu'un hors-la-loi des plus novices. Ne voudrais-tu pas me donner quelques indications ?

– Hein ? J'ai pas que ça à foutre !

– Ne dis pas ça ! On est liés, maintenant, tous les deux.

– Arrête tes conneries ! Si je te prends comme disciple, ta première mission sera d'aller racketter les gens sur le terrain.

– C'est-à-dire que, la bagarre, c'est un peu… Enfin, j'ai soixante-huit ans…, lui rappela l'homme en croisant les bras, le plus sérieusement du monde.

– Hmpf. Tu tiens donc à la vie ? Dans ce cas, dépêche-toi de rentrer chez toi.

– Oh non, ma vie ne m'est plus d'aucune importance. J'ai vu le visage de mes petits-enfants, j'ai laissé ma marque dans l'enseignement…

– Où est le problème, alors ?

– Je ne me suis jamais battu.

N'y tenant plus, Junpei se renfonça dans son siège et s'étira avec un grand bâillement. Les chats s'agrippèrent à ses vêtements, paniqués.

Soudain, une idée lui vint.

– Alors, papy, tu es motivé ?

– Bien sûr. Je ne veux pas m'en prendre aux innocents, mais je suis prêt à attaquer les voyous par-derrière à coups de batte de baseball. Ce sera certainement exaltant…

– Oui, tu as raison. C'est très agréable. Et même si tu les butes, ce sont des vauriens, de toute façon. Tu feras au monde une faveur.

– Mais quand même, les tuer, c'est un peu…

– Ça n'arrive que rarement, tu sais. Les crétins ont le crâne dur, ils ne meurent pas si facilement.

Junpei songea à envoyer son hôte attaquer les membres du clan Isoé. Nul doute qu'ils paniqueraient en voyant soudain ce vieillard qu'ils ne connaissaient ni d'Ève ni d'Adam leur taper dessus à coups de barre de fer. Il en riait d'avance.

– Tu cours vite, au moins ?

– Ah, pour ça, je ne suis pas Carl Lewis, mais j'ai de bonnes jambes, oui.

– Carl quoi ? C'est qui, celui-là, encore ?

– Un homme d'une autre époque…

– Peu importe. C'est décidé.

Junpei se leva de son siège, chassant les félins, et glissa le recueil de Saitô Ryokuu dans la poche arrière de son jean.

– On s'y met tout de suite ? s'enquit le vieil homme.

– Bien sûr. Si tu veux quitter le droit chemin, il faut bien commencer.

– Entendu. À partir de maintenant, je t'obéis au doigt et à l'œil.

Le vieil homme dressa l'échine et serra les deux poings comme pour rassembler ses forces. Une veine saillit dans son cou ridé tandis qu'il contemplait le ciel. Décidément, ce n'étaient pas les excentriques qui manquaient à Kabukichô.

Ensemble, ils déambulèrent dans le quartier. Ils pénétrèrent tout d'abord sur un chantier de construction désert (puisqu'on était samedi) et choisirent une barre de fer adaptée parmi les piles de matériel entreposé. Avec son extrémité hérissée de boulons, elle constituait une arme d'allure dangereuse.

– Tu ferais mieux de l'utiliser comme canne, constata Junpei.

– Un peu de respect ! Je n'ai pas besoin d'aide pour marcher ! s'écria le vieux, indigné.

– Je le sais bien. Mais si tu la portes sur l'épaule, tu risques d'éveiller les soupçons.

– Ah, je vois. Va pour la canne, dans ce cas.

Le vieil homme se mit en marche d'un pas long et mesuré, rythmé par les cliquètements de son arme contre le sol. Il chantonnait à bouche fermée.

– Dis, papy, comment on fait pour devenir prof d'université ? demanda Junpei.

– Il suffit de flatter les bons egos, répondit-il d'une voix enjouée.

– Haha. J'en déduis que c'est ce que tu as fait, toi aussi ?

– Tout juste. J'ai montré mon cul à la tapette qui dirigeait le département.

– Tu rigoles ?

– Évidemment.

– Vieux fou. On ne plaisante pas avec les gangsters.

– Sakamoto… comment es-tu entré dans ce milieu ?

– Faut vraiment être naïf pour poser cette question ! Les gens comme moi n'ont pas le choix. Je ne pouvais pas faire d'études, ma famille était pauvre, je n'avais pas de relations. En restant honnête, on se fait piétiner. Alors qu'un gangster n'a besoin que de sa cervelle pour gravir les échelons.

– Je vois. C'est une forme de légitime défense de la part des classes dominées. Plutôt que de se fourvoyer à se laisser exploiter en silence, elles préfèrent planter leurs crocs dans la classe dominante.

– Arrête de m'embrouiller avec tes idées compliquées.

– Qui dois-je attaquer, au fait ? Le petit voyou qui approche, là, il me semble pas mal…

– C'est un découvreur de talents, qui recrute pour les cabarets !

L'intéressé s'arrêta pour saluer Junpei.

– Oh, tu tombes bien, dit celui-ci. Tu n'aurais pas vu des types du clan Isoé, par hasard ?

– Je veux ! Ils te cherchent partout depuis hier. Tu n'étais pas au courant ?

– Bien sûr que si.

– Je te trouve bien calme. Tu risques pas des ennuis s'ils t'attrapent ?

– Imbécile. Je compte bien les attaquer le premier.

– Je vois que tu ne perds pas ton assurance. C'est pas le clan Isoé qui traîne habituellement autour du *Lotus* ?

Le recruteur allait repartir quand il s'arrêta pour ajouter :

– Au fait ! J'ai entendu dire que Kitajima allait bientôt ouvrir sa propre branche ?

– Hein ? C'est quoi, ces histoires ?

– Juste une rumeur que j'ai saisie au vol hier. Ça ne me dérangerait pas de repartir du bas de l'échelle, si je pouvais travailler sous ses ordres.

– Qu'est-ce que j'en sais, moi ? C'est la première fois que j'entends parler de ça.

Autrement dit, Kitajima s'apprêtait à prendre son indépendance ? Voilà qui laissait Junpei perplexe. En tant que subordonné, il aurait dû être le premier au courant.

– Mais bon, ce n'est peut-être qu'une rumeur. C'est une fille du *Yûko* qui me l'a dit. J'étais sûr que tu…

Le *Yûko* était un bar tenu par une des maîtresses de Kitajima. Il n'était donc pas absurde de la croire.

– Tu aurais l'intention d'intégrer un potentiel clan Kitajima ? demanda Junpei.

– Évidemment. Comme ça, je pourrais t'appeler « aniki ».

Le recruteur tourna les talons et partit. *Mon aniki va ouvrir sa propre branche ?* murmura Junpei à voix basse. Il n'y avait qu'un obstacle : jamais le boss ne laisserait partir un élément aussi brillant, comme Kitajima lui-même ne cessait de le ruminer dès qu'il avait un verre dans le nez.

Si le clan Kitajima devenait une réalité, Junpei en serait un des lieutenants. Cette idée suffisait à lui mettre du baume au cœur. Mais il avait une mission à remplir avant d'en arriver là.

– Alors, jeune Sakamoto ? Toujours pas déniché d'adversaire à ma taille ? s'enquit le vieux.

– Un peu de patience. On va le trouver dans le café là-bas.

Junpei sortit ses lunettes de soleil de sa poche. D'un coup de peigne, il ébouriffa sa tignasse bien lisse pour se faire une frange. Déguisement de circonstance.

Ils arrivèrent devant le *Lotus*, un café proche du Fûrin Kaikan. Caché sur le trottoir d'en face, il guetta l'intérieur à travers la vitrine. Les clans s'étaient tacitement réparti les troquets de Kabukichô. Aussi Junpei n'était-il jamais entré dans celui-ci.

Si les deux types qui l'avaient amoché n'étaient pas là, leur aniki, un certain Tetsu, au menton orné d'un bouc, était bien présent. En dépit de l'heure, il prenait le petit-déjeuner, un journal hippique étalé devant lui, visiblement seul. Voilà qui revenait à tenter le sort ! Le cœur de Junpei se mit à battre plus vite.

– Bon, papy. Tâche de mémoriser la tête de ce type au bouc. C'est lui, ta cible, murmura-t-il à l'oreille de son acolyte.

– Entendu. Quel genre de personne est-ce, au fait ?

– Un mauvais yakuza. Tu n'as aucun scrupule à avoir.

– Mon premier acte de violence en soixante-huit ans d'existence. J'en frissonne d'avance !

Le vieux déglutit. Appuyé sur sa barre de fer, il frémissait comme un prêtre shintô.

– Du calme. Tu auras beau t'approcher, il ne risque pas de se méfier. Tu n'as qu'à l'interpeller, et dès qu'il se retourne, paf, tu lui mets un bon coup de barre de fer. Trois, même, pour faire bonne mesure. Après quoi, tu abandonnes ton arme sur place, et tu rentres chez toi en courant.

– Compris. J'attends ton signal.

Ses toasts finis, Le Bouc avait allumé une cigarette. Sans doute écoutait-il les pronostics des courses à la radio. Le week-end, Kabukichô devenait le paradis des bookmakers.

Junpei consulta sa montre. Bientôt l'heure de la dernière course. Autrement dit, les affaires seraient bientôt terminées, aussi.

– Rien qu'à le voir, il a l'air mauvais, déclara le vieux.

– Qu'est-ce qu'un yakuza ferait s'il avait une bonne tête ? Dans ce monde, mieux vaut faire peur.

– À l'inverse, toi, tu as un visage plutôt poupin.

– La ferme. Je me fais du souci pour toi, rétorqua Junpei avec un regard sévère.

À l'intérieur du café, Le Bouc s'était levé pour rejoindre la caisse. Il sortit son portefeuille de la poche de sa veste.

Junpei et son compagnon se mirent à l'ombre d'un pylône électrique et posèrent sur lui un regard avide.

– Au fait, papy. Tu es devenu écrivain, finalement, ou pas ? demanda Junpei.

– Oui. J'ai écrit dix livres. Mais il ne s'en est pas vendu un seul. Le public n'a vraiment pas de goût.

– Au contraire, il est très lucide.

– Tu as peut-être raison, mais…

– Attention, il va sortir. Tu t'approches, l'air de rien, et tu le frappes sans crier gare.

– Entendu. Regarde-moi bien, jeune Sakamoto !

Le vieil homme traversa la rue d'un pas raide. Une voiture klaxonna violemment.

– Imbécile, regarde autour de toi ! maugréa Junpei en se couvrant les yeux.

Échappant de justesse à l'accident, le vieux atteignit le trottoir opposé au moment même où Le Bouc quittait le café. C'est alors que s'ouvrit la portière d'une Mercedes garée devant. Un jeune homme aux allures de lieutenant en sortit et inclina la tête.

Aïe. Un sous-fifre ? Junpei se figea sur place. *Reviens !* enjoignit-il mentalement au vieillard, mais l'ancien universitaire ne prêtait plus attention à son entourage, excité qu'il était à l'idée de commettre son premier acte de violence. Il avançait d'un pas rapide vers sa cible.

Il brandit son arme de fortune. Avant de l'abattre avec un hurlement.

Le Bouc se retourna. Avant qu'il ait pu esquiver le coup, la barre de fer lui percuta le crâne. La partie cloutée, en plus.

Le lieutenant tacla le vieil homme alors même que son supérieur tombait au sol.

– Espèce d'ordure ! Qu'est-ce que c'est que ces manières ! s'écria-t-il, furieux.

Les passants s'arrêtèrent, interloqués.

Le Bouc saignait de la tête. Croyant sans doute à une bagarre, il rampa jusqu'à la banquette arrière de la voiture.

– Aniki ! Vous allez bien ? lança le subordonné tout en retenant le vieux.

– D-d-démarre, vite ! répliqua Le Bouc, paniqué.

Il se roula en boule sur la banquette arrière, craignant peut-être une nouvelle attaque.

– Qu'est-ce qu'on fait de ce vieux ?

– Q-q-quel vieux ?

– Celui-là.

– On n'a qu'à l'emmener !

Le vieil homme se retrouva lui aussi à l'arrière de la Mercedes.

Junpei observa la scène, bouche bée. Devait-il secourir son acolyte, ou l'abandonner à son triste sort ?

Tandis qu'il réfléchissait, la Mercedes démarra, la silhouette du malheureux visible par la vitre arrière. Nul doute que personne n'avait appelé la police. Tous étaient habitués à ce genre d'incident.

Quelle guigne ! Ils n'allaient quand même pas le tuer… Junpei restait planté sur place.

S'ils le cuisinaient, il risquait de tout leur déballer. Qu'il leur révèle son nom ne l'inquiétait pas plus que ça – au contraire, même, ça pourrait se révéler intéressant. Mais sa conscience le taraudait à l'idée que le vieux puisse se faire lyncher.

Soudain, quelqu'un arriva pour lui donner un coup de pied au derrière. Il fit volte-face et se trouva nez à nez avec un homme d'âge mûr vêtu d'un costume aux couleurs criardes.

– Tiens, le petit jeune de Kitajima. Ça fait un bail, non ? Qu'est-ce que tu fais là ?

C'était Yamada, du commissariat de Shinjuku – un policier véreux qui se faisait graisser la patte par les yakuzas et aimait traîner à Kabukichô. Entre son visage cramoisi, son haleine qui empestait l'alcool dès le midi et ses larges narines, il avait tout d'un démon *namahage*.

– Bonjour…, répondit Junpei, le visage crispé.

Si certains voyous n'hésitaient pas à lui faire du gringue, Junpei, lui, ne supportait pas ce flic cupide.

– Et Kitajima ? Il n'est pas avec toi ?

– Il est en déplacement dans le Kansai…, répondit Junpei.

Ça lui revint soudain : son aniki l'avait chargé de préparer une cravate pour Yamada. Ladite « cravate » n'avait d'intérêt que pour le pot-de-vin dissimulé au fond de son emballage.

– Ah, si c'est au sujet de la cravate, vous pourrez la récupérer à son retour, dit-il.

– Vraiment ? Il connaît bien mes goûts, ce Kitajima.

Yamada tapota le torse de Junpei avec un rire vulgaire. Sa cravate ornée d'un dragon oscillait devant les yeux du jeune homme. Il avait tellement une allure de yakuza.

Junpei eut une révélation.

– Au fait, monsieur le commissaire. Je viens d'assister à un enlèvement.

– Hein ? Un enlèvement ? Qu'est-ce que tu racontes ?

– Un membre du clan Isoé, un type avec un bouc, a embarqué un homme âgé à bord d'une Mercedes.

– T'es sérieux ?

– Absolument.

– Ça alors…

Yamada porta une cigarette à ses lèvres et pointa le menton. Junpei n'eut d'autre choix que de lui tendre son briquet allumé.

– Encore une querelle entre yakuzas…, marmonna le flic, indifférent, dans un nuage de fumée.

– J'en doute. Le vieil homme avait l'air honnête.

– Tu auras mal vu.

– Cependant…

– Dis donc, gamin, tu ne vas pas alourdir le travail de la police ?

Yamada se pencha d'un air menaçant. Ne sachant que dire, Junpei regarda dans la direction où on avait emmené le vieux.

– Cela dit, tu tombes bien, toi. J'avais justement un petit service à te demander, reprit le policier.

– Ah, je regrette, je suis pressé…, protesta Junpei en reculant d'un pas.

– Ce sera vite fait. Alors quoi ? Tu veux pas m'écouter ?

– C'est-à-dire que…

– Allez, quoi. Tu es le second de Kitajima. On est presque de la famille, non ?

– Êtes-vous ivre, monsieur le commissaire ?

– Pas du tout ! J'ai juste bu une bière avec mon *tonkatsu*. Allons dans ce café, on y sera mieux pour parler. (Il attrapa Junpei par le bras.) C'est moi qui régale. Tu peux prendre ce que tu veux, un chocolat, un café viennois, ou même un thé de luxe.

Entraînant Junpei de force, il traversa la rue. Un taxi à l'approche freina de justesse, mais effrayé par l'allure de Yamada, le chauffeur se garda bien de klaxonner.

Un sombre pressentiment se dessina dans le cœur de Junpei. Décidément, ce n'était vraiment pas son jour.

8

Junpei suivit Yamada dans le café *Lotus*. Tous les clients – qui n'étaient pas tant des yakuzas que des gens qui s'en donnaient l'allure – leur jetèrent des regards à la dérobée. Avec sa voix de stentor, le flic aurait tout aussi bien pu se balader avec un gyrophare.

– Garçon ! Un café et un kombucha, s'il vous plaît. Qu'est-ce que tu bois, Sakamoto ? Fais-toi plaisir ! Tu peux commander à manger si tu as faim, un sandwich ou un curry, par exemple. Pas de souci. Le savais-tu ? Le curry d'ici est très bon pour la santé. On dit qu'ils délayent les portions avec de l'eau. Ce, afin de diminuer ne serait-ce qu'un peu l'apport calorique. Pas vrai, garçon ? Mais bien sûr. Bwahahaha.

Un spasme agitait le visage du jeune serveur. Junpei commanda un café.

– Comment vont les affaires, ces derniers temps ?

– Pas bien.

– C'est ce que je me disais. Chaque jour, des commerces s'effondrent, des bâtiments se vident. Même les prostituées sud-américaines n'ont pas de travail, alors elles confectionnent des décorations florales chez elles pour se faire un peu d'argent de poche. Kabukichô est toujours le premier quartier à essuyer les effets de la récession. Même ma bourse est en berne.

Croisant ses courtes jambes, Yamada s'enfonça dans le canapé. À son poignet pointait une Rolex en or massif. De ce qu'avait entendu Junpei, il avait dans les trente-cinq ans, mais à l'instar des yakuzas, il faisait plus, à force de vivre dans un monde pourri.

– Au fait, Kitajima n'a pas encore obtenu l'autorisation d'ouvrir sa propre branche ?

La question surprit Junpei, lui qui venait seulement de prendre connaissance de cette rumeur dans la bouche du découvreur de talents.

Il résolut de ne rien dire.

– Je n'en sais rien.

– J'ai de la peine pour lui, aussi. Il a beau être qualifié, le boss ne le laissera pas faire. Apparemment, il lui aurait dit que pour prendre son indépendance, il devait rassembler trente millions de yens. Cet imbécile de patron ferait mieux de réfléchir à sa propre valeur ! Il risque de se faire planter dès qu'il aura le dos tourné.

Yamada partit d'un grand rire qui lui secouait les épaules.

Le patron du clan Hayata n'avait pas bonne réputation. Au dire de tous, c'était un type mesquin, un lâche. Junpei n'y avait jamais vraiment réfléchi à cause du fossé hiérarchique qui les séparait. Il n'avait aucun avis sur lui, ni en bien, ni en mal. C'était le boss, un point c'est tout.

– Mais venons-en au fait, dit Yamada en se redressant. Tu vois le *White*, dans le Golden Gai ? J'aimerais que tu apportes ceci à la patronne, Chiharu. (Il tira de sa poche une enveloppe marron. Remplie d'argent, à vue de nez.) D'accord ? Et ne regarde pas à l'intérieur.

– D'accord…

– À cette heure, ils doivent se préparer à ouvrir. Tu n'as qu'à y faire un saut et lui dire que c'est de la part de M. Yamada du commissariat de Shinjuku. C'est tout.

Junpei soupira discrètement. Il s'agissait sûrement d'une maîtresse. L'enveloppe devait contenir une sorte d'« allocation ».

– Pourquoi ne pas y aller vous-même ?

– Quoi, tu ne veux pas me rendre service ? rétorqua Yamada d'un ton menaçant.

– Ce n'est pas ça… Mais si j'y vais sans savoir où je mets les pieds, je serai bien embêté s'il se passe quelque chose.

– T'inquiète, maugréa le flic en se renfonçant dans son siège.

Les bras croisés derrière la tête, inondé par la lumière du soleil, il bâilla à s'en décrocher la mâchoire.

– La situation importe peu. Mais puisque tu n'es qu'un blanc-bec, je m'en vais te dire la vérité : j'ai plein d'ennemis parmi les forces de l'ordre. Plus particulièrement au sein de la Sécurité publique et de la Criminelle. Certains ont même mis ma tête à prix. Rien que la semaine dernière encore, quand une perquisition menée dans un casino de Kabukichô s'est soldée par un échec, on a soupçonné Yamada, du quatrième, de leur avoir refilé le tuyau. Comment pourrais-je être au courant des perquises menées par les autres départements ?! Qu'est-ce que tu veux, les idiots ne comprennent pas la raison, de toute façon. Mais avec l'inspection qui guette mes moindres faits et gestes, je dois me faire discret pendant quelques jours. Voilà pourquoi je te demande ce service. Car partout où je vais, ces ordures viennent fouiner. Compris ?

– Oui, entendu…, acquiesça discrètement Junpei en sirotant son café.

Il s'inquiétait plus pour le vieux embarqué par le clan Isoé que pour cet affreux ripou. Fallait-il le secourir ou le laisser tomber… ?

– Je compte sur toi. Et s'il y a de la casse, je fermerai les yeux.

Yamada dessina un plan sommaire du Golden Gai sur une serviette en papier.

– S'il n'y a personne, tu n'as qu'à laisser le pli dans la boîte aux lettres.

– D'accord.

Glissant l'enveloppe dans la poche de son blouson, Junpei effectua un salut rapide avant de sortir du café et de reprendre sa déambulation.

Il sortit son peigne et se recoiffa avec soin. Même s'il était un peu nerveux à l'idée d'avoir le clan Isoé à ses trousses, il voulait lui faire front. Tout cela n'était qu'enfantillages comparé à la mission qui l'attendait au bout de ces deux jours.

Le soir n'allait pas tarder à tomber. Le soleil qui se reflétait sur les vitres des bâtiments inondait la rue de sa lueur orangée.

Junpei ne connaissait pas très bien la zone du Golden Gai à Shinjuku. Ce n'était pas son territoire ; il lui semblait que c'était là que se retrouvaient les étudiants pour y discuter de sujets complexes, ce qui l'excluait d'office. Et puis il détestait les pauvres.

Le plan de Yamada n'étant pas fiable du tout, il dut parcourir plusieurs fois les rues avant de repérer enfin l'enseigne du *White*. Il trouva la porte ouverte. Une douce odeur de ragoût affluait jusque dans la rue.

Les yeux écarquillés, il scruta l'intérieur de l'établissement. Une femme d'âge mûr faisait la cuisine derrière un comptoir. Elle devait avoir la cinquantaine, même

exigu, qui pouvait accueillir jusqu'à sept clients. Au mur était suspendue l'affiche d'un vieux film occidental.

Les quatre cents coups. Encore un enfant gâté, se dit Junpei.

Son téléphone sonna. Un message de Kana. Encore ? Avec une grimace, Junpei ouvrit la missive.

Coucou Junpei ! Qu'est-ce que tu fais ? Je suis avec Risa, devant le Koma, on essaie de se faire payer le dîner par un vieux. Ce soir, c'est cuisine italienne ! Je veux manger une pizza brûlante ! Au fait, j'ai transmis ton message au forum, on a reçu plein de réponses. Jettes-y un œil.

Espèce d'idiote, on ne t'a rien demandé ! songea Junpei. Elle devait faire allusion à son dernier texto : *il n'y a pas à tortiller. Je vais devenir un homme. En tant que femme, tu ne peux pas comprendre*. Nul doute qu'on devait encore se payer sa tête.

Il se connecta au forum.

> *#78 Salut, Ken. T'as bien changé, dis donc. À ce rythme, mieux vaut aller au trou. Tue-le bien comme il faut. Comme Danny*. De : Anonyme

Qui pouvait écrire des choses pareilles, enfin ? Il aurait bien aimé trouver un de ces types, rien qu'une fois, pour l'étrangler. Ça devait être une mauviette, du genre à demander pardon en pleurant.

> *#79 Re. C'est encore moi, l'ancien gangster. Dis-moi, m'sieur Junpei, t'as prévu d'utiliser un flingue ? Si c'est la première fois, n'oublie surtout pas de l'essayer avant. Les copies ont tendance à faire long feu. Quand mon aîné est allé abattre son adversaire, son arme s'est enrayée, et c'est lui qui s'est pris une balle à la place*. De : L'Étoile du routier

Comme quoi, on pouvait aussi récolter des informations précieuses. Le pistolet en question était justement une contrefaçon. Mieux valait faire un essai au préalable. « Test », inscrivit Junpei sur le dos de sa main.

#80 Cher Junpei, prends le temps de réfléchir. Ne vaut-il pas mieux abandonner cette mission ? Le jeu n'en vaut pas la chandelle. Tu risques dix ans de prison, tu ne pourras pas connaître le grand amour. Est-ce que tu as une copine ? Un autre te la prendra à coup sûr. De : Jeune fille en fleur

Le visage de Kaori lui vint à l'esprit. Un regret le tiraillait. Mais elle n'était pas à sa portée. Lui-même n'était qu'un vulgaire voyou.

– Tiens, Sakamoto, mange-moi ça.

Lorsqu'il leva le nez, il trouva devant lui une assiette fumante de *yakisoba* en sauce.

– Jeune comme tu es, c'est le goûter parfait, non ? dit la dame avec un sourire.

Elle aimait bien s'occuper des autres, celle-là. Une odeur savoureuse lui chatouilla les narines.

– Merci.

Junpei saisit des baguettes et mangea ses nouilles de bon cœur.

– Tout à l'heure, vous m'avez demandé si j'étais l'indic de Yamada. Que vouliez-vous dire par là ?

La question le taraudait.

– C'est ce que faisait mon fils. Yamada lui donnait un peu d'argent chaque mois et fermait les yeux sur son trafic de somnifères, et en échange, il le tenait au jus de ce qui se passait à Kabukichô. Sauf que le petit s'est fait pincer à Shinjuku avec ses histoires de drogue. Yamada a eu beau me dire qu'il était désolé de n'y rien pouvoir faire, au prétexte que c'était un autre département, je ne peux pas l'accepter.

Junpei, lui, comprenait très bien : comme le lui avait expliqué le flic, le trafic de médocs, ça relevait de la Sécurité publique, pas de la Criminelle.

– Quand j'ai rendu visite à mon fils et que je lui ai demandé les raisons de son incarcération, il m'a répondu qu'arrogant comme il était, Yamada s'était attiré beaucoup de rancœur au sein du commissariat de Shinjuku, et que c'était sans doute pour lui donner une leçon qu'on l'avait chopé, lui, l'indic. Ça m'a mise dans une colère noire !

Visiblement ravie de pouvoir faire la conversation à un petit jeune de l'âge de son avorton, la daronne n'en finissait plus de parler.

– On peut vraiment pas faire confiance aux flics. Si on ne leur obéit pas, on se fait arrêter et jeter au trou, et même si on obéit, c'est leurs collègues qui viennent vous arrêter. C'est trop injuste ! Enfin, Yamada lui-même devait se sentir un peu mal après ça, car, comme tu le vois, il continue de me faire parvenir l'argent qu'il versait de façon mensuelle à mon fils en échange de ses tuyaux.

– Ah, alors c'était donc ça que je vous ai rapporté ? s'étonna Junpei.

Ainsi, il restait quand même à Yamada un soupçon d'humanité ?

– Oui, tout juste. Cinquante mille par mois. Je n'en voulais pas au début, mais Yamada m'a conseillé de les mettre de côté en attendant la libération du petit. De toute façon, c'est de l'oseille qu'il a soutiré à des commerces de bouche contrôlés par les yakuzas, alors pourquoi me gêner ?

Yamada remontait d'un poil dans l'estime de Junpei.

– Et puis il faut bien admettre que mon fils était en tort. J'ai divorcé tôt, je ne me suis pas très bien occupée de lui, alors dès le collège, il a commencé à mal tourner. Ce ne sont pas les lieux de débauche qui manquent à Shinjuku, et avec mon travail de nuit, je ne pouvais guère veiller sur lui. Quand je me suis rendu compte de la situation, il s'était déjà fait une place dans le milieu et avait eu des tas d'ennuis avec la police…

Junpei finit son assiette de *yakisoba*.

– Je te ressers quelque chose ? lui demanda son hôtesse.

– Non merci, déclina-t-il avec un geste de gratitude. C'était très bon.

– C'est de la responsabilité des parents si les enfants tournent mal. Maintenant, à cinquante ans passés, je regrette de ne pas m'être mieux occupée de lui. Et toi, Sakamoto, que font tes parents ?

– Bonne question. Je n'ai jamais connu mon père, et ma mère était trop occupée à fréquenter des hommes, alors elle m'a fait placer dans un foyer. Pas vraiment l'enfance idéale, quoi.

– Tu m'en diras tant. Ça a dû être dur. (L'expression de la femme se voila.) Est-ce que tu vois encore ta mère ?

– Pas depuis deux ans.

– D'où viens-tu, au juste ?

– De Higashi-Matsuyama, à Saitama…

– Va donc la voir ! Demain, c'est dimanche…

– Vous plaisantez ? Vous croyez que je n'ai que ça à faire ? Et puis je ne sais même pas où elle habite.

– Tu dois bien en avoir une idée. En interrogeant les gens du coin, tu finiras par trouver.

– Allez, à plus.

– Je pense que ta mère aurait envie de te voir, décréta la dame avec assurance.

– Ce n'est vraiment pas son genre, vous savez.

– Détrompe-toi ! Toutes les mères sont pareilles. Comment pourrait-elle rejeter le fruit de ses entrailles ?

Junpei se garda bien de répondre. De toute façon, elle ne comprendrait pas. Il existait dans ce monde des femmes dénuées de tout instinct maternel.

Il se leva et se prépara à partir.

– Bon, allez. Les nouilles étaient vraiment délicieuses. Merci.

– Repasse me voir à l'occasion. Si tu viens avant l'ouverture, je te ferai encore à manger.

– Je n'y manquerai pas, répondit Junpei.

Un sentiment étrange germa en lui. Pourquoi faisait-il toutes ces rencontres, alors même qu'il irait bientôt au trou ?

Il quitta le bar. Bien. Qu'avait-il pu arriver au vieux Nishio ? Même si Junpei doutait que ses ravisseurs l'aient tué, ils ne l'auraient pas laissé repartir si facilement…

Alors qu'il avançait, préoccupé, une silhouette surgit devant lui. Levant le nez, il vit deux hommes à l'air patibulaire. L'un portait un blouson, l'autre des lunettes de soleil. Le clan Isoé ? Junpei se mit en garde. Foncer dans le tas ou fuir dans la direction opposée ? S'il se faisait prendre, ce serait le passage à tabac.

– Dis donc, jeune homme. Qu'est-ce que tu faisais au juste dans cette boutique ? demanda Le Blouson.

– Hein ? Qu'est-ce que ça peut vous faire ?

– Je ne sais pas d'où sort ce voyou, mais on n'a qu'à l'embarquer pour insolence, murmura Binocles d'un ton menaçant.

Des keufs. Junpei se remémora les paroles de Yamada. Comme quoi des yeux le surveillaient même au sein du commissariat.

– De quel clan es-tu, jeune homme ? Réponds !

– J'ai pas envie. Et puis, quand on pose des questions aux gens, la moindre des corrections, c'est de se présenter d'abord, laissa échapper Junpei, tout à son soulagement de ne pas avoir affaire au clan Isoé.

– Inutile de te la raconter. Tout à l'heure, dans un café de Kabukichô, un policier t'a remis une enveloppe. Qu'est-ce qu'elle contenait ? Et raconte pas de salades ! lui intima Le Blouson en avançant d'un pas.

– Si tu réponds, on te laisse partir, ajouta Binocles en faisant le tour pour le prendre en tenaille.

Même si Junpei ne devait rien à Yamada, il s'en voudrait de le trahir. Et puis, cela attirerait aussi des ennuis à la patronne du *White*.

– Allez, fais pas d'histoires ! insista Le Blouson en approchant le visage.

– Je ne vois pas du tout de quoi vous parlez.

– Je te le redemande : de quel clan es-tu ? (Il l'attrapa par le col.) Allez, accouche ! ajouta-t-il en lui donnant une gifle.

– Du clan Isoé, improvisa Junpei.

Même sans savoir ce qui l'attendait, il aurait été stupide de se montrer honnête.

– Du clan Isoé, hein ? Alors ? Qu'est-ce qu'il t'a confié, ce flic ?

– De l'argent de poche. Je suis l'indic de Yamada. Tous les poulets en ont un, non ? Où est le problème ?

– Qu'est-ce que tu fabriquais dans ce bar ?

– Je suis venu régler ma note. Je profitais d'être en veine pour le faire. C'est bon ? Je peux repartir ?

– Parle-moi sur un autre ton ! Parce que tu as le soutien de Yamada, monsieur se croit tout permis ? Je vais t'apprendre les bonnes manières !

– Merci, sans façons.

– Je t'ai dit de me parler sur un autre ton !

Le Blouson échangea un regard avec son collègue avant de coller son visage à celui de Junpei. Au même instant, Binocles le poussa violemment dans le dos. Le front de Junpei percuta le nez du policier.

– Espèce d'ordure ! Qu'est-ce qui te prend ?!

Le Blouson se recroquevilla, les mains sur le nez.

– Coups et blessures volontaires contre un représentant des forces de l'ordre. Vous êtes en état d'arrestation ! s'écria Binocles.

– Mais non, attendez, je n'y suis pour…, bredouilla Junpei, médusé.

Il avait déjà entendu parler des abus de la police, mais c'était la première fois qu'il en faisait les frais.

– Allez, le blanc-bec. Tu vas faire un tour au poste !

– Mais lâchez-moi, enfin ! Je n'ai rien fait !

– Je t'avais bien dit que j'allais t'apprendre les bonnes manières.

Le Blouson se releva et lui envoya un crochet en pleine face. Alors que Junpei basculait en arrière, Binocles l'attrapa pour lui faire une clef de bras.

– Eh, pas le visage ! dit-il à son comparse. Frappe-le au corps.

À peine avait-il parlé que les coups s'abattirent. Junpei rendit aussitôt le ragoût de taro et les *yakisoba* qu'il venait de manger.

– Mais c'est dégueulasse ! Tu vas devoir nettoyer ça !

Nouveau choc, au plexus cette fois. Le souffle coupé, Junpei s'effondra au sol.

– Tu ne risques que des ennuis à t'associer avec Yamada. Un jour, il finira par te poignarder dans le dos, tonna Le Blouson au-dessus de lui.

– Tu peux nous dénoncer à Yamada, si ça te chante. Dis-lui que c'est la Sécurité publique de Shinjuku qui t'a tabassé, déclara Binocles en lui décochant un coup de pied.

– Ah, ça fait du bien de se défouler. Tu es du clan Isoé, c'est bien ça ? Dans ce cas, allons dans un de leurs bars, boire une bière à leurs frais !

Les deux flics s'esclaffèrent à gorge déployée.

Pris d'un haut-le-cœur, Junpei serra les dents. Quand on est un hors-la-loi, il y a forcément des moments où la police vous traite comme un moins que rien. C'est frustrant, mais on n'y peut rien.

Les deux flics s'éclipsèrent. Junpei resta prostré. La porte de service d'un club s'ouvrit pour laisser paraître une drag queen.

– Tout va bien, mon garçon ? s'enquit-elle.

– Je suis pas ton garçon !

– Dire que je me faisais du souci ! répliqua le travesti en claquant la porte.

Le portable de Junpei sonna. Il consulta l'écran. Kitajima. Paniqué, il se releva et dressa l'échine.

– Allô ? répondit-il d'une voix enjouée.

– C'est moi. Je viens de rentrer. Où es-tu ?

– Dans le Golden Gai.

– Ce n'est pas dans tes habitudes de traîner par-là ! Très bien. Il y a un café au septième étage de la section hommes de l'Isetan. Retrouve-moi là-bas.

– Entendu. J'arrive dans trois minutes.

Junpei raccrocha et reprit son souffle. Il ne pouvait se montrer dans cet état devant son aniki.

Il rejoignit la rue Yasukuni d'un pas vif. Même si la séparation n'avait duré que deux jours, Kitajima lui avait manqué. En dépit de tout ce qu'il avait subi, la seule vue de son aniki suffirait à lui redonner du courage.

9

C'était la première fois qu'il mettait les pieds à l'Isetan. Bien que tout proche de Kabukichô, le grand magasin lui semblait hors d'accès, et l'idée ne lui était jamais venue de s'en approcher. La seule perspective d'être interpellé par les employés suffisait à le rendre nerveux. Mais comme il aurait aimé y entrer ne serait-ce qu'une fois dans sa vie, l'occasion était parfaite.

L'intérieur du café que lui avait indiqué son aniki rappelait l'espace *lounge* d'un hôtel de luxe ; là où un établissement de Kabukichô de la même taille aurait proposé vingt tables, celui-ci n'en comptait qu'une dizaine. Kitajima siégeait oisivement au centre, installé à une table pour quatre.

– Bien le bonjour ! lança-t-il en levant la main avec un sourire.

Un geste qui lui ressemblait bien.

– Comme on est samedi, je me suis dit qu'on ne pourrait pas s'entendre dans les cafés de Kabukichô. Peu de gens connaissent cet endroit. N'en parle pas aux autres lieutenants.

C'était remarquable comme Kitajima perdait son allure de gangster dans un tel décor. On aurait plutôt dit… un homme d'affaires aux goûts un peu tapageurs ? Il avait beau savoir que les yakuzas ne se contentaient pas de semer la terreur, Junpei doutait de pouvoir devenir un tel caméléon, même au bout de dix ans.

– Qu'est-ce que c'est que cette tête ? Tu t'es battu ? demanda son aniki en l'examinant, les sourcils froncés.

– Ah, non. C'est juste que…, bredouilla Junpei.

Il s'était fait rouer de coups à deux jours d'intervalle. Ce n'étaient que des bleus, inutile de s'inquiéter.

– Longue histoire ?

– Du tout. Simple dispute avec la concurrence. Je leur ai rendu le triple.

– Je vois. Peu importe. Tu es jeune, ce genre d'incident est inévitable.

Un sourire charmant dévoila les dents blanches de Kitajima. Un sourire auquel personne ne pouvait résister. Ainsi, les yakuzas ne devaient pas s'en remettre à la seule agressivité, songea Junpei en le voyant.

Copiant son aniki, il commanda un espresso. Il n'avait envie de rien, en réalité. C'était juste par curiosité.

– Où est-ce que tu crèches en ce moment ? demanda Kitajima.

– Dans un hôtel capsule.

– Hein ? Combien t'a donné le boss, au juste ?

– Trente mille.

– Frais d'équipement compris ? précisa Kitajima en mimant un pistolet de la main.

– Oui.

– Sérieux ? grimaça Kitajima. De la part de notre boss…

Il s'enfonça dans sa chaise et contempla le plafond. Avant de sortir son portefeuille de sa poche pour déposer deux billets de dix mille yens sur la table.

– Je n'ai rien pour les envelopper, désolé.

– C'est trop…

– Profitez-en. Aujourd'hui et demain. Prends une chambre au Keiô Plaza, fais-toi masser dans le *soapland* le plus cher de Yoshiwara, va manger des sushis à Ginza…

– J'ai mangé des sushis à midi.

– Où ça ?

– Dans un *kaiten* de Kabukichô.

– Quel imbécile ! Qui sait quand tu pourras manger quand tu seras en taule ? Arrête avec la malbouffe !

– D'accord.

– Dépêche-toi de ranger ça, ordonna Kitajima avec un coup de menton.

Junpei empocha les vingt mille yens.

– On en a déjà parlé au téléphone, mais ça ne me plaît pas, cette affaire, soupira Kitajima avant de sortir une cigarette.

Junpei se précipita pour lui présenter son briquet, mais son aniki le repoussa d'un geste et l'alluma lui-même.

– Ne me dis pas que c'est pour marquer des points auprès du boss, quand même ?

Junpei l'écoutait en silence. Les supérieurs avaient leurs propres problèmes. Les sous-fifres, eux, n'avait pas voix au chapitre.

– En mai, la maison-mère a annoncé le nom de son prochain directeur. De tous les chefs de clans, le nôtre était le dernier sur la liste. Visiblement frustré, il voulait essayer de remonter quelques places, mais notre clan est modeste, il ne rapporte pas beaucoup et on n'a pas assez d'effectifs pour rivaliser avec les autres. Le moyen le plus rapide de parvenir à ses fins, c'était de désigner un candidat au sacrifice. C'est toi. Faut vraiment être simpliste et manquer d'ingénuité… Parti comme ça, le clan

Hayata n'a plus aucun avenir. J'y ai beaucoup réfléchi depuis hier, déclara Kitajima avec mélancolie.

Junpei voulait l'interroger sur l'ouverture de sa propre branche. Quand allait-il prendre son indépendance ? Mais ce n'était pas le genre de chose que l'on confiait à un sous-fifre…

– Vous savez, moi, je suis votre subordonné avant d'être celui du boss. Alors si vous me demandez de vous suivre, je le ferai volontiers.

– Hmm ? Ce que tu peux être mignon. (Kitajima esquissa un embryon de sourire.) Ça aura beau être ton premier crime, tu vas en prendre pour dix ans. Même avec une remise de peine, tu ne sortiras pas avant six ou sept. Tu es d'accord avec ça ?

– Que ça me plaise ou non, je suis prêt à sacrifier ma vie si vous me l'ordonnez.

Kitajima se mura dans le silence. Son visage s'empourpra, un spasme agita les coins de ses yeux. Il avala sa salive et prit une violente inspiration comme pour contenir ses émotions.

Junpei s'interrogea, perplexe. L'avait-il mis en colère ?

– En ce qui me concerne…, commença Kitajima. Quoi qu'il arrive, je ne te laisserai pas tomber. Je reste ton aniki pour la vie. Alors bien sûr, parfois, je te demande l'impossible. Ou je lève la main sur toi. Mais, tu sais, j'ai de l'affection pour toi. On est des frères, liés par un attachement bien plus fort encore que les liens du sang. Compris ?

Il se pencha vers lui, les narines dilatées. Le volume de sa voix n'avait cessé de monter. Les clients alentour posèrent sur eux des regards interrogateurs.

– Je te demande de pardonner à notre boss. Dans ce monde, quoi qu'on fasse, le boss reste le boss. À partir du moment où l'on décide de rejoindre ce milieu, il faut se préparer au pire. Je te fais une promesse : pendant ton incarcération, j'ouvrirai et développerai mon clan, et à ta libération je ferai de toi mon lieutenant en chef. Tu pourras sortir la tête haute, je te le jure.

Le couple assis à la table voisine échangea une grimace avant de se lever précipitamment. Plusieurs groupes installés près du mur se préparèrent à partir. Tous les personnes présentes dans le café avaient déjà compris que Junpei et Kitajima étaient des yakuzas.

Un serveur s'approcha, la mine nerveuse.

– Messieurs, si vous voulez bien baisser le ton, je vous prie…, murmura-t-il.

Kitajima continua de parler sans lui prêter attention. Sa voix résonnait jusqu'au comptoir.

– Quel merveilleux subordonné j'ai là ! Junpei Sakamoto, tu m'es plus important que ma propre famille. Ta douleur est la mienne. Ton bonheur fait le mien. Toi et moi, on est des frères, des vrais.

– Excusez-moi, pourriez-vous parler moins fort, s'il vous plaît… ?

– Dis donc, toi. Ça t'est déjà arrivé d'être ému ?! s'écria Kitajima à l'attention du serveur.

– C'est-à-dire que…

– Je te demande si tu as déjà été touché au point de ne pas pouvoir contenir ta voix !

– Mais il y a d'autres clients…

– Crétin ! Se soucier du regard des autres, suivre la tendance comme un mouton, acquiescer en baissant la tête sans oser rien dire, faire le mort, tout ça, c'est pas vivre ! Moi, je suis dans le vrai. En cet instant même. Mon second ici présent vient de déclarer qu'il était prêt à sacrifier sa vie pour moi. N'est-ce pas justement ça, la valeur de la vie ? Même si on est des yakuzas, on refuse de faire le mort. Notre sang peut couler à tout moment. On a des tripes, nous, tu m'entends ? Montre-nous les tiennes, si tu es un homme !

Personne dans l'établissement n'osait lui tenir tête. Les autres clients leur jetaient des regards paniqués et se recroquevillaient sur place, visiblement peu désireux de se trouver mêlés à la scène.

C'est alors qu'arrivèrent deux agents de sécurité en uniforme, sans doute appelés par la direction. L'un deux, un jeune homme d'allure robuste, se posta devant la table.

– Qu'est-ce que vous voulez, vous ! éructa Kitajima.

Incapable de regarder la scène sans rien dire, Junpei se leva de son siège pour faire face au policier, en posture de combat. L'agent eut un mouvement de recul, les traits durcis. Comme il fallait s'y attendre, ce n'était qu'un simple vigile.

Un homme aux allures de directeur, arborant un nœud papillon, apparut à son tour.

– Je regrette, je vais vous demander de sortir, dit-il d'une voix tremblante.

– Ça va, on s'en va. Mais c'est quoi, ces guignols qui prennent les clients de haut ? Vous sortez d'où, au juste ? Si vous venez vous pavaner à Shinjuku, agents de sécurité ou pas, on vous fera votre fête ! s'époumona Kitajima, une veine saillante dans le cou, tout en se levant.

La tension continuait de monter dans le café.

Le directeur saisit l'agent par la manche pour lui demander de sortir un moment. Avant de revenir s'incliner devant Kitajima.

– C'est la maison qui offre, alors si vous voulez bien…

Kitajima marqua une pause. Carrant les épaules, il balaya les environs du regard.

– Ne dites pas de bêtises ! Je vais payer. Désolé d'avoir haussé le ton. J'étais au bord des larmes, je n'ai pas su contrôler mes émotions, lança-t-il à la cantonade.

Cette capacité à jouer la comédie constituait le plus grand talent de Kitajima. Observant attentivement ses interlocuteurs alors même qu'il les abreuvait de ses cris, il préparait sa sortie.

– Allez, Junpei, on y va. Présente nos excuses aux autres clients. C'est ton rôle, en tant que second, puisque ton aniki a causé un esclandre.

Obéissant à l'ordre de son supérieur, Junpei fit le tour du café pour aller s'incliner devant chaque tablée. « Veuillez nous excuser », répétait-il poliment tandis que les clients acquiesçaient d'un air effrayé.

Kitajima régla l'addition à la caisse.

– Gardez la monnaie, dit-il en tendant un billet de dix mille yens, mettant une nouvelle fois le commerce dans l'embarras.

– J'espère que vous nous laisserez revenir. Votre établissement me plaît bien. Je ne ferai plus d'histoires, promis.

Il donna une tape sur l'épaule du gérant. Quel acteur !

Les deux hommes quittèrent l'Isetan et parcoururcnt la rue Yasukuni.

– Je vais au sauna, me faire masser. Et toi, Junpei, qu'est-ce que tu fais ?

– Je vous accompagne.

– Dis pas de bêtises ! Ne perds pas le peu de temps qui te reste avec moi. Loue une chambre au Keiô Plaza, appelle une fille, et prends du bon temps, répéta Kitajima en lui tapotant le torse de l'index.

Puis, tournant les talons, il traversa le passage piéton. Junpei le suivit du regard jusqu'à ce que sa silhouette fascinante se fonde parmi la foule.

Un sentiment chaleur l'envahit. Il était content d'avoir pu retrouver son aniki. S'il avait dû accomplir sa mission sans le revoir, peut-être se serait-il dégonflé.

Junpei laissa échapper un profond soupir. À l'ouest, le soleil commençait à se coucher.

Ah, oui, le vieux Nishio…

Mais que faire ?

10

Avec les vingt mille yens que lui avait octroyés Kitajima, Junpei résolut pour l'heure de changer d'hébergement. Il eût été un peu triste de passer ses deux dernières nuits d'homme libre dans un hôtel capsule. Il voulait dormir dans un lit assez grand pour y étirer ses quatre membres. Et il voulait contempler le spectacle nocturne de Shinjuku depuis un point élevé.

Il régla sa note à l'hôtel capsule et acheta un petit sac à dos dans un magasin de vêtements et accessoires pour y ranger ses affaires. Tout au fond, il dissimula le pistolet.

Sur ces entrefaites, il se dirigea vers l'hôtel Prince, à Shinjuku. Même si Kitajima lui avait enjoint de prendre une chambre au Keiô Plaza, le quartier de gratte-ciel dans lequel il se situait, fréquenté principalement par des hommes d'affaires et secrétaires de haut vol, lui semblait hors d'accès. Ce qui, décidément, s'appliquait à beaucoup d'endroits. Un seul regard condescendant de ces salariés en costume-cravate suffirait à raviver son complexe d'infériorité et le pousserait à chercher la bagarre.

Dans le hall de l'hôtel Prince était rassemblé un groupe de touristes chinois. Au milieu d'une cacophonie de voix stridentes comme des cris d'oiseaux marins, il alla demander au comptoir s'il leur restait de la place.

– Je regrette. Comme nous sommes samedi, toutes nos chambres sont occupées, lui répondit la réceptionniste avec un sourire poli.

Dans son regard pointait la méfiance. La dégaine du jeune homme posté devant elle avait dû la convaincre de décliner avec précaution sa demande.

– Vous n'allez pas me faire croire que tout le bâtiment est complet, quand même ! N'importe quelle chambre fera l'affaire.

Junpei s'efforça de se radoucir. Il ôta même ses lunettes de soleil.

– Je vous prie de patienter un instant, répondit la dame en tapotant le clavier de son ordinateur. Je peux vous proposer une suite. Cela vous conviendrait-il ?

– C'est combien ?

– Quatre-vingt mille yens la nuit.

Hors de prix pour toi, était-il écrit sur son visage.

– Entendu. Je la prends, répondit Junpei sans se démonter.

– Souhaitez-vous régler par carte ?

– Non, en espèces.

– Dans ce cas, je vous demanderai un dépôt de dix mille yens par nuit.

– Très bien. Je paie pour deux nuits.

Junpei sortit son portefeuille. Il se sentait beau gosse. Même l'attitude de la réceptionniste avait changé. Peut-être n'était-ce qu'une impression, mais cela suffisait à lui donner de l'assurance. Quelle merveille, le pouvoir de l'argent !

Mais quand même, quelle chance d'avoir un aniki aussi généreux. Voilà une expérience dont il pourrait se vanter, une fois derrière les barreaux.

Foulant la moquette moelleuse, il se laissa conduire jusqu'à sa chambre, au vingt-troisième étage. C'était la première fois de sa vie qu'il pénétrait dans une suite. Il fut surpris de constater que le salon et la chambre à coucher étaient séparés. Ce devait être la meilleure chambre de l'établissement, à coup sûr. Il y avait un téléviseur dernier cri. Le lit était assez vaste pour accueillir quatre personnes. Le valet ouvrit les rideaux. Tentant désespérément de cacher sa nervosité, Junpei écouta les explications de l'employé d'un air expert. La fenêtre offrait une vue exceptionnelle. Juste là, sous ses yeux, se déployait le cœur de Shinjuku.

– Je vous souhaite un bon séjour.

Junpei attendit que le valet soit sorti de la chambre pour se jeter sur le lit.

– Yaho ! laissa-t-il échapper.

Jamais il n'aurait cru qu'un tel jour arriverait. Que ce soit dans l'appartement de sa mère, au pensionnat, ou dans les dortoirs du clan, il avait toujours dormi roulé en boule. Ses narines étaient habituées aux odeurs de sueur et de moisissure. Mais ce soir, il dormirait dans une suite. Il pourrait profiter à lui seul de cet immense espace.

Il se leva et alla se poster devant la fenêtre. Il avait beau déambuler quotidiennement entre les gratte-ciel de Shinjuku, vu depuis les hauteurs, le spectacle avait quelque chose de saisissant. *A fortiori* la nuit. On aurait dit un coffre à bijoux. Ça valait le prix d'entrée.

Il prit une chaise pour s'asseoir et resta là une vingtaine de minutes, à contempler le panorama, sans se lasser. Il aurait pu y passer la nuit.

L'envie lui prit de s'en vanter à quelqu'un. Kaori lui vint à l'esprit la première, mais il ne connaissait pas son numéro, et puis elle devait être à son premier boulot. Il songea ensuite à Kana, rencontrée la veille, mais si elle voyait cette chambre, elle déciderait de s'y installer, aussi renonça-t-il à l'appeler. Elle ne méritait pas qu'il couche avec elle deux nuits d'affilée, et il n'avait aucune envie d'écouter ses monologues.

Le visage de Gorô lui vint en tête. Il avait son numéro. Mais le garçon risquerait de se méprendre sur les raisons de son appel. Or il ne tenait pas à passer ses dernières nuits d'homme libre à se faire molester.

L'enlèvement du vieux Nishio lui trottait toujours dans un coin de la tête, mais peu lui importait à présent. Il y avait peu de risques que les yakuzas tuent un homme aussi âgé, et même s'ils lui coupaient le bras, le vieillard le prendrait sans doute comme une bonne expérience, lui qui prétendait vouloir voir ce que ça faisait de mal tourner.

Son portable sonna. « Shin'ya », indiquait l'écran. Ce nom ne lui disait rien. Qui cela pouvait-il bien être ?

Il décrocha.

– Monsieur Junpei Sakamoto… ? demanda une voix hésitante.

– Lui-même…

– Ici Shin'ya, tu te souviens ? On s'est rencontrés il y a quelques jours, quand nos aniki se sont affrontés pour une collecte de dettes. Je suis un des jeunes du clan Kijima, du groupe Seiwa, qui était présent sur place.

– Ah, oui, ça me revient ! répondit Junpei en se détendant aussitôt.

Il avait échangé ses coordonnées avec un jeune type de son âge, coiffé en brosse.

– Tu es occupé ce soir ? lui demanda Shin'ya.

– Non, pas particulièrement…

– Dans ce cas, ça te dit de manger ensemble ? Je me suis dit que je ferais bien un tour à Kabukichô, pour une fois. Tu veux bien me montrer le quartier ?

– T'es qui, mon cousin de province ?

– J'y peux rien, moi. Je suis parti de Nara à dix-huit ans pour me mettre au service de mon aniki, et depuis, je n'ai fait que tenir des stands à Kinshichô. Je ne connais rien à Shinjuku ni Shibuya. Le festival qui devait se tenir dans la préfecture de Tochigi ce dimanche a été annulé à cause de l'apparition d'une nouvelle souche de grippe. Du coup, on est au chômage technique. Vu que j'ai quartier libre, ce serait dommage de rester coincé à Kinshichô. Alors, j'ai pensé à toi.

Shin'ya s'exprimait d'une voix claire, avec l'accent du Kansai. À entendre ce timbre chaleureux, Junpei se surprit à vouloir le revoir, lui aussi.

– Bon, d'accord. Dans ce cas, allons manger. Je t'invite.

– Sérieux ? exulta Shin'ya. Tu permets que je t'appelle aniki ?

S'esclaffant malgré lui, Junpei lui donna l'adresse de l'hôtel et son numéro de chambre.

– Et viens pas en sandales de corde, hein !

– Compte sur moi !

Junpei se réjouissait d'avance de sa réaction lorsqu'il poserait les yeux sur cette chambre.

Il décida de prendre un bain en attendant. La salle d'eau était assez vaste pour qu'on y habite. Il se prépara un bain moussant à l'aide du gel fourni. Il avait toujours eu envie d'essayer. Allongé dans la baignoire débordant d'une mousse blanche pareille à de la barbe à papa, il se détendit complètement.

Libéré de toute gêne, il se laissa aller à chanter quelques tubes de J-pop. D'ordinaire, il s'interdisait de les fredonner au QG, et il n'avait pas le loisir de les entonner au karaoké. Alors il en profita pour beugler à tue-tête.

Plus que deux nuits de liberté. Il ne voulait rien regretter. Il voulait se créer suffisamment de souvenirs pour lui permettre d'oublier la cruauté de sa peine, une fois derrière les barreaux.

Junpei fit longtemps trempette. À la réflexion, ça aussi, c'était une première dans sa vie.

Shin'ya arriva enfin une heure plus tard, vêtu d'une veste et d'une chemise aux trois premiers boutons défaits. Il avait visiblement mis le paquet côté tenue. À peine eut-il posé un pied dans la chambre qu'il se figea, ébahi.

– Tu es sûr que je peux entrer ? demanda-t-il, le front plissé.

– Te gêne pas. C'est moi le client.

– Mais tu n'es pas en service ? Ton boss ne risque pas de se fâcher ?

Shin'ya semblait croire que la chambre était au nom du boss, lequel aurait chargé Junpei de la garder en son absence.

– C'est moi qui loue. Pour deux nuits, ce soir et demain.

– Tu rigoles ?

Shin'ya écarquilla les yeux, avant de se précipiter jusqu'à la fenêtre. Il laissa échapper un cri de surprise en découvrant la vue.

– Combien ça coûte ?

– Quatre-vingt mille la nuit.

– Hein ?!

– Pour deux nuits, j'ai dû verser vingt mille d'avance.

– Heeeiiin ?!

– C'est tout ce que tu sais dire ?

– Comment c'est possible ? T'as gagné aux courses, ou quoi ?

– Pas du tout. Mon aniki m'a donné un peu de cash. Il avait ses raisons. Avec ça, j'ai eu envie de me payer une belle piaule rien qu'une fois.

– Hmm... Mais quand même, quatre-vingt mille la nuit... Si c'était moi, j'aurais mis l'argent de côté...

– Un Tokyoïte pur jus n'a que faire de l'argent.

– T'es né dans la capitale ?

– Non, à Saitama.

Ils en profitèrent pour faire plus amplement connaissance et découvrirent qu'ils avaient le même âge. Depuis le divorce de leurs parents jusqu'à leurs passages respectifs en maison de correction dès le lycée, leurs parcours se ressemblaient comme deux gouttes d'eau.

Shin'ya ne décollait pas de la fenêtre. Pas étonnant : Junpei lui-même s'était dit plus tôt qu'il passerait bien la nuit à contempler le paysage.

– Bon, on va manger un bout ? J'ai la dalle.

– Que dirais-tu d'un *yakiniku* ?

– Mangé hier soir.

– Alors des sushis !

– Mangé ce midi.

– Tu mènes la belle vie, toi, dis donc ! Les affaires marchent si bien que ça pour le clan Hayata ? s'étonna Shin'ya. Vous en avez de la chance, vous autres, à Kabukichô. J'ai raté mon coup. Moi, tout ce que j'ai, c'est mon stand. Je ne fais pas de gros profits, je n'ai pas de quoi épater la galerie. Mais on doit respecter les règles, et le moindre truc est prétexte à organiser une cérémonie. Et je n'arrive pas à choper.

– Rien de ce côté ? demanda Junpei en dressant le petit doigt.

– J'en ai bien une, mais elle est moche. Je dois justement la voir demain. Alors, qu'est-ce qu'on mange ? Quand il faut manger dehors, moi, tout ce qui me vient comme idée, c'est le *yakiniku* ou les sushis.

– Va pour le *yakiniku*, alors. La viande, on peut en manger tous les soirs.

– Dans ce cas, allons-y ! Je veux me remplir la panse de *galbi* !

Junpei sentit l'eau lui monter à la bouche rien qu'en pensant au bruit de la graisse qui rissole. Plus que deux dîners. Avec les grillades, on n'était jamais déçu, on pouvait en consommer tous les jours.

Junpei se réjouit de ne pas manger seul ce soir-là. D'autant que son camarade, en plus d'avoir son âge, semblait de compagnie particulièrement agréable.

Ils sortirent de l'hôtel et déambulèrent dans Kabukichô avant d'entrer dans un restaurant de grillades à la devanture plutôt cossue. Désireux d'impressionner son camarade, Junpei franchit le seuil comme s'il en avait l'habitude.

– Excusez-moi, pourrions-nous avoir une table pour quatre ? demanda-t-il, imitant Kitajima.

On les conduisit tout au fond de la salle bondée, où ils commencèrent par trinquer à la bière.

– On a beau avoir le même âge, t'es vraiment incroyable ! Tu te balades avec assurance dans Kabukichô, tu crèches dans une suite à l'hôtel, tu manges des grillades dans des restaurants de luxe… Alors que moi, tout ce que je peux me permettre, c'est de boire une bière sans alcool dans un boui-boui, déclara Shin'ya avec envie.

– Ce soir, c'est spécial. Moi aussi, je crèche au QG. Je fais les corvées pour les aînés, et comme je n'ai jamais le temps pour manger, je dois me contenter d'avaler des bentos achetés au *konbini*.

– Tu as quand même de la chance. Moi, mon aniki est un radin, même quand il me fait l'aumône, c'est pour me donner des clopinettes. Au fait, ton aniki, c'est l'homme avec qui je t'ai vu l'autre jour ? Il a trop la classe ! J'étais complètement fasciné…

– Oui, je suis fier de lui. Tout le monde à Kabukichô connaît le lieutenant Keisuke Kitajima. Moi aussi, en tant que second, je profite de sa notoriété. On me choie, on fait preuve d'indulgence avec moi. Comme quoi, il faut savoir choisir son mentor.

– Comment tu l'as rencontré ?

– J'avais dix-neuf ans. C'était à Kabukichô, il est intervenu dans une bagarre…

Junpei narra à Shin'ya sa légendaire rencontre avec le valeureux Kitajima – histoire grandiose dont le contenu était à moitié inventé.

– Quelle chance ! Tu suis ta propre voie. Moi, je suis monté à Tôkyô avec l'intention de me construire en tant qu'homme, mais tout ce que j'ai réussi à construire, c'est ce foutu stand. Tous les week-ends, je vais dans la province faire sauter des nouilles, et le reste de la semaine, je trompe mon ennui au *pachinko*. Je ne fais que perdre mon temps.

Alors que Shin'ya vidait son sac, les assiettes de viandes défilaient, dont les deux hommes faisaient griller le contenu avant de le déguster sans jamais reposer leurs baguettes.

– Qu'est-ce que tu aimerais faire, Shin'ya ?

– Tenir un vrai commerce. Genre une agence immobilière, ou un bureau de change…

– Alors tu n'as pas le choix, tu vas devoir changer de clan.

– Impossible. Quand on est forain, c'est pour la vie. La seule solution, ce serait de me trouver un autre boulot en parallèle.

– Ça va te prendre du temps.

– Voilà pourquoi j'ai des regrets. On vit dans un vieux monde. Je ne peux que retenir mon souffle.

Shin'ya poussa un soupir théâtral. Mais comme il était d'un naturel enjoué, même son mécontentement avait quelque chose d'amusant.

Plat-de-côtes, hampe, abats : une à une, ils vidèrent les assiettes. Imitant Kitajima, Junpei buvait de la bière mélangée à du *makgeolli*, pour la plus grande admiration de Shin'ya. (*T'es drôlement calé dans ce domaine, dis donc*, fit-il remarquer.)

– Tu dois choper plein de meufs, constata Shin'ya.

– Ça va, je me débrouille.

L'aventure de la veille tombait à pic. Junpei embellit son récit pour faire croire à son camarade qu'il croulait sous les conquêtes.

– Je t'envie…

– Mais la moitié, c'est pour le travail. Et ce n'est pas si intéressant de fricoter avec des filles superficielles.

– L'éventail est vaste. Moi, j'ai dû en faire des tonnes rien que pour me trouver une petite amie. Ma meuf, elle, a les dents en avant. Mes potes me demandent tout le temps si « mon lapin » va bien. C'est trop la honte.

Shin'ya fit mine de croquer une carotte imaginaire. Junpei ne put retenir un rire. Décidément, les gens du Kansai savaient amuser la galerie.

– Ça ne t'ennuie pas de ne pas voir ta copine ? On est samedi, s'enquit Shin'ya.

– Elle est danseuse. À cette heure-ci, elle travaille encore, déclara Junpei en pensant à Kaori.

Il s'enfonçait dans le mensonge.

– Une danseuse ? C'est la classe. Mon lapin à moi bosse comme hôtesse dans un bar de banlieue. Ce sont ses parents qui tiennent la boutique.

– C'est bien, non ? Au moins, c'est un job normal.

– Comme sa mère a été femme de yakuza, elle a une haute opinion d'elle-même. Mais elle est tellement grosse et pleine de bourrelets qu'on verrait presque le visage souriant du Bouddha sur son dos. C'est pas le genre de mère qu'une fille devrait présenter à son copain.

Junpei lâcha ses baguettes, pris d'un fou rire.

Il commanda de nouveau du *makgeolli*. Accompagné de nouilles froides.

L'alcool lui réchauffait autant le corps que le cœur. D'ordinaire contraint de guetter le moindre appel de son aniki pour l'accompagner en mission, ce soir, il était entièrement libre.

– Au fait, ça te dirait d'aller voir ma meuf ? Elle danse dans un club pas loin, proposa Junpei en consultant sa montre.

C'était presque l'heure de la deuxième représentation au *Lac des Cygnes*. Tant qu'ils s'en tenaient aux abords de la scène, son secret ne risquait rien.

– Tu es sûr qu'on peut ?

– Bien sûr ! Mais il ne faudra pas la déranger, alors on devra passer par l'entrée de service et se contenter de la regarder depuis les coulisses.

– Si ça me dit ? Et comment ! J'ai toujours voulu aller au moins une fois dans ce genre de club.

L'affaire décidée, ils engloutirent en hâte leurs nouilles. « Trop bon ! » répétait joyeusement Shin'ya. Junpei ne regretta pas un instant de lui avoir payé la tournée.

Lorsqu'ils quittèrent le restaurant, l'activité de Kabukichô battait son plein, comme en témoignaient les cris des femmes qui interpellaient leur « petit Jun » à chaque coin de rue, provoquant l'envie de Shin'ya – pour le plus grand bonheur de Junpei.

– Dis, dis, les types du clan Isoé te..., tenta de l'informer l'une d'elles.

– Je sais, l'interrompit-il sans même l'écouter.

Ils arrivèrent au bout de cinq minutes au *Lac des Cygnes*. Pénétrant par l'entrée de service, ils furent aussitôt assourdis par une musique de scène tonitruante. Le spectacle était déjà bien entamé.

Ils passèrent au bureau saluer le gérant.

– Est-ce qu'on peut regarder un peu le spectacle ? On n'a pas besoin de places, on ne reste pas longtemps.

– Je vous sers une bière ? demanda le patron en aspirant ses ramen devant la télé.

– Pas la peine. On a déjà bien assez bu, répondit Junpei avec un signe de la main.

Ils franchirent le rideau et entrèrent dans la salle. Sur la scène toute proche, Katherine la drag queen secouait sa grande carcasse dans un numéro en solo.

– C'est elle, ta copine ? demanda Shin'ya, les sourcils froncés.

– De qui tu parles ? répliqua Junpei en imitant l'accent du Kansai.

La salle était comble, comme tous les samedis. Ils contemplèrent le spectacle adossés au mur pour ne pas déranger les clients. Les danseuses se succédaient sur scène dans un show spectaculaire.

– Un tel monde existe donc..., soupira Shin'ya, inondé par la lumière des projecteurs.

Kaori fit son entrée. Un tonnerre d'applaudissements retentit aussitôt. Junpei crut percevoir comme une aura autour d'elle.

– Kaoriii ! s'écria un groupe de spectatrices tandis qu'elle faisait son numéro de claquettes, vêtue d'une queue-de-pie et de collants.

Kaori était incontestablement la star de la troupe.

Junpei donna un coup de coude à Shin'ya.

– C'est elle, murmura-t-il en tendant le menton.

– Tu rigoles ? Elle est trop belle ! répondit Shin'ya, les yeux écarquillés.

Si seulement… Tout à sa rêverie, Junpei admira sa danse. Si seulement il pouvait passer ne serait-ce qu'une nuit dans ses bras, il serait prêt à mourir sans regrets. Hélas, en réalité, elle ne lui adressait même pas la parole. Le temps qu'il purge sa peine, elle deviendrait une star de la comédie musicale, définitivement hors d'atteinte. Puis elle rencontrerait quelqu'un, se marierait, aurait des enfants.

– T'assures dans tous les domaines, décréta Shin'ya, enivré.

Ce n'était qu'un mensonge. Jamais une femme qui travaillait si dur pour atteindre ses rêves ne voudrait d'un chien errant tel que lui… Junpei s'efforça de graver sa silhouette dans sa mémoire.

Ils regardèrent le show jusqu'à la fin. Sans doute pour la dernière fois.

– Bon, on y va ?

– Tu veux pas aller voir ta copine ?

– Pas la peine. Elle sera contrariée de savoir qu'on l'a vue.

– Ah, je comprends. C'est pareil avec la mienne. Elle déteste quand je passe au bar.

Alors qu'ils écartaient le rideau pour rejoindre la sortie des artistes, ils trouvèrent Katherine qui les attendait, trempée de sueur.

– Mon petit Jun ! Les types d'Isoé sont passés.

– Vraiment ?

– Ils ont laissé ça pour toi.

Elle lui tendit une enveloppe. Dedans se trouvait une feuille de papier.

« Je garde le client à notre QG. Je sais tout. Si tu veux négocier, viens vite le chercher.

« Tetsushi Mizutani, chef du clan Isoé. »

Sous le message griffonné d'une écriture d'écolier était tracé un plan à peine lisible. Décidément, Junpei était entouré de gens incapables de dessiner des cartes.

– Tu sembles troublé, fit remarquer Katherine d'un air inquiet.

– T'occupe. Ça me regarde.

– Tu ne veux pas demander conseil à M. Kitajima ?

– Dis pas de bêtises ! Je ne vais pas embêter mon aniki avec un truc aussi futile. Je tiens à mon honneur.

– Mais on te pose un ultimatum, non ?

– Je ne vais pas obéir aveuglément, ricana Junpei.

Tant pis pour le vieux Nishio. Il n'avait aucune obligation de le sauver. Et il ne représentait qu'un poids mort pour le clan Isoé. Il fallait vraiment être stupide pour se laisser avoir.

– Il s'est passé un truc ? demanda Shin'ya.

– Je me suis un peu fritté avec un clan rival. Ce n'est rien.

– À ce propos, tu as le visage couvert de bleus. Tu t'es battu ?

– C'est rien, je te dis.

Il replia la lettre et la glissa dans sa poche arrière. C'est alors que Kaori sortit. Elle croisa le regard de Junpei.

– Salut, dit-il en lui adressant un petit geste de la main.

Elle lui rendit un sourire gêné avant de disparaître dans sa loge.

Aussi furtive que fût la rencontre, Junpei s'en satisfaisait. Shin'ya, quant à lui, ne semblait se douter de rien.

Sortis du *Lac des Cygnes*, ils décidèrent d'aller boire des verres. Si Junpei aurait préféré retourné à l'hôtel contempler la vue depuis sa chambre, Shin'ya, lui, tenait absolument à explorer le Kabukichô nocturne, aussi se rendirent-ils dans un bar où Kitajima avait ses habitudes.

– Même les hôtesses sont jolies, remarqua Shin'ya, une cigarette négligemment calée au coin de la bouche. À Kinshichô, ce sont toutes des délinquantes, ou des Philippines. Ça vaut même pour ma copine, d'ailleurs. Je doute que ce soit pareil à Tôkyô.

Un vrai moulin à paroles, ce Shin'ya. Pour Junpei, guère doué pour la conversation en dehors des reparties cinglantes, c'était le parfait camarade de beuverie. Avec lui, pas besoin de se prendre la tête.

Comme le bar était bondé, ils prirent place le long du comptoir et refusèrent l'accompagnement d'une hôtesse.

– Pas la peine, merci. Va plutôt gagner ta croûte, dit Junpei, reprenant une réplique habituelle de son aniki.

La patronne laissa échapper un rire.

Ils se firent servir la bouteille réservée à Kitajima – un whisky de luxe nommé *Hibiki*. D'ordinaire, Junpei n'y avait pas droit, mais nul doute qu'on lui pardonnerait pour cette fois.

– Tu en as, de la chance. Je t'envie pour tout, déclara Shin'ya en mâchant un calamar séché. Je songe sérieusement à changer de métier, tu sais. Quitter mon clan une bonne fois pour toutes, prendre six mois, puis intégrer le tien. Comme notre clan est vieux jeu, ça me coûtera le petit doigt, mais quand je pense à la vie qui m'attend, ça en vaudra le coup.

– Ne t'emballe pas trop, Shin'ya. À vrai dire, notre clan est mesquin aussi. Ça reste entre nous, mais notre boss n'est vraiment pas doué. Les perspectives ne sont pas bonnes pour le clan. On doit s'en remettre aux lieutenants. Si on veut progresser, le plus important, c'est de bien choisir son aniki.

– Mais oui, c'est exactement ça. La vie peut être totalement différente en fonction de l'aniki, y compris au sein d'un même clan. Le mien est un vrai sanglier sauvage, qui passe son temps à foncer tête la première et à créer des problèmes. Bref, il manque de jugeote. Moi, ça m'angoisse. Est-ce que je peux vraiment rester avec un mentor pareil ?

– C'est le type que tu accompagnais lors du recouvrement de dettes ?

– Oui, tout juste. Le simplet qui s'est laissé embobiner par ton aniki, confirma Shin'ya en sirotant son whisky-soda, les sourcils arqués. Je te l'ai déjà dit, mais comparé à lui, ton aniki a vraiment la classe. J'aimerais bien faire sa connaissance, moi aussi. J'ai tellement à apprendre !

– D'accord, répondit Junpei d'un air ambigu.

Ce que la vie pouvait être capricieuse, quand même. Comment un homme qui allait se faire incarcérer pouvait-il enchaîner ainsi les rencontres ?

– On devrait d'ores et déjà décider d'une date. La semaine prochaine, ça t'irait ? Moi, je peux toujours me libérer le soir en semaine.

– T'es sérieux ? Et ton clan, alors ?

– Ça va aller. Au pire, j'y laisse le petit doigt.

L'alcool montait vite à la tête de Shin'ya, visiblement. Il avait les tempes toutes rouges.

– Je vois. Désolé, mais je n'aurai pas le temps de faire les présentations.

– Allez quoi, sois pas vache ! On est potes, non ?

– Le truc, c'est que je dois abattre un type lundi matin, expliqua Junpei comme s'il parlait d'aller faire les courses.

– Hein ? C'est quoi cette histoire ?

– Shin'ya. Lundi matin, tôt, je dois aller tuer un membre d'un clan rival. C'est le boss qui m'en a chargé. Alors, même si j'ai apprécié de te rencontrer, on ne pourra plus se voir.

Il n'avait pas l'impression de se confesser. Les mots étaient sortis tout seuls.

Shin'ya pâlit. Il pivota sur son siège pour faire face à Junpei.

– T'es sérieux ?

– Tout ce qu'il y a de plus sérieux. Si j'ai réservé cette suite à l'hôtel, c'était pour goûter un peu au luxe, avec l'argent que m'a donné mon aniki, avant de dire adieu à ma liberté.

– Vraiment ?

– Oui. C'est dommage. De ce qu'on m'a dit, même en me tenant à carreau, j'en prends au moins pour sept ans. Si, au bout de tout ce temps, tu te souviens encore de moi, viens me chercher, tu veux ?

– C'est dur.

– C'est dur, oui, mais on ne peut pas retourner en arrière. J'ai fait les repérages. Je me suis procuré un flingue. Reste plus qu'à tirer.

– Je te trouve bien calme. Tu n'as pas peur ?

– Honnêtement, je ne sais pas trop. Je ne ressens pas vraiment d'émotion particulière. Mais tu sais, j'ai l'impression que, si je fuis maintenant, ma vie ne commencera jamais. La prison, personne n'a envie d'y entrer. Mais quand je pense à la sortie, ça, c'est un truc que je veux absolument faire, expliqua Junpei à voix basse.

Dénué du moindre enthousiasme, son état d'esprit lui rappelait un vieil arbre s'élevant dans un sanctuaire shintô.

– Tu es incroyable. Je ne t'arrive pas à la cheville. (Shin'ya secoua la tête avec exagération.) Tu feras un grand parrain à l'avenir. Jamais je ne te lâcherai. J'irai te rendre visite, même si tu es incarcéré à Kosuge ou à Fuchû.

– Vraiment ? Ça me donne du courage de te l'entendre dire.

– Tu es sûr que ça te va, de passer le précieux temps qu'il te reste avec moi ?

– J'en suis ravi. À vrai dire, je ne m'attendais pas à avoir de la compagnie ce soir.

– Dis, tu veux bien qu'on devienne frères ? Soixante pour toi, quarante pour moi, suggéra Shin'ya avec transport.

Il semblait vouer un respect sincère à Junpei.

– D'accord. Échangeons nos coupes. Cinquante-cinquante.

– Entendu. On va devoir faire ça au whisky, mais peu importe, c'est l'intention qui compte. Faisons-le tout de suite.

– Bonne idée. D'ici deux jours, j'aurai disparu.

Junpei demanda des verres à shot propres à la patronne. Ils les remplirent de whisky, avant de les brandir à hauteur d'yeux puis de les vider cul-sec.

– C'est la première fois que je trinque à égalité avec un frère juré.

– Moi aussi.

Junpei sentit son cœur se réchauffer tandis que l'alcool lui coulait dans la gorge. Il se félicita d'avoir dit la vérité. Seuls les gangsters pouvaient comprendre l'éthique du porte-flingue.

– Bon. On continue de boire ?

– Oui, avec plaisir.

Junpei débordait de bonheur, les joues détendues, les épaules débarrassées de toute tension. Il lui semblait pouvoir tout dire à cet homme.

Quelque part dans le bar, un groupe d'employés de bureau chantait des tubes de Tsuyoshi Nagabuchi au karaoké.

11

Junpei et Shin'ya continuèrent de boire jusqu'à plus de 4 heures du matin. Visiblement habitué aux excès, Shin'ya éclusait son whisky coupé à l'eau comme s'il s'agissait d'une boisson énergisante. Ils avaient troqué leurs places au comptoir pour un box, où ils échangeaient à présent des plaisanteries grivoises avec une hôtesse. Junpei regrettait de ne pas avoir rencontré plus tôt cet homme de si bonne compagnie et dont la seule présence lui apaisait le cœur. Depuis qu'il avait quitté sa ville natale, il n'avait plus eu de véritable ami.

– Jun, il faudra que tu nous le ramènes, implora l'hôtesse dans l'hilarité générale.

– Je le ferai, promis, répondit Junpei avec un rire léger.

– Junpei est un homme occupé, déclara Shin'ya après un instant de silence. Mais je reviendrai seul.

Après avoir payé la bouteille, il inscrivit leurs deux prénoms au marqueur, en gros, sur l'étiquette. Le geste, chevaleresque, mit du baume au cœur de Junpei.

Kana lui avait envoyé un message pendant qu'ils buvaient. Elle s'était fait draguer par un vieux type dirigeant une agence immobilière et semblait bien s'amuser. Décidément, elle avait beau ne pas être du milieu, c'était une vraie garce.

Après le bar, ils marchèrent jusqu'au bâtiment où se trouvait le casino clandestin. Enivré, Shin'ya l'avait suivi, sans vraiment comprendre la situation. Ils trouvèrent Gorô à sa place habituelle, occupé à lire des mangas à la lueur blafarde des tubes fluorescents de la laverie automatique du rez-de-chaussée. Dans un coin se trouvait également un couple d'Asiatiques du Sud-Est qui discutaient.

Ils pénétrèrent à l'intérieur.

– Tiens, comme on se retrouve ! Comment vont les affaires ? lança Junpei.

Le visage de Gorô s'illumina, ses joues empourprées comme s'il venait de rencontrer l'amour.

– Désolé de t'embêter avec ça, mais est-ce que tu as vu le type à la perruque, ce soir ?

– Oui. Il est arrivé un peu avant minuit et est entré dans le bâtiment.

– Je vois. C'est tout ce je voulais savoir.

En réalité, il n'avait pas vraiment besoin de s'en assurer. Ses jambes l'avaient porté jusque-là, tout simplement.

– Vous avez bu ? demanda Gorô.

– Oui, on avait un truc à fêter. Lui, c'est Shin'ya, mon frère juré. On vient d'échanger nos coupes.

– Enchanté, dit Gorô d'un air timide.

– Et lui, c'est Gorô. Comme tu peux le voir, c'est un pédé.

– Enchanté ! Je m'appelle Shin'ya, je gère un stand ambulant à Kinshichô.

Shin'ya s'inclina cérémonieusement tout en titubant.

– Gorô. Tu as encore passé la nuit ici ?

– En effet.

– Tu veux pas venir avec nous à l'hôtel ? proposa Junpei, pris d'un élan de générosité. J'ai pris une suite au Prince, à Shinjuku. Elle est immense. Même si tu dors par terre, tu auras la place d'étirer tes membres, et tu seras toujours mieux qu'ici.

– Tu es sûr ?

– Mais oui. Ça me fait plaisir.

– Dans ce cas, j'accepte, répondit Gorô, sincèrement heureux.

Complètement ivre, Junpei avait le cerveau engourdi et le corps réchauffé jusqu'à la moelle.

Il lui semblait flotter à trois centimètres au-dessus du sol.

Il aurait volontiers paradé à travers Kabukichô avec tous ses camarades.

#110 Junpei, ne sois pas stupide. Pourquoi devrais-tu jouer les porte-flingue ? Parce que tu veux tuer quelqu'un ? Tu ferais mieux de fuir ton clan, et vite. C'est quoi, ce monde de la pègre ? Il n'y rien de pire que les gens étroits d'esprit. Ton univers se résume-t-il à Kabukichô ? Tu devrais partir à Okinawa, par exemple, pour y mener la belle vie. De toute façon, tu n'as ni parents, ni frères et sœurs, pas vrai ? Pars à Okinawa, je te dis ! Déguerpis, fissa ! De : Un gars du Sud

#111 Je te soutiens dans ta mission. La vie sera meilleure pour les citoyens si on élimine ne serait-ce qu'un seul yakuza. Là, en plus, comme tu vas aller en prison toi aussi, monsieur le voyou, on fait d'une pierre deux coups. Les duels de yakuzas, je vote pour. Faites juste attention aux balles perdues. De : Anonyme

#112 Je trouve ce fil de discussion strictement sans intérêt. Cette histoire de jeune yakuza qui se prend pour un héros n'a aucune valeur. Quelle que soit

l'issue, il finira toujours criminel. Il n'a qu'à faire ce qui lui chante. De : Anonyme

#113 En réponse à #110 par Un gars du Sud : Pourquoi Okinawa ? Dès qu'il s'agit de criminels en fuite, on nous sort Okinawa. Ce genre de stéréotype me donne vraiment la migraine. Okinawa n'est pas un refuge à yakuzas. C'est l'île des gens qui chérissent la mer et le ciel. Certains ont toute leur vie ici. Merci de ne pas plaquer vos fantasmes sur Okinawa. De : Une fille de la mer

#114 Salutations, m'sieur Junpei. C'est moi, l'ancien gangster. Est-ce que tu as eu le temps de tester ton arme de contrebande ? Je te recommande de le faire de nuit, dans une voie souterraine, si tu en as une à proximité. Ainsi, pas de témoin oculaire, et le son sera étouffé, alors personne ne remarquera rien. Et ça ne laissera pas de trace flagrante. Je prie pour ta victoire. De : L'Étoile du routier

#116 En réponse à #113 par Une fille de la mer : Dis donc, la folle d'Okinawa. « L'île des gens qui chérissent la mer et le ciel », dis-tu ? T'as pas honte d'écrire des trucs pareils ? Alors même que l'île abrite une base militaire américaine. Et qu'elle profite des affaires publiques et touche des subventions du gouvernement. C'est à cause d'imbéciles comme toi qui sacralisent Okinawa qu'on colle toujours à sa population une image d'enfant pourri gâté. On se croirait dans une de ces familles qui se déchirent à l'occasion de la fête de la majorité. Toi, tu serais la sale gauchiasse de service. De : Un gars du Sud

#117 Junpei, ne vaut-il pas mieux renoncer ? Tu vas te fatiguer. Contre la fatigue, il y a le Lipovitan D. De : Anonyme

#118 Ils sont ennuyeux, ces fanatiques d'Okinawa. Mais ils ont quelque chose de pur. Ils aspirent tous nos impôts, ils s'agitent contre le drapeau et refusent d'apprendre l'hymne national. On leur doit un peu d'indulgence, non ? De : Gloire au Soleil levant

#119 Il y aurait donc des gens de droite sur internet ? Vous vous êtes trompés de fil de discussion, là. Et ceux qui utilisent Okinawa comme prétexte, vous feriez bien de demander pardon à ses habitants. Vous êtes priés de dégager. De : Anonyme

#120 Qu'est-ce que tu nous saoules avec tes vitamines ? De : Anonyme

#121 Les gens qui vous disputez sur Okinawa, je crois que vous n'avez pas bien suivi vos cours d'histoire. Vous êtes pitoyables. Je n'en reviens pas de ces gens qui racontent n'importe quoi, en mettant de côté les dettes de guerre. Vous voulez vous retrouver avec une base américaine à Odaiba, en plein Tôkyô ? Allez-y, je vous écoute. De : Anonyme

#122 Même sans être de droite, les gauchistes qui n'en ont que pour Okinawa me tapent sur le système. Qu'est-ce qu'on va faire si même les Japonais se retournent contre leur pays ? De : Un citoyen

#123 Je crois qu'on s'égare dans la discussion, là. Je vous rappelle qu'il était question de Junpei qui devait jouer les porte-flingue. Aux militants de droite et de gauche, bien le bonjour et bonne nuit. De : Anonyme

#124 Les gens d'Okinawa n'appartiennent pas au peuple de Yamato. Ce sont des citoyens des îles Ryûkyû. C'est donc normal qu'ils soient antinationalistes. De : Le bleu de la mer

#125 Je suis d'accord avec #123. Arrêtez, ça ne sert à rien de vous disputer. De : Anonyme

#126 Un je-sais-tout ! Ça nous manquait. Les Okinawaïens, des citoyens des Ryûkyû ? Et qu'est-ce que tu fais de l'archipel Yaeyama ? Ils vont se fâcher si tu les mets dans le même sac. De : Un anonyme de Shuri

#127 Jamais je n'aurais imaginé que mon post ferait autant de vagues. Je ne suis qu'une secrétaire née à Yokohama et qui chérit la mer et le ciel d'Okinawa, c'est tout. J'ai aussi vu la Gold Coast et la mer Égée, mais c'est à Okinawa que la mer est le plus belle. J'en suis très fière, je suis heureuse qu'Okinawa fasse partie du Japon, et je suis reconnaissante à son peuple. J'ai bien l'intention d'y retourner, sans jamais oublier que je n'y suis qu'une invitée. De : Une fille de la mer

#128 Mort aux gauchiasses. Foutez le camp du Japon. De : Anonyme

#129 Une fille de la mer fait preuve de maturité. En comparaison, les cybermilitants de la droite ne sont que des gamins de maternelle. De : Anonyme

#130 La gauche antinationaliste m'énerve à un point ! Ils ne connaissent vraiment rien au monde. Si on n'installe pas tout de suite une base des forces d'autodéfense à Yaeyama, les Chinois viendront nous attaquer. C'est comme le tapage autour des îles Senkaku. Pourquoi est-ce que personne ne fait attention à ce genre de choses ? De : Soba nippones

#131 Et si on les leur cédait ? À la Chine, je veux dire. Aussi bien les îles Senkaku que l'archipel Yaeyama. De : Udon impériales

#132 Je vais te buter. #131, je vais te buter. De : Un citoyen

#133 Junpei, prends garde à ne pas t'enrhumer. Tu risques d'avoir froid si tu ne dors qu'avec une couverture d'été. De : Minako

#134 Junpei, c'est bien lundi matin que tu passes à l'action ? Tu as encore le temps. Réfléchis bien. De : Anonyme

#135 Je vais vous buter. Je vais tous vous buter. De : Un citoyen

Junpei se réveilla à 10 heures du matin. Il aurait pu continuer à dormir, mais comme Shin'ya devait voir sa copine, il l'accompagna pour le petit-déjeuner avant de sortir lui aussi, avec l'idée de faire un tour à Higashi-Matsuyama, où il n'avait pas remis les pieds depuis deux ans. Il voulait essayer son pistolet au bord de la rivière et se procurer une moto avec laquelle prendre la fuite. Il voulait aussi revoir ses vieux copains pour discuter un peu.

– Je te contacte ce soir. J'ai quelque chose pour toi. Je ne te dérangerai pas longtemps. Tu devrais passer ta dernière nuit de liberté avec ta dame. Ne serait-ce qu'un instant, lui dit Shin'ya en se grattant la tête.

Passer la nuit avec sa dame, hein ? La veille, Junpei avait fait passer Kaori pour sa maîtresse. Jusqu'au bout, il avait maintenu la charade, avec une obstination qui lui arrachait à présent un sourire moqueur.

Gorô dormait par terre, enveloppé dans une couverture. Junpei avait essayé plusieurs fois de le réveiller, mais le garçon semblait profondément assoupi. Même les coups de pied restaient sans effet. Rien à faire. Il laissa un mot sur la table (*Je sors. Je ne serai pas de retour avant la nuit. Junpei*), avant de prendre le sac à dos contenant le pistolet et de quitter la chambre.

Qu'elle finisse dans le rire ou dans les larmes, il ne lui restait qu'une journée… Il sentit ses épaules soulagées d'un poids tandis qu'il se laissait gagner par ce sentiment. De toute façon, il n'avait guère profité de ce que le monde avait à offrir jusque-là. Il n'avait même pas de femme pour le pleurer.

Le ciel d'automne était radieux. Une brise fraîche lui caressait les joues tandis que les derniers rayons du soleil estival réchauffaient sa tignasse noire.

Il prit la ligne Yamanote de Shinjuku jusqu'à Ikebukuro pour y emprunter la ligne Tôbu-Tôjô. À peine fut-il sur le quai qu'une vague de nostalgie l'envahit – sentiment profond en dépit de son jeune âge. Une fois dans le train express, il ne lui faudrait qu'une heure pour rejoindre sa ville natale. Aujourd'hui encore, il était libre. Son aniki ne risquait pas de l'appeler. Ses cellules se relaxèrent une à une à cette idée. Il lui semblait que c'était la première fois qu'il éprouvait un tel calme.

Il choisit un siège dans le wagon presque vide ; à peine eut-il fermé les yeux qu'il s'assoupit. Lorsqu'il revint à lui, Higashi-Matsuyama n'était plus très loin. Un filet de bave lui avait coulé du coin de la bouche jusque sur le sac à dos qu'il serrait contre lui. Soudain, il regarda le paysage au-dehors. Partout, ce n'était que champs et rizières baignés de soleil. La terre avait bien de la chance, elle n'avait à se soucier de rien, songea-t-il dans une réflexion absurde.

Il était midi passé lorsque le train arriva à destination. Junpei se surprit à vérifier le nom de la gare, car le bâtiment avait été rénové. Même le paysage visible depuis le quai avait bien changé. La route était impeccable.

Lorsqu'il franchit la barrière de contrôle des tickets, cependant, il remarqua une bande de marginaux adossés au mur. Pas de doute : on était bien à Higashi-Matsuyama. Les voyous se relayaient pour monter le guet devant la gare, houspillant au passage les lycéens qui avaient l'audace de porter des tenues trop voyantes. Seuls leurs acolytes avaient le droit d'arborer un tel style, comme ils s'efforçaient de le faire comprendre. Junpei aussi avait dû se livrer à cette pratique lorsqu'il avait intégré une bande.

Trois jeunes qui devaient avoir dans les seize ou dix-sept ans posèrent un regard insistant sur Junpei, dont le calme s'envola aussitôt pour laisser la place à l'irritation.

– D'où tu viens, l'ancien ? demanda l'un d'entre eux en se redressant pour se rapprocher en roulant des mécaniques.

Les deux autres l'imitèrent bientôt pour cerner leur proie.

Sans se préoccuper d'éventuels témoins, Junpei décocha de toutes ses forces un coup de pied à l'entrejambe du garçon qui lui faisait face. Celui-ci se recroquevilla avec un petit cri de douleur. Ses deux comparses blêmirent, muets. En dépit de leurs grands airs, ce n'étaient que des gamins.

– Où est-ce que vous avez appris vos manières, vous autres ? Auprès de Yokoyama, ou encore d'Okada ? éructa Junpei, récitant les noms de leaders de la bande qui avaient été autrefois sous ses ordres.

– Désolés. Vous êtes un ancien de la bande du Mandala ?

– Tout juste. Junpei Sakamoto, cinquième chef de la garde rapprochée. Ramassez votre pote et débarrassez-moi le plancher. Vous dérangez les honnêtes gens, tonna-t-il avec un coup de menton impérieux.

Bougeant comme sur une vidéo en accéléré, les garçons se relevèrent en tremblant et dévalèrent l'escalier en portant leur camarade blessé. Junpei les suivit lentement et leur fit signe d'entrer dans le parking, où il tira son portefeuille de sa poche arrière.

– Désolé. J'ai agi sous le coup de la colère. Allez manger un bout, ça vous remettra les idées en place.

Il sortit un billet de dix mille yens qu'il glissa dans la poche de poitrine du garçon qu'il avait frappé. Il avait toujours rêvé de reproduire sa première rencontre avec Kitajima.

– Ah, euh, merci…

Les garçons, visiblement surpris par le cours qu'avait pris l'incident, ne surent que répondre. Sur leur visage, la peur avait laissé la place à un regard béat d'admiration.

– Je suis à présent membre du clan Hayata, filiale du groupe Rokumei, à Shinjuku. Si, un jour, vous voulez quitter ce trou, venez me voir.

– Entendu. Merci beaucoup, répondirent les trois gamins en chœur, au garde-à-vous.

– Qui est le chef du Mandala, maintenant ?

– C'est monsieur Yokoyama.

– J'aurais dû m'en douter… J'avais de l'affection pour lui. Vous auriez son numéro de portable, par hasard ?

– Pas nous, non, mais si on demande à nos aînés, ils devraient pouvoir vous renseigner.

– Contactez-le de ma part. Je vous redonne mon nom : Junpei Sakamoto. Dites-lui de passer me voir. Je serai dans ce café.

– Entendu !

Les trois garçons s'inclinèrent comme un seul homme. Junpei appréciait d'être traité avec le respect dû à un aîné. Il regrettait un peu pour les dix mille yens, mais il n'avait pu s'en empêcher.

Il entra dans le café où la bande se réunissait autrefois. La clochette sur la porte était toujours la même. Il n'y avait pas beaucoup de monde à l'intérieur pour un dimanche midi. L'endroit semblait avoir décliné en deux ans.

Derrière le comptoir, le gérant n'avait pas changé, avec sa barbe. Il y avait fort à parier qu'il ne se souvenait pas de Junpei. Il lui souhaita la bienvenue et lui apporta de l'eau, comme à n'importe quel client. Peut-être Junpei avait-il trop changé pour qu'il le reconnaisse. À l'époque, il avait les cheveux teints en blond et les sourcils partiellement épilés.

Il passa sa commande habituelle – des spaghetti à la napolitaine, accompagnés d'un café frappé –, plus par nostalgie que pour calmer une quelconque faim. Alors qu'il parcourait un magazine de mangas en attendant son plat, les voyous vinrent lui faire leur rapport.

– Nous avons contacté les aînés. Monsieur Yokoyama dormait dans son appartement. Lorsqu'on l'a informé que monsieur Sakamoto était là, il a répondu qu'il viendrait tout de suite.

– Bon travail. Vous pouvez retourner garder la gare.

– Excusez-moi…, demanda timidement l'un d'eux. Est-ce qu'on peut prendre un selfie avec vous ?

– Hein ? Mais pourquoi ?

– D'après les aînés, vous faisiez partie des membres légendaires du Mandala. Alors on s'est dit que ça valait le coup de prendre une photo-souvenir pour l'envoyer à tout le monde…

– Haha. D'accord. Comme vous voulez, répondit Junpei avec un sourire gêné.

L'un après l'autre, les gamins vinrent prendre la pose à côté de lui. C'était plutôt agréable. La simplicité rustique de ces voyous de campagne avait du bon.

Lorsque Yokoyama apparut, Junpei avait terminé son assiette. Décoiffé par le sommeil, des sandales aux pieds, il entra au trot dans le restaurant.

– Junpei ! s'écria-t-il, les joues empourprées.

Junpei était un peu gêné. Il ne s'attendait pas à être aussi bien accueilli.

– Ça fait combien de temps ?

– Deux ans. Ça a bien changé en si peu de temps.

– Tu trouves ? J'ai l'impression que rien ne bouge dans ce bled.

Yokoyama s'assit en face de lui et commanda le même menu.

– Hier soir aussi, tu as couru ?

– Comme d'habitude, oui. Mais je prends ma retraite en mars prochain. J'aurai vingt ans, tu sais.

– Vraiment ? Et maintenant, qu'est-ce que tu fais ?

– Je suis apprenti plâtrier. Tu te souviens de Kenji, qui faisait partie de la bande ? C'est lui qui me forme. J'ai un gamin, maintenant. Une fille. Alors c'est devenu ma priorité, d'avoir un métier…

– Je vois. Félicitations. Je ne savais même pas que tu étais marié.

– Avec une employée du salon de *pachinko*, oui. Il a bien fallu que je prenne mes responsabilités quand elle s'est retrouvée en cloque…

– Comme c'est admirable ! Même sorti de la bande, tu te débrouilles bien.

– Et toi, Junpei, tu es toujours à Shinjuku ?

– Tout juste. Je suis yakuza à Kabukichô.

– Tu as l'air d'avoir fait du chemin. Je t'admire ! Moi, je n'ai pas une telle ressource.

– Ne dis pas de bêtises ! C'est toi qui as de la ressource. Tu es le pilier de ton foyer. Prends bien soin de ta famille.

Junpei se la jouait devant son cadet.

– Qu'est-ce qui t'amène aujourd'hui ?

– Je me demandais juste si je ne pourrais emprunter une moto…

– Il t'est arrivé quelque chose ? Pour que tu t'y remettes soudain…

– J'ai mes raisons. Il me faudrait un modèle moyen, capable de prendre des virages serrés. Et qui n'attire pas l'attention, aussi. Tout sauf un silencieux Takeyari. Même un vieux modèle, ça me va.

– Entendu. Si tu vas à l'usine Yasuda, derrière le bâtiment, tu trouveras des modèles qui ont échoué à l'inspection. Regarde aussi du côté de la marchandise volée ; tu devrais pouvoir te la faire prêter sans conditions. Tu n'auras qu'à mettre l'immatriculation qui te convient et repartir avec.

– Tu veux bien m'accompagner ?

– Bien sûr, pas de problème !

La réponse soulagea Junpei. La moindre démonstration de réticence de son cadet l'aurait agacé et aurait gâché sa journée.

Ils sortirent du café et montèrent dans la Gloria de Yokoyama.

– Et toi, Junpei, qu'est-ce que tu as comme véhicule en ce moment ?

– Je conduis la Benz de mon aniki. Je suis encore en formation, je n'ai pas les moyens de me payer une caisse.

– Stylé ! J'aimerais bien pouvoir faire le tour de Kabukichô au volant d'une Benz, rien qu'une fois.

– Si tu réussis comme artisan plâtrier, tu pourras le faire.

Installé dans le siège passager, Junpei alluma une cigarette et baissa la vitre.

– Je te trouve un peu changé, Junpei. Tu as gagné en assurance, ou en élégance.

– Tu trouves ? J'ai l'impression d'être toujours le même…

Il n'était pas mécontent qu'on lui fasse la remarque, cependant.

– Ce n'est pas pour te flatter, mais tu as vraiment la classe. Tu dois faire des ravages chez ces dames de Kabukichô.

– Tu auras beau me complimenter, je ne te donnerai rien ! s'esclaffa Junpei.

Comme au bon vieux temps.

Après quinze minutes de route, ils arrivèrent sur un site de traitement des déchets industriels géré par un vétéran de la bande. Il s'agissait moins d'une usine à proprement parler que d'une décharge jouxtant des habitations. Quant à l'ancien en question, c'était un type ventru approchant de la quarantaine.

– Patron ? Vous êtes là ? lança Yokoyama d'une voix forte en direction du bâtiment principal.

– Oui, par ici !

L'intéressé, vêtu d'une combinaison, apparut à l'ombre d'une pile de ferraille érigée sur le terrain.

– Je suis venu avec Junpei.

– Yasuda, ça fait un bail ! dit Junpei en le saluant d'un geste.

– Junpei, c'est toi ? (Yasuda écarquilla les yeux.) T'es devenu sacrément beau gosse, dis donc ! Je t'ai pris pour une célébrité !

– Vous me flattez, tous.

– Quel bon vent t'amène ? Tu as décidé de rentrer au bercail ?

– Non, j'avais juste un truc à régler.

– Il aurait besoin d'une moto. Vous voulez bien lui en prêter une, patron ? intercéda Yokoyama.

– Oui, bien sûr. Va derrière et prends celle qui te plaît.

– Comme toujours, vous saisissez vite !

L'échange mit du baume au cœur de Junpei. Qu'est-ce qu'on était bien à la maison…

– En contrepartie, envoie les gamins voler des câbles sur le site de construction et ramène-les-moi.

– Vous utilisez toujours cette combine ? Vous allez vous faire prendre.

– Pas faux. Mais c'est pas cher payé, comparé à ce que me rapporte la revente de la cargaison aux types d'Asie du Sud-Est. Il me suffit de prétendre que je ne savais pas que la marchandise était volée pour qu'ils abandonnent les charges. Au pire, je prends du sursis. Vous devriez étudier un peu la sociologie, vous autres !

Le patron éclata d'un rire insouciant qui révéla des dents jaunies par la nicotine. Il régnait à Higashi-Matsuyama un optimisme qu'on ne trouvait pas à Kabukichô. On prenait les mauvais coups avec grâce, sans rancune.

Junpei se prit à réfléchir. S'il restait ici, il devrait choisir entre un travail physique comme celui de Yokoyama ou une profession plus hasardeuse comme la sienne. Autrefois, il n'aurait même pas hésité entre les deux ; mais maintenant qu'il y songeait, la première option ne lui semblait pas si mal, après tout. Les deux compères qu'il avait devant lui semblaient heureux.

– Qu'est-ce que tu as prévu pour cette nuit, Junpei ? Tu veux dormir chez moi ?

– Non, je dois retourner à Shinjuku. La moto sera prête tout de suite ?

– Si tu me laisses trente minutes, je peux te l'immatriculer et te la régler. Il te faut aussi un casque ?

– S'il vous plaît, oui. Je vous suis très reconnaissant, patron.

Junpei inclina humblement la tête. Il n'avait pas le cœur de faire le fanfaron devant la gentillesse que lui témoignaient ses anciens camarades.

– Ben alors, te voilà bien réservé !

– Non, c'est juste que je suis touché…

Il sentit sa gorge se nouer.

– Tu peux revenir quand tu veux. Tout le monde se souviendra de toi, ici.

– Merci.

Junpei chaussa ses lunettes de soleil, au bord des larmes. Il leva la tête et plissa les yeux. Le ciel automnal était peuplé de libellules.

Pour tuer le temps, ils décidèrent de faire un tour en voiture. À l'exception de la gare, la ville n'avait pas changé. Partout, c'était la campagne.

– Et Okuda, qu'est-ce qu'il devient ?

– Lui aussi, il s'est marié et il a fait des enfants. Il travaille comme préparateur de commandes dans un magasin de bricolage.

– Et Kin ?

– Il est devenu yakuza. Il bosse pour un marchand de biens dans le quartier d'Urawa.

La moitié de leurs anciens camarades avait déjà fondé une famille. La plupart de ceux qui avaient quitté la ville avaient rejoint les yakuzas, visiblement. Junpei lui-même en faisait partie.

– Tu n'as pas envie de voir ta mère ? lui demanda Yokoyama.

– Non merci. D'ailleurs, je ne sais même pas où elle habite.

– Vraiment ? Elle tient un bar à Chôchin Yokochô. Tu n'étais pas au courant ?

– Du tout. Je n'ai même pas son numéro de téléphone.

– Il paraît qu'elle s'est remariée…

– Ah bon ?

Voilà qui n'avait rien de surprenant. Qu'elle officialise ou non la relation, elle changeait chaque année de partenaire. Junpei en avait été le témoin dès son enfance.

– Pardon, j'ai raté une occasion de me taire.

– T'inquiète. Alors, c'est quel bar ?

– *Ayano*, je crois qu'il s'appelle…

— « Ayano » ? C'est qui, ça, encore ? ricana Junpei.

Sa mère piochait toujours ses noms dans le *Genji Monogatari*.

À un feu rouge, une Lexus blanche s'arrêta à leur hauteur, avec à son bord quatre hommes qui posèrent sur eux un regard insistant. Yokoyama leur rendit la pareille, la mine sombre.

– C'est qui, ces guignols ?

– Un gang du nord du Kantô.

– Qu'est-ce qu'ils foutent à Higashi-Matsuyama ?

– Ils y ont installé une filiale l'année dernière. En ce moment, ils viennent chercher la bagarre tous les week-ends.

– D'accord. En échange de la moto, je vais leur casser la figure, déclara Junpei en sortant son pistolet de son sac à dos.

Yokoyama se figea.

– Ne me dis pas que c'est un vrai, quand même ?

– Qui sait ? T'as qu'à lui demander directement !

Après avoir glissé l'arme dans son blouson, Junpei fit signe à Yokoyama de baisser la vitre côté conducteur.

– Dites, vous, là ! Arrêtez-vous dans un coin où il n'y a personne ! hurla-t-il.

Il ne craignait rien. Ce n'était qu'une bande de voyous.

– Hein ? T'es qui, toi ? lui rétorqua une grosse voix.

– Arrête-toi, je te dis. J'ai à te causer.

– T'es bête ou quoi ? Vous êtes deux, on est quatre. Vous seriez pas un peu dépassés en nombre ?

Des rires fusèrent depuis la Lexus.

– Quoi, t'as peur ?

– Te fous pas de ma gueule ! Le Mandala, c'est des gros nazes !

– Dans ce cas, arrête-toi dans un terrain vague !

Le feu passa au vert. Les deux véhicules démarrèrent l'un après l'autre, la Lexus en tête, roulant en zigzag pour provoquer Yokoyama. Junpei en profita pour vérifier le chargeur de son arme et ôter le cran de sécurité. Puisque c'était comme ça, il allait tester le pistolet sur eux.

La Lexus pénétra quelques instants plus tard sur le parking d'un bowling en ruine. La clôture, défoncée, offrait une entrée toute faite.

– C'est un de leurs repaires habituels. Ça sent pas bon. Qu'est-ce qu'on fait ? s'inquiéta Yokoyama.

– Ça va aller, continue de les suivre, répondit Junpei.

La Lexus se gara tout au fond du parking. Les quatre portières s'ouvrirent pour laisser sortir ses occupants. Le visage plein d'assurance, ils prirent chacun une posture imposante.

Yokohama rangea la Gloria à proximité.

– Reste à l'intérieur, lui intima Junpei avant d'ouvrir la portière côté passager et de foncer sur l'un des hommes alignés.

C'était un type de taille modeste mais costaud, avec une petite moustache. Quiconque avait de l'expérience dans la castagne aurait deviné au premier coup d'œil qu'il s'agissait là du chef.

Junpei sortit le pistolet de la poche de son blouson.

– On ne bouge plus ! s'écria-t-il en mettant sa cible en joue.

Les quatre hommes se figèrent sur place, les yeux écarquillés. Junpei attrapa La Moustache par le col et lui colla le canon contre la gorge.

– Sale gamin. Fallait pas t'en prendre à un vétéran du Mandala, éructa-t-il, le visage cramoisi.

Pointant son flingue sur la roue avant de la Lexus, il pressa la détente. Un *pan* retentit, suivi d'un nuage de fumée blanche au niveau de l'asphalte. L'arme tirait pas mal à droite, visiblement. Mais le coup était bien parti.

Il fit encore feu, touchant cette fois sa cible. En plein dans le pneu.

Une sensation mystérieuse l'envahit, mêlant tout à la fois fureur et calme olympien. Voilà qui lui épargnait le besoin de tout essai supplémentaire, songea-t-il.

– Toi, là, donne-moi ton nom ! tonna-t-il en mettant de nouveau La Moustache en joue.

L'homme s'affaissa, en état de choc.

– Ton nom, j'ai dit !

La Moustache répondit d'une voix si tremblante qu'elle en était inaudible.

– Je ne veux plus vous revoir à Higashi-Matsuyama ! Je fais partie du clan Hayata, filiale du groupe Rokumei.

C'est moi qui fais le ménage pour le Mandala. Ne croyez pas pouvoir tenir tête à un yakuza et vous en sortir vivants. Compris ?

Il donna un coup de crosse sur la tête de La Moustache. Un bruit sourd retentit.

– C'est compris ?!

La Moustache acquiesça frénétiquement comme un pivert.

– Bien. Alignez-vous là, tous les autres.

Ils s'exécutèrent précipitamment, blancs comme des linges.

– À genoux !

Ils obéirent. En dépit de leurs grands airs, dans le fond, ce n'étaient que des voyous de la cambrousse. Ils n'osaient pas franchir la ligne.

Junpei leur assena à chacun un coup de pied, qu'ils encaissèrent sans broncher. Il les frappa de toutes ses forces.

À la lisière de son champ de vision, il aperçut Yokoyama qui l'observait, médusé. Qu'est-ce que c'est que ce type, semblait dire sa posture figée. Après tout, c'était la première fois qu'il voyait une arme en personne.

L'affrontement terminé, ils retournèrent chercher la moto. Au volant de sa voiture, Yokoyama n'en finissait pas de louer le courage de Junpei, mais ce bavardage incessant, uniquement voué à remplir le vide, trahissait la crainte qu'il éprouvait.

– Désolé si je t'ai fait peur. À vrai dire, ce flingue m'a été confié par mon aniki pour que je m'en débarrasse. Je l'ai pris avec moi dans l'idée de le jeter quelque part dans la rivière. Je le ferai en rentrant.

– J'ai été surpris. On se serait cru dans un film… Mais le bruit était plutôt sec, *pan pan*, comme des pétards.

– Tu veux essayer de tirer avec ?

– Non merci, ça ira, déclina Yokoyama en secouant la tête, paniqué.

Envolée, sa bonne humeur. Peut-être ne voulait-il plus rien avoir à faire avec son ancien aîné devenu yakuza.

Yasuda prêta à Junpei une Kawasaki Z400. Un modèle ancien, dont les pneus semblaient pourtant flambant neufs. Et avec sa carrosserie noire, elle passerait inaperçue.

– Je vous la ramène la semaine prochaine, mentit Junpei.

Même s'il lui en coûtait, il ne pouvait leur dire la vérité.

– Cette fois, tu resteras dormir à la maison. On fera venir les autres vétérans pour rattraper le temps perdu, déclara le patron avec bonne humeur.

– Avec plaisir.

– Allez, à bientôt, Junpei.

– Oui, à la prochaine.

Il prit congé de Yokoyama. À peine serait-il parti, sans doute, que son ancien cadet s'empresserait de rapporter à Yasuda l'incident auquel il venait d'assister.

Junpei coiffa le casque et mit le contact. Il esquissa un signe de la main avant de démarrer. Dans le rétroviseur se reflétaient les silhouettes des deux hommes qui le regardaient s'éloigner.

Il avait d'abord pensé prendre la voie rapide afin de rentrer directement à Kabukichô, mais pris d'un regret, il décida d'aller quand même jeter un œil, rien que de l'extérieur, au bar que tenait sa mère. Il n'avait pas particulièrement envie de la rencontrer, mais elle était sa seule famille, même s'il pensait rarement à elle. Songeant au temps qu'il s'apprêtait à passer derrière les barreaux, il eut envie de graver dans sa mémoire le souvenir de sa silhouette encore active.

L'établissement en question se trouvait dans une ruelle étroite d'un vieux quartier de bars. C'était une maison à un étage, large de trois mètres environ, dont l'enseigne annonçait *Ayano* à la peinture rouge. Tous les édifices du coin alliaient commerces et habitations, à en juger par le linge accroché ici et là aux fenêtres. Nul doute que sa mère, elle aussi, résidait au premier.

La fenêtre s'ouvrit avec fracas. Un homme apparut, cigarette au bec, pour ranger le linge étendu. S'agissait-il de son mari ? Il croisa le regard de Junpei qui l'observait, immobile.

– T'es qui, toi ? Qu'est-ce que tu veux ? gronda l'homme tel un yakuza.

Il semblait n'avoir que du mépris pour ce jeune homme.

Junpei allait partir, peu désireux de lui répondre, lorsqu'une voix de femme retentit.

– Qui est-ce que tu houspilles comme ça ?

Une voix qui lui avait manqué. Celle de sa mère. Il se retourna instinctivement. Elle apparut à la fenêtre, la tête couverte de bigoudis, et regarda dans sa direction.

– Junpei ? laissa-t-elle échapper, ébahie.

Elle avait reconnu son fils au premier regard.

Cette mère qu'il n'avait plus vue depuis des années était devenue une tout autre femme.

12

– Junpei ? Comment as-tu su que j'étais ici ? laissa échapper sa mère, visiblement contrariée.

Peut-être étaient-ce les premiers mots qui lui étaient venus en tête en voyant soudain son fils, mais la phrase semblait bien froide après deux ans de séparation.

– C'est un cadet qui me l'a dit, répondit Junpei sur le même ton.

Une chienne et son petit perdu de vue se seraient montré plus d'affection. Hélas, le fossé entre Junpei et sa mère ne semblait pas près de se combler.

– Quand es-tu rentré ?

– Je suis arrivé tout à l'heure… mais je vis toujours à Tôkyô. J'avais juste une affaire à régler ici, après quoi je repars dans la capitale.

– Je vois. Puisque tu es là, tu ne veux pas au moins prendre le thé ?

– Comme tu veux.

– Ne bouge pas, je t'ouvre tout de suite.

Sa mère disparut de la fenêtre, aussitôt remplacée par le type aperçu plus tôt.

– Tu es le fils d'Ayano, c'est bien ça ? Désolé de t'avoir gueulé dessus, dit-il en découvrant ses dents blanches d'un air affable.

L'homme, d'âge mûr, ne semblait guère sérieux.

Quel gigolo, songea Junpei sans lui prêter plus attention. Sa mère se mettait toujours avec ce genre de bonhomme. Mais quand même, « Ayano »… Combien de pseudonymes allait-elle encore sortir du *Genji Monogatari* ? Il n'y avait guère qu'au guichet de la mairie qu'elle se faisait appeler par son vrai nom.

Quelques instants plus tard, elle lui ouvrit la porte du bar et l'invita à entrer.

À l'intérieur se dressaient un vieux comptoir et une dizaine de sièges ; quelques chandeliers de mauvais goût pendaient au plafond. L'endroit devait lui être loué meublé.

Il prit place sur le tabouret que sa mère lui offrit avant de passer derrière le zinc pour mettre de l'eau à chauffer.

– Ah, pas la peine de me faire du thé, déclara Junpei.

– C'est vrai qu'il fait encore chaud dehors. Mieux vaut prendre un Cola.

Elle posa devant lui une bouteille de soda et un verre rempli de glaçons. Il se servit lui-même et regarda monter les bulles.

– Junpei, qu'est-ce que tu fais ces temps-ci ?

– Toutes sortes de choses.

– Mais encore ?

– Plein de trucs.

– Peu importe. Tu as l'air de bien te débrouiller…

Elle l'inspecta de plus près.

– Tu as grandi ?

– Il y a un moment que j'ai fini ma croissance. J'ai déjà vingt et un ans.

– C'est vrai. Mais tu sembles plus grand, gloussa-t-elle comme pour elle-même. Tu as maigri, alors ?

– Non plus, non.

– Mais tu as les joues un peu creusées… Il faut dire que je garde toujours le souvenir de ton visage d'enfant… Tu es bel et bien adulte, à présent. Je parie que tu dois même avoir une copine.

Elle avait la voix plus rauque qu'avant. Tabac, alcool, parfois même quelques stimulants… Nul doute qu'elle avait gardé les mêmes habitudes.

– Tu n'as pas faim ?

– Du tout.

– Je dois avoir des *ohagi*[1], tu en veux ?

– Non merci.

En dehors de ce type d'échanges, ils n'avaient rien à se dire. À la réflexion, même enfant, il n'avait jamais vraiment discuté avec sa mère. Lorsqu'il y avait un homme à la maison, elle passait son temps collée à lui, et Junpei n'avait nulle part où se mettre. Célibataire, elle était constamment en colère, aussi se tenait-il à carreau afin de ne pas s'attirer ses foudres.

Un souvenir lui revint peu à peu. C'était à l'époque du primaire, ou avant. Sa mère, alors hôtesse de bar, avait rencontré un homme, qu'elle avait ramené dans son appartement après le travail. « Sors de là », avait-elle ordonné, ivre, à Junpei, en le poussant sur le balcon du premier étage. C'était au tout début du printemps et le froid l'avait vite gagné. N'y tenant plus, il n'avait eu d'autre choix que de frapper à la vitre. « Maman, laisse-moi entrer ! » n'avait-il cessé d'implorer, mais elle l'avait ignoré. Les voisins avaient bien dû l'entendre, mais personne ne lui avait porté secours. « Maman, laisse-moi entrer… » Peu à peu, sa voix s'était faite plus ténue. Ne supportant plus le froid, il avait tenté d'escalader la balustrade et était tombé par terre. Bien que conscient du

1. Pâtisserie japonaise formée à partir d'une petite boule de riz gluant enrobée de pâte de haricot rouge sucrée, très appréciée en accompagnement du thé vert.

danger, il avait agi d'instinct. Heureusement, entre son poids léger et la terre rouge humide qui avait amorti sa chute, il s'en était sorti indemne. Serrant les dents pour supporter la douleur qui tiraillait ses pieds nus, il avait retenu ses larmes, se félicitant de son courage. Il était plus fort qu'il ne le pensait ! Il avait marché jusqu'à la digue, qu'il savait jonchée d'automobiles abandonnées, et avait passé la nuit dans un de ces véhicules. Il lui semblait avoir appris quelque chose d'important à cette occasion : désormais, à mesure qu'il grandirait, il gagnerait peu à peu sa liberté…

À partir de ce jour, il avait vécu en esprit libre. Sans domicile fixe, il se sentait le cœur léger. Il ne gardait pas le moindre souvenir triste du primaire. Car il avait déjà renoncé au plus important : il n'avait aucune confiance en l'amour.

L'homme descendit du premier étage.

– Je fais un tour au *pachinko*, annonça-t-il en enfilant des sandales avant de quitter le bar.

Le tic-tac de l'horloge fixée au mur résonnait dans la pièce. Le silence s'étirait, interminable. La mère de Junpei fumait cigarette sur cigarette, comme pour combler le vide.

– Je ne fais que louer ce bar, tu sais. C'est étonnamment peu cher, marmonna-t-elle.

– Je vois, répondit Junpei.

– Faut dire que les affaires vont mal pour tout le monde. Chez nous, c'est quatre mille yens pour réserver une bouteille rectangulaire de Suntory. À Tôkyô, ce serait impensable. Mais les clients ne viennent pas, autrement. Hier soir, alors qu'on était samedi, on s'est fait à peine trente mille yens. Je suis à deux doigts de mettre la clef sous la porte.

– Oui, je vois.

– Alors, si c'est pour de l'argent, sache que ta mère n'a pas un sou, déclara-t-elle en écrasant son mégot.

– Personne ne t'a demandé d'argent.

– Certes…

Elle baissa les yeux, son soulagement palpable.

Ainsi, sa première réaction en voyant son fils lui rendre visite après deux ans d'absence avait été de craindre qu'il lui soutire de l'argent. Voilà qui lui ressemblait bien, ricana-t-il intérieurement.

– Je vais rentrer, annonça Junpei en se levant.

Le malaise avait assez duré.

– D'accord.

Elle ne le retint pas.

Il quitta le bar, son sac sur l'épaule. Alors qu'il rejoignait sa moto garée non loin, des talons claquèrent sur l'asphalte derrière lui. Sa mère s'était lancée à sa poursuite.

– Je regrette, Junpei. C'est tout ce que je peux faire pour toi, haleta-t-elle.

Avant de lui tendre un billet de dix mille yens, plié en quatre.

– Tiens, achète-toi quelque chose.

– Pas besoin, rétorqua-t-il.

– Ne dis pas ça. Ce n'est que dix mille yens. Profites-en pour aller dîner avec un ami, par exemple. Allez, prends. Prends !

Elle lui prit la main pour y glisser le billet de force.

– À bientôt. N'hésite pas à repasser me voir.

– Entendu.

Ils se firent leurs adieux. Junpei doutait que l'invitation fût sincère.

Il remarqua ses orteils, vernis d'un rouge vulgaire, et ses tibias constellés de taches. Sa mère n'était plus toute jeune.

Tournant les talons, il se remit en marche. Sans doute ne reverrait-il plus cette mère qui ne lui avait pas une fois rendu visite lorsqu'il était en maison de correction.

Il n'en concevait pas de regret particulier. C'était ainsi qu'il avait toujours vécu.

Il enfourcha sa moto et coiffa son casque. Avant de jeter un œil dans le rétroviseur. Devant le bar, sa mère avait déjà disparu.

Son portable retentit : un texto. De la part de Kana.

Youhou ! Qu'est-ce que tu fais ? Moi, je me détends avec Risa dans un sauna réservé aux femmes. Faut dire que c'est fatigant de faire la bringue deux soirs de suite ! Et je suis plus toute jeune ! Au fait, t'as encore reçu plein de réponses sur le forum, alors jettes-y un œil. J'aimerais te revoir ce soir ! Réponds-moi !

Cette idiote... Il avait beau la mépriser, il commençait à s'y attacher. Son petit doigt lui disait qu'il aurait beau multiplier les conquêtes, il finirait toujours avec ce genre d'écervelée. Kaori, elle, était sa femme de cœur. De toute façon, il n'allait pas se marier dans l'immédiat. Et puis il avait une mission, au-delà de laquelle il ne pouvait pas se projeter.

Il mit le contact, enclencha la vitesse et actionna l'accélérateur, avant de consulter sa montre : 15 heures un peu passées. Il prit la direction de Tôkyô. Il ne lui restait qu'un peu plus d'une demi-journée avant d'aller à la rencontre de son destin.

13

#154 Junpei, tu lis ce fil de discussion, non ? Alors permets-moi de te dire : laisse tomber. Quand on est jeune, on croit n'avoir que le moment présent, mais la vie est longue, en réalité. Une fois que tu auras purgé ta peine, que tu te seras réinséré dans la société, marié, et que tu auras fondé une famille, que diras-tu à tes enfants ? Que leur papa a tué a quelqu'un ? Tu le regretteras forcément, alors lâche l'affaire. De : Plus adulte que toi

#155 Fais ce que tu veux ! Personne ne s'intéresse à toi, tu sais. Si on poste ici, c'est juste pour tromper l'ennui. De : Anonyme

#156 Junpei, ayant quelques années de plus que toi, je me dois de faire objection. Ton boss doit sortir tout droit de Combat sans code d'honneur, *c'est le genre de type sournois qu'incarnait Nobuo Kaneko dans les films de Kinji Fukasaku, et pour qui les jeunes subordonnés ne sont que des pions de shôgi. En faisant preuve de loyauté, tu ne fais que répondre à ses attentes. Il se sert de toi, c'est tout. Mieux vaut fuir. Personne ne se donnera la peine de partir à la recherche du dernier maillon de la chaîne.* De : Anonyme

#157 À Junpei : liste des choses que tu pourrais faire, toi, un jeune homme de 21 ans, au cours de ces dix prochaines années. Le tour du monde en stop. Le tour du monde à vélo. Le tour du Japon à pied. Passer le permis bateau et faire la traversée du Pacifique. Te mettre à l'alpinisme et entreprendre l'ascension des trois plus hauts sommets de la planète. T'entraîner à la boxe et faire tes débuts chez les pros. Rejoindre la gauche et lancer une révolution. Lire une tonne de bouquins pour devenir écrivain. Intégrer une troupe de théâtre pour devenir comédien. Entrer chez Yoshimoto et devenir comique. Devenir star du porno et te taper des femmes par milliers. Entrer en apprentissage et devenir maître sushi. Entrer en apprentissage dans un restaurant chinois et devenir un expert du riz frit chahan. *Devenir charpentier et construire ta propre maison. Trouver l'amour, te marier, faire deux enfants, fonder une famille heureuse… Change d'avis maintenant, et tu pourras faire plein de choses.* De : Saveurs du monde

#158 Salutations, m'sieur Junpei. C'est moi, l'ancien yakuza. Je reviens poster. Est-ce que tu as essayé ton arme ? Dépêche-toi, si ce n'est pas encore fait. Tu as encore une autre bonne raison de le faire : il vaut mieux faire semblant de viser le cœur mais toucher ta cible à l'épaule et prendre la fuite. Ainsi, tu seras seulement coupable de coups et blessures, et non d'homicide, ce qui devrait te valoir deux ans de réclusion. Et si ton boss te reproche d'avoir raté ton coup, tu pourras toujours insister que tu avais bien visé le cœur. Ce sera de la faute du pistolet. Cela dit, ton adversaire risque de te capturer… Tire trois fois et fuis le plus vite possible. De : L'Étoile du routier

#159 Junpei. J'ai le même âge que toi et étudie à l'université. C'est un peu un choc pour moi de découvrir qu'il existe des jeunes comme toi. Ce n'est peut-être pas à moi de te dire ça, car mes contacts humains se résument à mon cercle d'amis et ma recherche d'emploi, mais si je devais examiner ton cas dans le cadre de ma formation en études culturelles comparatives, je te conseillerais de ne pas te précipiter. La plupart du temps, non seulement la valeur que l'on possède dans un groupe social donné devient caduque dès lors que l'on s'éloigne dudit groupe, mais en plus, elle est temporaire. Autrement dit, si, à ta sortie de prison, les personnes envers lesquelles tu te sentais une obligation ont disparu de ton groupe social, tout ce que tu auras fait aura été vain. On ne doit jamais agir sans garantie. De : La Jeanne d'Arc de Yotsuya

#160 Junpei. Tue, tue, fais un carnage ! À partir de trois victimes, tu encours la peine de mort. Alors, bye bye le monde. Entends sonner les cloches de l'Enfer ! De : Hell's Bell

#161 Junpei, si tu arrives à tuer ta cible sans te faire prendre, tu voudras bien poster une photo du cadavre ? J'ai toujours rêvé de voir la tête que faisait un mort ensanglanté. Merci d'avance. De : Necrophiliano

#162 Junpei, range-toi des voitures. Les Forces d'Autodéfense te tendent les bras. De : Un frère patriote

#163 En réponse à #160 de Hell's Bell : En effet, la peine de mort a bien été décidée. Quant à toi, merci de passer derrière les barreaux pour complicité. Avec moins d'imbéciles, la vie sera plus facile. De : L'Avocat de l'Enfer

#164 Ce que vous avez du temps à perdre, tous ! De toute façon, Junpei n'est qu'un fake. De : Neko fry rice

#165 En réponse à #163 de L'Avocat de l'Enfer : Je te bute ! Je te bute à la place de Hell's Bell ! De : Un citoyen

#166 En réponse à #164 : Puisque Junpei doit mener sa mission à bien demain matin, je pense qu'il fera les news du jour. Si son nom apparaît aux infos, je te prierai de bien vouloir disparaître à jamais de l'internet. De : Anonyme

#167 Parce que les Forces d'Autodéfense recrutent les anciens yakuzas ? De : Karashihi baby

#168 Bien sûr. Parce que les soldats n'ont pas besoin de cerveau. De : Anonyme

#169 Ça grouille d'anciens voyous. De : Anonyme

#170 En réponse à #166 : Dans ce cas, si son nom n'apparaît pas aux infos, ce sera à toi de disparaître. Compris ? Disparais sans faute ! De : Neko fry rice

#171 À Junpei : Ne fais pas attention à ces idiots. Moi aussi, j'ai 21 ans, et je n'aurai qu'une chose à te dire : prends soin de toi. On n'a qu'une jeunesse. De : Girl A

#172 Dans un sens, je t'envie, Junpei. En tant qu'intérimaire sorti d'une université de seconde zone, je n'ai aucun espoir en l'avenir. Je travaille sur une ligne d'assemblage dans une usine de pièces automobiles, du matin au soir, comme les employés réguliers, pour à peine deux millions de yens à l'année. Je n'ai pas la moindre économie. J'ai déjà trente ans passés, mais je vois mal comme je pourrais me marier. Je bosse tous les jours avec la crainte d'être viré à tout moment. Comme je ne peux pas m'acheter de maison, je continue de payer mon loyer, je

peux tout juste m'offrir de quoi manger, et mon seul loisir, c'est le pachinko. *Alors, quand je perds au* pachinko, *c'est la dèche, et je dois me contenter de nouilles instantanées pendant plusieurs jours. Quand je pense que c'est à ça que se résume ma vie, je vois tout en noir. Si j'en avais la force et le courage, je deviendrais yakuza. Même si je dois aller en taule et perdre quelques années de ma vie, ça sera toujours mieux que mon quotidien actuel. Le monde est cruel, tu ne trouves pas ?* De : Intériman

#173 Il y a plein de vétérans des Forces d'Autodéfense parmi les yakuzas. Car les militaires sont incapables de faire autre chose. Si on réforme la Constitution pour autoriser le Japon à faire la guerre, chacun trouvera sa place, crétin comme génie, non ? De : Anonyme

#174 C'est quoi, ce #172 ? Je ne supporte pas les losers. Dépêche-toi de fabriquer des pièces pour ma caisse, au lieu de te plaindre. Et ne bâcle pas le travail ! De : Lexus lover

#175 Moi aussi, je suis intérimaire. Si j'étais fort à la bagarre, je deviendrais yakuza. De : Anonyme

#176 En réponse à #174 de Lexus Lover : Ça ne se fait pas d'écrire ce genre de choses à quelqu'un qui est vraiment dans le besoin. Du vent. De : Une fille de la mer

#177 Une fille de la mer, le retour. T'es toujours là, la folle d'Okinawa ? De : Un gars du Sud

#178 Les temps sont finis où l'on pouvait mener une vie normale en travaillant sérieusement... D'ailleurs, le travail ne s'apparente-t-il pas aujourd'hui à de l'esclavage ? Si je dois devenir un esclave du capitalisme, autant me faire hors-la-loi. Ce que tu fais,

Junpei, pour moi, c'est de la résistance. Il n'y a pas à hésiter. Flingue-le. De : Guevara

#179 C'est plutôt à toi de dégager. De : Une fille de la mer

#180 En réponse à #178 de Guevara : Pas mal, le grand écart ! Devenir yakuza constitue peut-être un acte de résistance, mais quel est le rapport avec sa mission de porte-flingue ? Le meurtre est un crime. De : Police

#181 En réponse à #180 de monsieur le flic : T'es bête ou quoi ? Je te parle du système dans son entier. Si c'est pour couper les cheveux en quatre, va voir ailleurs. De : Guevara

#182 Junpei, ceci est ta dernière nuit d'homme libre, non ? Profite à fond, pour ne pas avoir de regrets. Tu t'es décidé, de toute façon, pas vrai ? On ne va pas t'en empêcher. De : Content d'être un honnête homme

#183 Arrêtez tous de dire ce qui vous passe par la tête. Il s'agit d'un meurtre, enfin ! Le bon sens nous dicte de l'en empêcher. De : Oiselle en cage

#184 Ici Kana. C'est moi qui ai lancé ce fil de discussion après avoir passé la nuit avec Junpei. J'essaie de l'appeler depuis tout à l'heure, mais il ne décroche pas. Si j'arrive à le joindre, je vous tiens au courant. De : Kana

Il était 17 heures lorsque Junpei regagna son hôtel à Kabukichô. Sur la table se trouvait un court message de Gorô : *Merci. À plus.*

— « À plus », hein ? murmura Junpei avec un petit rire.

Il ouvrit son portable. Il avait reçu plusieurs appels en absence sur la route. Certains de Kana, les autres du clan. Instinctivement, il redressa l'échine. Lorsqu'il appela le QG, c'est Andô qui décrocha.

– Ici Sakamoto. Vous m'avez appelé ?

– Oui, le boss et les lieutenants ont demandé après toi en rentrant du golf, alors j'ai essayé de te joindre, mais comme tu ne décrochais pas, ils m'ont chargé de te dire de passer les voir. Ils prennent un café au *Casablanca*.

– De quoi s'agit-il ?

– Je crois qu'ils veulent juste faire quelques vérifications. Le boss a peur que tu te défiles au dernier moment.

– Imbécile ! s'enflamma Junpei face aux moqueries de son camarade. Je suis pas du genre à me débiner ! Je me suis procuré un flingue, j'ai repéré les lieux, et demain à la première heure, j'irai le buter !

– Ça sert à rien de t'énerver contre moi. Quoi qu'il en soit, va donc voir le boss pour le rassurer.

– Lâche-moi la grappe ! Tu me fais pas confiance ?

– Arrête de me crier dessus, je te dis. Si t'es pas content, t'as qu'à te plaindre à Kitajima. Tu peux te le permettre.

– Ça va pas, non ? Je vais pas l'embêter avec ça !

– Dans ce cas, viens te montrer. Où es-tu ?

– Au Prince, à Shinjuku.

– C'est juste à côté, non ? Si tu y vas, ils te donneront un peu d'argent de poche.

– Je suis pas un gamin.

Junpei raccrocha, passablement énervé. Mais il ne pouvait guère se rebeller contre le boss, aussi obéit-il à contrecœur.

Hayata était exceptionnellement prompt à s'inquiéter. Bien que yakuza, il passait son temps à se faire ausculter et respectait à la lettre les recommandations de son médecin. La rumeur disait même qu'il touchait une pension de retraite.

Après cinq minutes de marche, Junpei arriva au café *Casablanca*, où les cadres du clan avaient leurs habitudes. Le boss était installé dos au mur, les lieutenants en cercle autour de lui. Que ce soit par prudence ou par couardise, le boss n'allait même pas au sauna sans ses gardes du corps.

Junpei se présenta devant lui et le salua, droit comme un i.

– Salutations. Sakamoto au rapport.

– Désolé de te faire venir sur ton jour de congé, répondit le boss, les yeux plissés, d'un ton étonnamment aimable.

– Tout est prêt ? demanda son bras droit.

– Affirmatif. J'ai même vu Yazawa, du clan Matsuzaka, de mes yeux. J'ai également testé mon arme à la campagne.

– Très bien. Je n'en attendais pas moins de toi. Je compte sur toi pour la suite, déclara le boss en sortant son portefeuille avec bonne humeur.

Il déposa un billet de dix mille yens sur la table.

– Prends et régale-toi.

– À vos ordres. Je vous remercie infiniment.

Dix mille yens ? songea Junpei. À mieux y regarder, un homme d'âge moyen qu'il n'avait encore jamais vu était assis à côté du boss. Un confrère, à en juger par sa dégaine.

– Monsieur le président Takahashi, permettez-moi de vous présenter la recrue qui va mettre un terme à la querelle nous opposant au clan Matsuzaka, déclara le boss en désignant Junpei d'un coup de menton.

– Vraiment ? Vous savez vous entourer de jeunes gens vigoureux, Hayata. Je vous envie, dit le dénommé Takahashi d'une voix tranchante en posant les yeux sur Junpei.

– Que dites-vous là, cher Président ! Notre clan est si restreint qu'un coup de vent suffirait à l'emporter.

– Allons bon, vous n'allez pas tarder à vous développer. Le plus important, c'est de se faire un nom.

– Comme vous dites. Alors, si vous voulez bien intercéder auprès de la maison-mère…

– Il va falloir être patient, mais en gravissant les échelons…

– Bien entendu. Je vous en serais extrêmement reconnaissant.

Junpei se tenait toujours devant eux. Ce n'était qu'un soldat parmi les autres.

Le bras droit du boss se leva pour l'emmener à l'écart.

– Ce n'est pas le moment de faire honte au boss, compris ? lui murmura-t-il à l'oreille.

– Bien sûr.

– Surtout, ne te trompe pas d'homme. Ta cible n'est autre que le cadre dénommé Yazawa.

– Oui. J'ai reconnu son visage en faisant mes repérages.

– Avec des cheveux comme ça ? s'assura le bras droit en dessinant une ligne d'implantation caractéristique de son index.

– Affirmatif.

– Hahahaha. Pas d'erreur possible. On est bien d'accord, c'est lui ta cible. N'abats personne d'autre. Si l'équilibre est rompu, c'est nous qui serons visés ensuite.

– Entendu.

– Cela va sans dire, mais tu ne dois surtout pas révéler que tu agis sur ordre du clan. Tu l'as fait pour imprimer ta marque. Un point, c'est tout. Même si la police essaie de t'intimider, bouche-toi les oreilles. Ils lâcheront vite l'affaire. Eux aussi, ils ont l'habitude. On t'enverra un avocat.

– Entendu.
– Au fait, as-tu vu Kitajima ?
– Rapidement, hier…
– Est-ce qu'il t'a dit quelque chose ?
– Pas particulièrement…
– Il t'a forcément dit quelque chose, insista le bras droit en lui martelant le torse.
– Il m'a dit qu'il ne me lâcherait jamais…
– Hmpf. Ça lui ressemble bien, ricana le bras droit. T'avise pas de nous trahir, hein.
– Évidemment, acquiesça aussitôt Junpei.
– Si tu nous trahis…
– Jamais je ne le ferais ! protesta Junpei d'une voix forte, un peu vexé.
Kitajima, à l'inverse, lui aurait réitéré sa confiance avec ardeur.
Le bras droit sortit son portefeuille pour lui donner vingt mille yens.
– Notre boss est un peu pingre, dit-il à voix basse.
Un rire lui secoua les épaules.
– Allez, file. Va devenir un homme, ajouta-t-il en le poussant dans le dos.
Junpei sortit du café. Derrière lui retentirent les rires du boss et de ses acolytes. Comme pour lui rappeler qu'il n'était qu'un pion dans leurs négociations.

Le dimanche soir, la jeunesse envahissait Kabukichô. Un léger frisson parcourut Junpei tandis qu'il déambulait. Il s'était attendu à un minimum d'encouragements ou de reconnaissance. Quelle naïveté ! Il lui fallait voir quelqu'un, absolument.
Son téléphone sonna. C'était Kana.
– Dis, dis, Junpei. T'es où ? lança-t-elle, toujours aussi énergique.

– À Kabukichô…

– Tu as regardé le forum ? On a reçu des tonnes de messages ! Tout le monde se fait du souci pour toi.

– Je suis pas une attraction de foire, protesta Junpei avec une grimace.

– Alors, tu vas vraiment le faire ? Jouer les porte-flingue, je veux dire.

– Évidemment. Je peux pas me défiler maintenant.

– Ça te dit pas de fuir à Okinawa ? Ça a l'air sympa, comme endroit.

– Ça va pas ?! J'ai pas l'intention de fuir. Je le tue et je me rends.

– Je parlais de fuir avant de le tuer.

– Imbécile ! Ça reviendrait à déserter devant l'ennemi.

– Entendu. Alors, question suivante : est-ce que tu as testé ton arme ?

– À quoi tu joues ?

– T'occupe, réponds-moi.

– Oui, j'ai tiré aujourd'hui, à Higashi-Matsuyama.

– Je vois. Dis, je te verrais bien ce soir. Après 9 heures, c'est bon pour toi ? Avec Risa, on est venues jusqu'à Yokohama avec des types qui nous ont draguées. On s'apprête à revenir.

Junpei garda le silence, stupéfait.

Prenant son soupir pour une marque d'assentiment, Kana ajouta :

– Bon, je te rappelle. En attendant, lis le fil de discussion, hein !

Et de raccrocher.

Au moins s'était-il trouvé une interlocutrice. Il n'aurait pas à passer cette dernière nuit tout seul.

14

#211 Ici Kana. J'ai réussi à joindre Junpei. Il n'a pas l'air de vouloir fuir. Il m'a même dit avoir testé son arme. On a prévu de se retrouver après 21 heures, je vous tiens au jus. De : Kana

#212 À monsieur le flic : Tu es franchement stupide. Combien de fois il va falloir te le dire ? Quand je parlais de résistance, je faisais allusion à tout ce qui entoure cette histoire de porte-flingue. C'est épuisant de discuter avec des idiots. De : Guevara

#213 À Kana : Au fait, ça se passe où, cette histoire ? À Tôkyô ? Ôsaka ? Ou encore Okinawa ? Ce serait marrant que ça se passe à Okinawa. Difficile de fuir à Okinawa s'il est déjà à Okinawa. Hahahahaha. De : Anonyme

#214 Tôkyô. De : Kana

#215 Où à Tôkyô ? Ce serait marrant si c'était à Kameido. De : Un pur produit de Setagaya

#216 À môssieu Gueva-gueva : S'il allait mettre son poing dans la gueule des puissants, je comprendrais, mais tu ne nous as toujours pas expliqué en quoi le meurtre d'un yakuza rival constituerait un acte de résistance. Parce que tu en es incapable, de toute façon. Tu dois être du genre à t'énerver pour

un rien. Je te conseille de quitter cette conversation. De : Police

#217 En réponse à #215 de Un pur produit de Setagaya : En quoi ce serait marrant que ça se passe à Kameido ? T'as quelque chose contre ce quartier ? C'est vraiment minable, ce genre de propos. D'ailleurs, qu'est-ce que Setagaya a de si remarquable ? Avant la guerre, c'était rien que des champs. De : Anonyme

#218 Kameido, c'est un quartier peuplé de parents qui ne payent pas la cantine à leurs enfants. De : Anonyme

#219 Ici Kana. Je ne sais pas si je peux vous le dire, mais ça se passe dans un coin célèbre pour être le plus grand quartier des plaisirs du Japon. De : Kana

#220 Alors ça ne peut être que Kabukichô. De : Un gars du Sud

#221 En réponse à #218 : Tu confonds avec l'arrondissement d'Adachi. Kameido, dans l'arrondissement de Kôtô, est un bon quartier peuplé de gens bien.

#222 Mais les terrains sont plus chers à Setagaya. Hihihi. De : Un pur produit de Setagaya

#223 Ah, la barbe. Ce que vous êtes minables, tous. De : Anonyme

#224 Vous voulez pas qu'on aille tous ce soir à Kabukichô pour retenir Junpei ? Moi, je suis à Saitama, mais ça me dérange pas de faire le trajet. De : Le Négociateur

#225 À monsieur le flic : Espèce de sale roquet. Je parie que t'as pas d'amis. De : Guevara

#226 En réponse à #224 de Le Négociateur : Moi aussi, je veux bien venir pour essayer de convaincre

Junpei. Kana, tu veux bien nous donner plus d'infos, s'il te plaît ? De : Une fille de la mer

#227 Aller à Kabukichô pour raisonner Junpei ? Faire face à un yakuza ? Qu'est-ce que vous avez tous dans la tête ? De : Anonyme

De retour à l'hôtel, Junpei gisait allongé sur le lit, en étoile de mer. Il jeta un regard par la fenêtre. À l'ouest, le ciel se teintait d'orange. Les gratte-ciel de Nishi-Shinjuku se dressaient, impassibles.

Il attrapa son sac à dos et en sortit le pistolet pour l'astiquer. Un vieux livre en tomba.

– Ah, c'est vrai. J'ai complètement oublié le vieux, marmonna-t-il.

Les aphorismes de Saitô Ryokuu. Il feuilleta le recueil. S'il parvenait à déchiffrer le texte grâce à l'ajout des lectures en regard des sinogrammes, le japonais ancien dans lequel il était écrit n'en restait pas moins du charabia pour lui.

Lorsqu'on y songe, parents et enfants, frères et sœurs, ne sont que symboles. Code d'honneur et piété filiale ne sont que mécanismes.

– C'est quoi ce délire, on n'y comprend rien ! hurla Junpei à l'attention du bouquin.

Interpelé par la mention d'un « code d'honneur », il tenta de lire la suite, mais le sens lui échappait totalement. Quel enseignement fallait-il en tirer, au juste ? Pourquoi les dieux imposaient-ils une telle discrimination entre les intelligences ? En taille, les humains variaient tout au plus du simple au double. Alors que les capacités cognitives, elles, semblait aller du simple au centuple. Comment pouvait-on accepter une telle injustice ?

Plus que tuer un homme, se faire tuer est chose difficile. Plus que tuer, se faire tuer requiert des qualités. Qui espère ne pas être tué, s'il ne peut obtenir d'être tué, espère ne pas tuer. En tant qu'individu, on peut douter de la valeur de qui ne tue pas comme de qui n'est pas tué.

– Il aime se faire du mal, celui-là.

Prenant son courage à deux mains, il tenta une nouvelle lecture.

Plus que tuer un homme, se faire tuer est chose difficile...

– Qu'est-ce que ça veut dire ?

La phrase le tracassait, lui qui s'apprêtait justement à aller tuer un homme. Ce n'était vraiment pas commode d'être bête.

Junpei jeta le livre. Roula d'un côté et d'autre. Ferma les yeux. Bien. C'était là sa dernière nuit. Comment allait-il la passer ?

Les draps, bien amidonnés, étaient agréables au contact. Quel genre de couchage lui fournirait-on en prison ? Certainement pas une couette en duvet.

Bientôt l'heure de dîner. Il avait faim, mais il n'avait pas d'envie particulière. De toute façon, il était habitué à un régime frugal.

Son téléphone lui signala l'arrivée d'un texto : Shin'ya lui envoyait la photo d'une femme.

Voilà ma copine. Histoire de rire un peu.

Il n'avait pas menti : elle avait des dents de lapin. Ça lui donnait du charme, pourtant. Un petit air de loutre, aussi. Le cliché était tout frais. Il eut un rire gêné en les imaginant ensemble.

Je dîne avec ma meuf, après quoi je retourne à Kabukichô. Je t'appelle.

Voilà qui lui mettait du baume au cœur. Il ne serait pas seul.

Junpei quitta le lit. Il avait une chose à faire avant de dîner : secourir le vieux Nishio des griffes du clan Isoé.

Ce n'était pas être faible que se rappeler ses responsabilités. Il avait besoin qu'on lui explique cette phrase tirée des aphorismes de Ryokuu. Et puisque c'était le vieux qui lui avait donné ce livre, c'était à lui de lui en fournir les explications.

Il enfila son blouson, puis glissa pistolet et livre dans son sac avant de l'endosser. Il ne ressentait pas la moindre crainte, alors même qu'il s'apprêtait à faire irruption au QG d'un clan adverse. Tant qu'il ne se faisait pas capturer ni tuer, il devrait pouvoir s'en sortir. Il se sentait optimiste, sans raison particulière.

Debout devant la fenêtre, face au paysage nocturne, il fit quelques exercices de respiration empruntés au kung-fu. Il lui semblait être devenu un personnage de jeu de baston, le corps tout entier débordant de puissance.

Après s'être passé un coup de peigne, il quitta la pièce d'un pas assuré.

Il interrogea les jeunes crieurs à tous les coins de Kabukichô.

– Hé ! Est-ce que les mecs d'Isoé me cherchent toujours ?

– Depuis hier, oui !

– Et aujourd'hui ?

– Il sont passés il y a deux heures environ. Un jeune type du clan Isoé a dit en grimaçant qu'il se ferait rosser par son aniki s'il ne trouvait pas Junpei Sakamoto du clan Hayata.

– Je vois qu'ils n'ont pas chômé…

Visiblement, tout le monde était sur le pont. N'importe quel yakuza serait en pétard si le membre le plus insignifiant d'un clan rival le faisait tourner en bourrique.

Bon, comment s'y prendre pour secourir le vieux ? Il était sans doute séquestré au QG, ce qui éliminait toute possibilité d'y faire irruption pour l'en extraire. Junpei aurait beau agiter son flingue pour les intimider, il serait tout seul. Qu'on lui tire dans le dos et c'en serait fini. Autrement dit, il allait devoir obtenir sa libération…

Pour l'heure, Junpei résolut d'aller voir le clan Isoé. Il savait dans quel bâtiment se trouvait son siège, mais pas à quel étage.

En raison de la taille du quartier et de la conjoncture immobilière, tous les clans de Kabukichô avaient leurs bureaux dans un même panier de crabes, pour le meilleur comme pour le pire. Il n'était pas rare de voir deux clans yakuzas et un parti politique de droite se partager un seul et même immeuble. Quant aux clans Hayata et Isoé, ils étaient installés à une centaine de mètres l'un de l'autre.

Avançant vers le nord depuis le théâtre Koma, il pénétra dans une zone hérissée de vieux immeubles. Passants et néons se raréfiaient tandis qu'il laissait derrière lui les rues les plus animées du quartier.

Rejoignant l'immeuble où le clan Isoé avait son siège, il s'assura qu'il n'y avait personne alentour avant de vérifier le numéro de leur local sur le tableau : 204. Il ressortit pour jeter un regard au mur latéral. Un seul appartement était encore allumé en ce dimanche soir, au fond du premier étage. C'était forcément là. Un mètre seulement séparait le bâtiment de l'édifice voisin.

L'ensemble était bien décrépi, quand même. Il ressemblait à l'immeuble du clan Hayata, même s'il y flottait comme une odeur de rouille.

Junpei décida d'entrer afin d'évaluer la situation. Il gravit l'escalier à pas de loup jusqu'au couloir extérieur du premier étage et se dressa devant une vieille porte en métal. « Clan Isoé », annonçait la pancarte. Il se plaqua au mur, en quête d'un angle mort échappant à l'œil de la caméra de surveillance accrochée au-dessus de sa tête. Au pire, il pourrait toujours sauter par-dessus la rambarde pour prendre la fuite.

Une voix d'homme retentit à l'intérieur. À en juger par l'écho, le local devait être exigu. Visiblement, on n'échangeait là ni potins, ni récit de bagarre, ni même des menaces, mais plutôt des explications. Retenant son souffle, Junpei colla l'oreille à la porte.

– … ainsi, aux premiers jours de la Révolution, on assista à une soudaine montée des violences, mais, d'un autre côté, c'était un mal nécessaire afin de mener à bien ladite révolution, et comme, en l'absence de précédent, le peuple avait bien du mal à se contenir, alors qu'il allait enfin gagner sa liberté, ironie de l'histoire, le mouvement se trouva phagocyté par le régime de la Terreur. Autrement dit, l'humanité doit savoir apprendre de ses erreurs si elle souhaite avancer…

C'était le vieux Nishio qui parlait. Junpei se figea, les sourcils froncés.

– Alors, professeur, à votre avis, comment devraient se comporter des yakuzas en temps de révolution ? demanda une autre voix.

Ce n'était quand même pas Le Bouc ?

– Bonne question. Deux chemins se présentent à eux. Le premier consisterait à prendre leurs distances d'avec le pouvoir et à endosser le rôle de médiateurs auprès du peuple. Le second, à s'infiltrer dans les plus hautes sphères, afin de protéger leurs propres intérêts. Cette dernière voie est cependant plus risquée. Car en cas de chute du pouvoir, ils devront partager le même sort.

– C'est comme pour les élections, alors.

– Quelle perspicacité ! Je n'en attendais pas moins de la part d'un cadre. Vous réfléchissez vite.

– N'exagérons rien, hahaha !

– C'est lorsqu'un parti unique détient le pouvoir que les yakuzas prospèrent, comme nous le démontre l'Histoire.

– Dans ce cas, on est dans la dèche, en ce moment !

– Je ne vous le fais pas dire…

À quoi il jouait, le papy ? En plein enfer de la séquestration, il donnait une conférence à ses ravisseurs… ? Junpei rebroussa chemin avec une grimace.

Sortant une nouvelle fois du bâtiment, il réfléchit, les bras croisés. Plus la peine de le libérer, visiblement. Du moins ne semblait-il pas courir de danger particulier.

Incapable de parvenir à une conclusion, Junpei fit le tour du bloc. À l'arrière du bâtiment voisin – un édifice en ruine ceint d'une clôture – se trouvait un parking. La moitié nord de Kabukichô, constellée de terrains vagues lui donnant un aspect édenté, offrait quantité de parkings provisoires. À croire que le quartier même était en train de passer de mode.

Un homme s'approcha à pied : Yamada, du commissariat de Shinjuku. Paniqué, Junpei se cacha sur l'aire de stationnement. Dans son sac à dos se trouvait le pistolet. S'il se faisait pincer avec, tout serait fini.

Visiblement pompette, Yamada déambulait lentement, comme en promenade. Même le dimanche, il n'avait nul autre endroit où aller, se rappela Junpei avec pitié. Si différentes que fussent leurs situations, peut-être se ressemblaient-ils un peu, tous les deux.

Yamada s'arrêta devant le parking. Junpei se crispa. L'avait-il repéré ? « Ouh », gémit le policier, tel un chien, avant de se soulager bruyamment contre un pylône.

Observant la scène à l'ombre d'une voiture, Junpei laissa échapper un soupir. Quel bon à rien, ce flic.

Balayant les environs du regard, il aperçut deux hommes à une vingtaine de mètres de là. L'un portait un blouson, l'autre des lunettes de soleil : il reconnut les deux inspecteurs de la Sécurité publique qui l'avaient malmené la veille dans le quartier du Golden Gai. Ils filaient Yamada, apparemment. Dans la police aussi, c'était compliqué.

Une idée germa dans l'esprit de Junpei. La veille, il avait prétendu à ces deux policiers faire partie du clan Isoé. Ce même clan Isoé qui retenait actuellement le vieux Nishio dans le bâtiment juste à côté.

Sa vessie enfin soulagée, Yamada reprit sa promenade. Les deux autres continuèrent de le suivre à distance.

Junpei scruta les lieux et trouva l'enseigne d'un bordel accrochée au grillage. Il défit les attaches en fil de fer. La pancarte, en bois, ferait une arme parfaite pour assommer son prochain.

Il suivit discrètement les policiers. Un filet de sueur se forma au creux de son dos. Il les rattrapa au coin du bâtiment. Tout à leur surveillance, ils baissaient la garde, sans même se douter qu'on puisse les filer à leur tour.

Bon. Advienne que pourra... Junpei les attaqua par-derrière.

À plusieurs reprises, il abattit sa pancarte sur leurs têtes. Bien qu'en contreplaqué, elle produisait un son étonnamment satisfaisant. Les mains levées pour se protéger, ses deux victimes firent volte-face, choquées.

– Qu-qu-qu…

Ils n'arrivaient même pas à articuler. L'un d'eux se jeta à terre, paniqué.

– Salut, les ripoux ! claironna Junpei. Je vous rends la monnaie de votre pièce. Ça, c'est pour avoir levé la main sur un citoyen innocent. Estimez-vous heureux que je ne vous dénonce pas !

Retrouvant enfin leurs esprits, les deux policiers regardèrent tour à tour le visage de leur attaquant et la pancarte dans ses mains.

– Toi ! Tu es le voyou du clan Isoé qui sert d'indic à Yamada…, maugréa Le Blouson. C'est lui qui t'envoie ?

Tiens, voilà une déduction à laquelle il n'avait pas pensé. Ledit Yamada, lui, tournait déjà au coin suivant, sans même remarquer le pataquès en cours.

– Si vous voulez vous plaindre, c'est au commissaire Yamada qu'il faut le faire ! éructa Junpei, profitant de l'occasion.

Avant de tourner les talons et de prendre ses jambes à son cou.

– Stop ! Arrête-toi ! On va te coffrer pour coups et blessures et outrage !

Les deux flics se lancèrent à sa poursuite. Junpei renversa des vélos qui se trouvaient sur le bord de la route. Peu agiles, ses poursuivants se prirent les pieds dedans et tombèrent.

– Ordure ! s'époumonèrent-ils, furieux.

Junpei s'engouffra dans le bâtiment où siégeait le clan Isoé et grimpa l'escalier. Les deux policiers le suivaient toujours. Arrivé devant la porte du bureau, Junpei sauta par-dessus la rambarde du couloir extérieur pour atterrir au rez-de-chaussée. Caché dans l'étroit espace séparant l'immeuble des ruines voisines, il reprit son souffle.

Les deux inspecteurs arrivèrent à l'étage. Fonçant tête la première comme des sangliers, ils tambourinèrent à la porte du clan Isoé.

– Ordure ! Ouvre ! beuglèrent-ils.

Junpei imagina la surprise qui devait s'emparer des yakuzas lorsqu'ils entendirent ces hurlements soudains. D'ordinaire, seuls leurs camarades passaient par là.

Les deux policiers martelaient la porte à coups de pied et de poing, sans cesser de crier, hors d'eux. Au bout de quelques instants, une voix retentit à l'interphone, impérieuse.

– Qui est là ?!

– Police ! Commissariat de Shinjuku. Pourriture ! On va t'apprendre les bonnes manières !

– La police ? rétorqua la voix dans l'interphone.

– Dépêche-toi d'ouvrir ! Si tu veux pas qu'on défonce la porte !

– Vous avez un mandat ?

– Ta gueule ! C'est pas le moment de faire le malin !

Définitivement à bout, les deux flics criblaient toujours la porte métallique de coups de pied.

Qu'allait-il se passer ensuite ? Avec le vieux Nishio prisonnier, le clan Isoé ne pouvait pas ouvrir comme ça. Car pour les gangsters, l'irruption soudaine des forces de l'ordre était forcément motivée par la détention du papy. À l'intérieur, ça devait être la panique.

Au bout d'une dizaine de secondes, un bruit de loquet retentit. Plaqué au mur, Junpei tendit l'oreille. La porte s'ouvrit.

– Montrez-moi votre insigne, dit un homme à voix basse.

– Imbécile ! C'est la Sécurité publique du commissariat de Shinjuku ! Retiens bien nos visages !

– Qu'est-ce que vous voulez ?

– Faites sortir ce blanc-bec !

– Hein ? Quel blanc-bec ? Qu'est-ce que vous racontez ?

– Fais pas l'innocent ! La petite frappe qui nous a tapé dessus au coin de la rue !

Les deux policiers tirèrent de force sur la porte. Le cliquètement lourd d'une chaîne de sécurité résonna alentour.

Accroupi, Junpei contourna le bâtiment par-derrière. Si quelqu'un devait fuir, ce serait par le balcon.

Il s'arrêta au niveau du parking. Lorsqu'il leva la tête, la fenêtre coulissante du 204 était ouverte pour laisser sortir un homme. C'était le vieux Nishio. Accompagné d'une jeune recrue.

– Ohé, par ici ! chuchota Junpei à leur attention. Saute, papy. Je te rattrape.

– Oh, c'est toi ? s'étonna le vieil homme.

Le jeune gangster semblait totalement dépassé par la situation.

– Dépêche ! La police va entrer !

– Ah, merci, souffla le petit jeune, croyant à un sauvetage.

Malentendu qui tombait à pic.

Le vieillard escalada la rambarde, aidé par le jeune homme.

– Mais c'est que c'est haut ! D'ici, je vais me blesser, constata Nishio.

– Tu n'as qu'à sauter sur le toit d'une voiture, s'impatienta Junpei.

Le vieillard se jeta dans le vide et atterrit avec un bruit sourd sur le toit d'une Mercedes dernier cri.

– Aïe aïe aïe. Je me suis fait mal au coccyx.

– Dépêche-toi de descendre, lui enjoignit Junpei en l'attrapant. Je compte sur toi pour nous couvrir, ajouta-t-il avec un signe de main en direction du jeune homme sur le balcon.

– Merci encore, répondit ce dernier en inclinant la tête dans la pénombre.

Nul doute qu'il se ferait passer un sacré savon lorsque le gang comprendrait ce qu'il s'était passé. Junpei ne put retenir un rire à cette idée.

– Allez, on file.

– J'ai mal au derrière !

– Tiens bon !

Junpei poussa le vieux Nishio dans les ruelles de Kabukichô, ses derniers regrets envolés.

15

Voyant que le vieux était à bout de souffle, Junpei décida de se réfugier un moment au bureau du clan Hayata. Tout à leur confusion, ni les deux policiers du commissariat de Shinjuku ni les membres du clan Isoé ne comprendraient tout de suite le tour qu'il leur avait joué.

Après trois minutes de marche, ils atteignirent leur destination, où ils trouvèrent Andô, seul, qui gardait la maison. Affalé sur le canapé, il regardait la télé.

– J'ai soif ! De l'eau ! haleta le vieux.

– Tu n'as qu'à te servir dans le frigo, répondit Junpei avec un coup de menton.

Le vieillard alla farfouiller dans le réfrigérateur.

– Oh, mais c'est qu'il y a de la bière, ici ! Et fraîche, avec ça !

Le temps que Junpei se retourne, il avait déjà pris et décapsulé une canette.

– C'est qui, ce vieux ? demanda Andô avec un regard vague.

Quelque chose disait à Junpei qu'il avait dû prendre quelque produit.

– Juste unc connaissance, répondit-il.

Avant d'aviser la table avec une grimace. Dessus gisait une feuille de papier paraffiné et une paille. Il s'assit sur le canapé.

– Qu'est-ce que t'as pris ?
– De la cocaïne. C'est une prostituée qui me l'a vendue.
– C'est pas bon, ça. Si les lieutenants l'apprennent, t'es dans la merde.
– Ils avaient qu'à être là. Quoi ? Tu vas aller cafter ?
Andô ne semblait guère inquiet. Il grattait ses tatouages, rendus visibles par ses manches courtes.
– Bien sûr que non. De toute façon, je vais bientôt disparaître.
– T'as vraiment la poisse, toi aussi, constata Andô.
Un léger sourire souleva les coins de sa bouche.
– Qu'est-ce que tu veux dire ? J'agis de ma propre volonté. Quand je sortirai, Kitajima aura ouvert son clan, et je deviendrai son bras droit, rétorqua Junpei, piqué au vif.
– Héhé. Ce que tu peux être naïf ! Tu accordes beaucoup trop de crédit à ton cher Kitajima.
– Fais gaffe. On a beau être frères jurés, je ne pardonne pas à ceux qui disent du mal de mon aniki !
– Laisse-moi te dire un truc : c'est au prix de ton sacrifice que Kitajima a obtenu son émancipation du clan. En d'autres termes, tu as servi de monnaie d'échange entre ton aniki et le boss. J'ai pas raison ?
Le sang de Junpei ne fit qu'un tour. Un souvenir lui revint, cependant… La veille, à Kabukichô, n'avait-il pas entendu dire que Kitajima avait déjà pris son indépendance ? Était-ce là le revers de la médaille ?
– Je peux pas te laisser dire ça. Où est-ce que tu as entendu cette histoire ?
Il n'allait pas le croire si facilement.
– De la bouche de mon aniki. Il était vraiment dégoûté par son comportement. D'après lui, le boss rechignait à lui donner sa permission, mais il t'a livré

en pâture pour obtenir enfin ce qu'il voulait. Tu vas en recevoir, des cadeaux, quand tu seras en taule.

– Menteur. Tu racontes n'importe quoi parce que tu es jaloux de la relation que j'entretiens avec mon aniki ! postillonna Junpei.

Il sentait son sang bouillir.

– Hmpf. T'es vraiment qu'une bonne poire.

– Retire ça tout de suite.

Junpei se leva d'un bond et attrapa Andô par le col pour le mettre sur ses pieds.

– Arrête. J'y suis pour rien, moi, protesta Andô, ennuyé.

– La ferme. Kitajima n'est pas du genre à me vendre.

– Dans ce cas, pourquoi a-t-il accepté si facilement que tu joues les porte-flingue ? D'ailleurs, toute cette histoire d'abattre un cadre du clan Matsuzaka a pour but de redorer le blason du boss auprès de la maison-mère. Tu es doublement sacrifié.

Junpei jeta Andô sur le canapé et sortit le pistolet de son sac.

– Retire ce que tu viens de dire ou je tire.

Il était vraiment prêt à le faire. Il n'avait pas l'intention de le tuer, mais sans ça, il ne pourrait pas se calmer.

– Ce que tu peux être compliqué, toi aussi ! Tire, si ça te chante, fanfaronna Andô, intoxiqué par la drogue.

– Retire, je te dis ! s'époumona Junpei en le rouant de coups de pied.

Sa colère ne connaissait plus de limites.

– Eh bien, jeune Sakamoto. Tu en fais, du boucan, constata le vieux Nishio en sirotant sa bière derrière lui.

– La ferme. On t'a pas sonné !

– Cette arme est-elle authentique ? Est-ce que je peux la…

– Je t'ai dit de la fermer !

Junpei renversa la table d'un coup de pied.

– Tu as de l'énergie à revendre, Junpei. Qu'est-ce qui te fait tenir, dans la vie ? lança Andô, affalé sur le canapé, aussi inerte qu'un cadavre.

– Essaie pas de m'embrouiller, toi. Je t'ai dit de retirer tes calomnies.

– Tu sais, moi aussi, j'admirais beaucoup le monde de la pègre, mais dernièrement, je me suis bien calmé. À vrai dire, je songe à me trancher le petit doigt pour me ranger des voitures.

– Qu'est-ce qui te retient, alors ? Tu veux que je le fasse pour toi ?

– T'énerve pas comme ça. Moi, j'ai pas eu de père. Alors le boss, mon aniki, je les aimais comme si c'était ma propre famille, et je me mettais en quatre pour trouver ma place dans cette maison. Mais, comment dire, j'ai fini par comprendre qu'on n'était que des soldats, de simples pions dans un jeu de shôgi… On a beau se dévouer, notre loyauté n'est pas reconnue à sa juste valeur. De nos jours, les yakuzas accordent plus d'importance aux gens rusés et capables de faire de l'argent, alors que les types comme nous, juste bons à la bagarre, sont exploités comme chair à canon, car notre milieu est aussi stratifié que la société des honnêtes gens. Cette fois, c'est toi qui as été désigné comme porte-flingue, mais le jour où mon aniki voudra voler de ses propres ailes, ce sera sans doute mon tour de me salir les mains. C'est vrai qu'au début, quand tu as été choisi, j'étais jaloux, je me demandais pourquoi ce n'était pas moi, ça me prenait la tête, mais quand j'ai compris ce qu'il y avait derrière, comment dire, j'ai changé d'avis…

– Alors quoi ? Tu me plains ?

– Du tout. Simplement, je me demande sur quoi tu t'appuies pour vivre. Tu ne te sens pas seul ? Moi, si.

Coincé au bureau, le dimanche soir, à tenir le standard, sans personne à qui parler, je suis comme une plante déracinée…

– Arrête, tu vas me faire pleurer ! Moi, oui, je suis une plante sans racines. Je n'ai besoin de rien ni personne.

– Et tu t'en satisfais ?

– Satisfait ou pas, c'est tout ce que j'ai, on n'y peut rien !

– Arrête de crier. Tu me casses les oreilles.

– Je m'en tape. Retire ce que tu as dit au sujet de Kitajima !

Le cœur gonflé par la tristesse, Junpei sentit les larmes lui monter aux yeux. Si Andô disait vrai, pourquoi Kitajima ne lui en avait-il rien dit ? S'il lui avait expliqué que son passage en prison permettrait à son aniki d'obtenir son émancipation, il aurait accepté sa mission avec joie.

– Je ne retirerai rien. Parce que c'est la vérité.

– Retire !

– Hors de question. T'as qu'à tirer. Si je meurs, j'irai au paradis.

Andô posait sur lui un regard étrange. Incapables de se poser sur un point fixe, ses yeux dansaient dans le vide.

– Tu me débectes. T'es dépendant de ta merde. Alors que moi, pour ma dernière nuit, j'ai même pas bu une goutte d'alcool.

– C'est vrai ? Dans ce cas, je te donne le reste de ma dope. Elle est de bonne qualité, tu sais.

Andô sortit un petit paquet de la poche de sa chemise.

– Tiens, dit-il en l'agitant.

Junpei l'attrapa sans réfléchir.

16

Le sachet de cocaïne en poche, Junpei quitta le QG. Les paroles d'Andô le rongeaient comme le sel sur une limace. Toutes ses forces l'avaient quitté. Il aurait voulu trouver Kitajima pour vérifier ces dires, mais il n'en avait pas le courage.

– Ohé, Sakamoto ! Où vas-tu comme ça ?

Le vieux Nishio le rattrapa, canette de bière à la main. Il n'avait pas l'énergie de lui répondre.

– Ce n'est pas bon de traîner dans ce coin. Car enfin, le clan Isoé ne va tarder à comprendre la situation, et alors, ils se lanceront à nos trousses.

Junpei shoota dans l'enseigne d'un usurier dressée devant lui. Trois autres pancartes alignées le long de la route suivirent, dans un effet de domino. Un chat errant prit la fuite, effrayé.

– Ça va bientôt être l'heure de dîner, que dirais-tu de reprendre des forces ?

– La ferme, marmonna Junpei en continuant d'errer sans but.

Il n'avait pas faim. Alors même que ce devait être son dernier dîner d'homme libre.

– Tiens donc, ce restaurant de grillades a l'air délicieux ! Sakamoto, que dirais-tu d'un bon *galbi* arrosé d'une bière à la pression ?

– Je t'ai dit de la fermer ! hurla Junpei en lui faisant face. J'ai déjà mangé des grillades hier soir. Et avant-hier aussi.

– Quand on est jeune, on peut en manger tant qu'on veut ! Il y a bien longtemps que je n'en ai pas dégusté, moi. Peut-être n'en aurai-je plus la possibilité…

– Je te croyais le roi des pique-assiette ?

– Les grillades n'ont aucune saveur si on les mange tout seul.

– C'est bien des paroles de riche, ça.

– Moi, j'ai envie de grillades. Il y avait des lustres que mon corps ne m'avait réclamé des protéines animales. Tu ne peux sans doute pas le comprendre, mais avec l'âge, l'organisme n'arrive plus à absorber les graisses.

– Et alors ?

– Ce serait vraiment dommage de manquer une telle occasion.

– Imbécile ! T'as qu'à y aller sans moi.

– Ne dis pas ça. D'après ce que j'ai entendu tout à l'heure dans vos bureaux, tu dois bientôt jouer les porte-flingue, n'est-ce pas ?

– En quoi ça te regarde, papy ?

– Je suis déjà embarqué dans tes histoires. Je te propose donc qu'on en discute. Autour d'une bonne grillade.

Junpei s'apprêtait à lui crier dessus, mais lorsqu'il se retourna, le vieux se tenait déjà devant le restaurant et contemplait la vitrine remplie de plats de démonstration, tel un enfant en plein caprice.

Avec un soupir, Junpei céda et entra dans l'établissement. Il n'avait peut-être pas faim, mais il avait soif. Et il voulait s'asseoir. Surtout, il voulait essayer de se calmer.

À peine fut-il à l'intérieur que la climatisation lui picota l'épiderme. Il était trempé de sueur. Il prit place à la table qu'on leur indiqua. Il entendait des bribes de coréen échangées çà et là tandis que les clients savouraient leur festin dominical.

Laissant au vieux le soin de commander leurs plats, il sirota sa bière. La dernière, songea-t-il alors que l'amertume du houblon lui taquinait les papilles. Il alluma une cigarette et s'enfonça dans sa chaise. Une fièvre lui parcourait tout le corps, comme s'il avait pris froid.

– Sakamoto, je te recommande le *yukhoe*, il est fameux, déclara le vieux, les yeux plissés.

– La ferme. Mange en silence.

– C'est meilleur si on discute en mangeant. Pour en revenir à ton histoire, Sakamoto, si j'ai bien saisi, on t'a désigné pour tuer un membre d'un gang opposé ?

– Tout juste. Demain matin, je dois abattre un homme.

– D'où l'arme ? demanda le vieux avec un coup de menton en direction du sac posé à côté d'eux.

– Pour quoi d'autre, sinon ? Tu crois que je les collectionne ?

– Dans ce cas, tâche de ne pas rater ton coup.

Junpei en resta pantois. Lui qui s'attendait à ce qu'il essaye de le dissuader.

Le plat de *galbi* arriva. Le vieux aligna les pièces de viande sur le gril, où elles rissolèrent avec un crépitement délicieux.

– Inutile d'accorder trop de poids à la vie humaine. Et puis, ce n'est pas comme si tu allais tuer un parfait innocent. N'est-ce pas ?

– Oui, ma cible est un yakuza, lui aussi.

– Dans ce cas, vous êtes prêts, tous les deux.

Le vieux enfourna une pièce de viande. C'est qu'il savait se montrer persuasif, le bougre.

– Quel régal, ce *galbi* ! Des années que je n'en avais pas mangé. Allons, Sakamoto. Une fois derrière les barreaux, toi non plus, tu ne pourras plus en goûter avant un moment, insista-t-il en agitant ses baguettes.

– Bâtard, vitupéra Junpei avant de saisir un morceau à son tour.

Une saveur aigre-douce lui envahit la langue. Un régal, en effet, même si c'était le troisième soir de suite qu'il en mangeait.

– Ah, au fait, j'avais une question à te poser, papy, dit Junpei en sortant le recueil de Saitô Ryokuu de son sac, qu'il ouvrit à une page cornée avant de le tendre au vieux. Qu'est-ce que ça veut dire, ce qui est écrit là ?

– Voyons voir…, marmonna Nishio en chaussant des lunettes pour parcourir la page. « Plus que tuer un homme, se faire tuer est chose difficile. Plus que tuer, se faire tuer requiert des qualités. Qui espère ne pas être tué, s'il ne peut obtenir d'être tué, espère ne pas tuer. En tant qu'individu, on peut douter de la valeur de qui ne tue pas comme de qui n'est pas tué… » Cet aphorisme aurait-il attiré ton attention, jeune Sakamoto ?

– Pas particulièrement. C'est juste qu'il y était question de choses terribles : tuer, ne pas tuer…

– Pour le dire simplement, plus que le tueur, c'est la personne tuée qui a de la valeur.

– Hein ? Alors comme ça, je vaux moins que lui ? Mais pourquoi ? laissa échapper Junpei, piqué au vif.

– Mais si, écoute : que l'on cherche à se venger, ou à provoquer une guerre, rien ne sert de tuer une personne sans valeur. Si la personne que tu dois abattre t'était inférieure, cela n'aurait aucun sens de l'occire. Votre monde se doit de toujours être en équilibre.

Junpei ne trouva rien à répondre, le cœur débordant de sentiments désagréables. Il soupira violemment avant de faire signe à la serveuse.

– Hé ! Une assiette d'abats. Et ramenez-nous des bières, aussi, lui ordonna-t-il sans ménagement.

– Oh, bonne idée, les abats. La texture en est un peu trop dure pour mes dents âgées, mais je ferai une exception en ton honneur, déclara le vieux avec un sourire doux, avant de poursuivre ses explications. Mettons par exemple qu'un camarade dise, les bras en croix : « Vas-y, tue-moi ! » Mais en disant cela, il sait très bien qu'en réalité, il n'a pas assez de valeur pour être tué. Celui qui lui fait face sait, en son for intérieur, qu'il ne sert à rien de tuer un tel homme. Et ça aussi, l'intéressé le sait. Jamais un homme qui aurait vraiment de la valeur ne s'offrirait ainsi. Ceux qui s'offrent de cette façon, ce sont toujours des hommes de peu de valeur, sur lesquels personne ne compte.

Junpei repensa à un détail survenu trois jours plus tôt. « Allez-y, tuez-moi ! » avait-il lui-même dit aux membres du clan Isoé, les bras en croix. Il sentit ses joues s'empourprer. S'il s'était ainsi offert à l'ennemi, c'était parce qu'il n'avait rien à perdre. Lorsque Kitajima se battait, il parvenait systématiquement à un compromis. Comparé à lui, Junpei n'était qu'une tête brûlée, toujours à foncer dans le tas. Bref, c'était le candidat idéal pour jouer les porte-flingue.

– Si les jeunes ne craignent pas la mort, c'est parce qu'ils ne connaissent pas encore la vie. Et comme ce qu'on ne connaît pas n'existe pas, on ne peut pas le regretter. La joie de bercer son enfant, la satisfaction du travail accompli, la tristesse d'avoir perdu ses parents, la douceur de s'entretenir jusqu'au bout de la nuit avec de vieux amis… si on n'a pas fait toutes ces expériences, on n'aura aucun scrupule à brûler la chandelle par les deux bouts. La jeunesse est bien insouciante ! Et pour ne rien arranger, les personnes qui se trouvent dans l'œil du cyclone n'ont pas conscience de leur propre valeur. De même que l'on ne saisit l'importance d'une bonne santé qu'après être tombé malade, ce n'est qu'en prenant de l'âge que l'on comprend la valeur de la jeunesse. Les dieux sont décidément bien cruels.

D'ordinaire, ce genre de propos compliqués n'était que du charabia pour Junpei. Mais cette fois, ils ne tombaient pas dans l'oreille d'un sourd. Il sentait son cœur vaciller telles des têtes de riz dans le vent.

Pris d'un sentiment de désespoir, il fit griller tout le contenu du plat d'abats avant de le gober du premier au dernier morceau.

– Mais ils ne sont pas cuits ! Il ne faut pas manger les abats tant que la graisse ne s'est pas bien dissoute, tu sais, fit remarquer le vieux en pointant ses baguettes.

– La ferme. Je peux pas attendre.

– Je vois. Fais comme tu l'entends. Comme c'est dur, d'être jeune... Quand on manque d'expérience et de réussite, on ne sait pas attendre. On ne voit que le moment présent. On ne sait pas ce qui nous attend plus tard. Ah, la jeunesse, quelle corvée ! Même si on me proposait de la revivre, très peu pour moi.

– La ferme. Tu sais pas manger en silence ?

– C'est meilleur si on discute en mangeant, répondit le vieux, les joues cramoisies, visiblement pompette.

Pris d'une envie de riz blanc, Junpei en commanda un bol bien garni. Il avait entendu dire que le riz de la prison était coupé à l'orge. Or, ce qu'il aimait, lui, c'était le riz blanc.

Il jeta un coup d'œil à sa montre : 20 heures. Plus que quelques heures.

– Hé, remplacez-moi ce gril ! Et rapportez-nous de la viande de qualité !

– Quant à moi, je prendrai du rosbif, renchérit le vieux en levant une main.

Guère désireux de parler, Junpei se concentra sur la nourriture, engloutissant la viande comme pour contredire son précédent manque d'appétit.

– Au fait, que se passerait-il si tu te défilais maintenant ? s'enquit le vieux Nishio.

– Je deviendrais un mauvais exemple pour les autres, alors on me traquerait sans doute pour me mettre au ban du clan.

– Je vois. Le monde des affaires est dur aussi..., dit le vieux, les sourcils plissés, perdu dans ses pensées. Tout à l'heure, je te disais qu'il ne fallait pas rater ton coup, mais tu pourrais au moins lui tirer dans le ventre, non ?

– Pourquoi ?

– Ton adversaire n'est pas assez important pour être tué, pas vrai ? Que dirais-tu de contribuer, ne serait-ce que d'une vie, à endiguer la diminution de notre population ?

Junpei renifla bruyamment avant d'enfourner son riz.

– Je ne peux pas faire ça. Mon honneur en dépend, répondit-il tout en mâchant.

– Peu importe. J'ai confiance en ton destin.

– Qu'est-ce que ça veut dire ?

– Inutile de t'en préoccuper.

Peut-être fatigué de manger de la viande, le vieux Nishio mastiquait à présent une feuille de laitue, comme une chèvre. Mais quand même, pourquoi fallait-il que Junpei passe une telle soirée à dîner en compagnie de ce drôle de numéro ? Dans le restaurant où résonnaient des bribes de coréen, il s'efforçait de traquer la réalité.

Ils se firent leurs adieux à la sortie du restaurant. Junpei avait d'abord pensé mettre un coup de pied au vieillard pour le faire fuir, mais celui-ci avait pris congé de lui-même, en lui disant : « Tu ne vas quand même pas passer ta dernière soirée avec un vieux croûton comme moi. »

– J'aimerais te revoir, avait-il ajouté au moment de partir.

– Dans ce cas, tâche de vivre longtemps, lui répondit Junpei.

Alors qu'il déambulait seul sur le parvis du théâtre Koma, il songea soudain à consulter le forum de discussion sur son portable. Il ne lui restait plus beaucoup de temps, mais le fil débordait de nouvelles contributions.

#245 Junpei. On y est presque. Je compte sur toi. Jamais je ne m'étais fait une telle joie de lire les journaux. Tâche de tuer au moins trois personnes, et d'en faire un spectacle ! De : Killer Queen

#246 Junpei. Le moment venu, fais-toi filmer et mets la vidéo en ligne, s'il te plaît. Ton humble serviteur se chargera de la copier avant qu'elle ne soit supprimée, afin de la diffuser dans le monde entier. De : Anonyme

#247 Junpei. C'est ta dernière nuit. Passe-moi un coup de fil ; pour toi, ce sera gratuit. 090-xxx-xxxx. De : Mona Lisa

#248 Cher Junpei. Mon nom est Fujimoto, de la rédaction du Shinchô. Nous aimerions publier votre récit de cet assassinat. Je viendrai vous rendre visite, même à Kosuge ou à Fuchû ! De : Fujimoto

#249 Junpei. Je suis une élève de 4ᵉ au collège, et je pense que ce n'est pas bien de tuer des gens. Pourquoi ? Parce que tout le monde a le droit de

vivre. Il n'y a qu'une raison valable d'ôter la vie, c'est pour se nourrir. Alors si tu tues quelqu'un, tu dois le manger. De : Collège Dauphin, 4e A

#250 Junpei. Prends garde à ne pas te tromper de cible, surtout. Est-ce que tu as bien vérifié son identité, au moins ? J'ai entendu dire que chaque personne avait deux sosies quelque part dans le monde. Je parie que ça t'angoisse, maintenant. Que tu puisses abattre un sosie. De : Anonyme

#251 En réponse à #249 de Collège Dauphin : Commentaire bien reçu. De : Anonyme

#252 Où est passée la brigade de persuasion de Junpei ? J'aimerais y participer, moi aussi. Je suis à Asagaya, je peux vous rejoindre tout de suite. De : Étudiant d'université de troisième zone

#253 On ne connaît ni l'apparence de Junpei, ni l'heure, ni le lieu de sa mission. Alors, une fois rassemblés, qu'est-ce que vous comptez faire ? En réalité, c'est seulement pour tromper votre solitude que vous faites ça, pas vrai ? De : Étudiant d'école privée de quatrième zone

#254 Attendons que Kana nous donne plus d'informations. Moi, j'en serai. De : Une fille de la mer

#255 Et si quelqu'un prévenait la police ? Kabukichô, c'est dans la juridiction du commissariat de Shinjuku, non ? La police, elle, devrait avoir toutes sortes d'infos et pourrait peut-être l'empêcher de passer à l'acte. De : Décrocheur de première

#256 Tu n'as qu'à les prévenir toi-même. De : Anonyme

#257 La police ne bougera pas. S'il s'agissait de poser une bombe dans une école, ils réagiraient au quart de tour, mais une querelle de yakuzas, ça ne leur fait ni chaud ni froid. De : Policier de nuit

#258 Ici Kana. Je serai bientôt de retour à Kabukichô. Je vais retrouver Junpei. Si vous avez des messages pour lui, je transmettrai. De : Kana

Junpei fronça les sourcils. Cette « Kana » était-elle bien sa Kana ? Qu'est-cc qu'elle fabriquait, à l'exhiber ainsi pour divertir un forum internet ? Et puis, qu'est-ce que c'était que cette « brigade de persuasion » ?

#259 C'est bien beau de tromper votre ennui le dimanche soir. Certes, c'est parfaitement sensé de vouloir faire changer d'avis un jeune yakuza comme Junpei. Mais vous avez tendance à le prendre de haut. Dans le fond, vous baignez tous dans votre complexe de supériorité. De : Désœuvré

#260 En réalité, il n'existe pas, ce Junpei. Tout ça, c'est cette Kana qui l'a inventé. Pourquoi est-ce que vous la croyez si facilement, tous ? De : Anonyme

#261 Je parie que Kana est un homme, en fait. Pervers ! De : Anonyme

#262 Selon nos informations, Kana serait un agent du régime nord-coréen. De : Ministère des Affaires étrangères

#263 En réponse à #259 Désœuvré : Que veux-tu dire par « le prendre de haut » ? Moi, en tout cas, je vois Junpei comme un égal. Je veux sincèrement le sauver. C'est tout ce que ça m'inspire. De : Une fille de la mer

#264 À Kana : Surtout, n'oublie pas de nous indiquer le lieu et l'heure de l'événement. Qu'on y aille tous ensemble. De : Le Négociateur

#265 Ce que tu peux être chiante, quand même, Une fille de la mer ! Le seul fait de dire que tu veux « le sauver » montre que tu le prends de haut. Je

parie qu'à l'école comme au bureau, tu devais être une sacrée peste. Va mourir. De : Un gars du Sud

#266 C'est toi qui es chiant, Un gars du Sud. T'as vraiment un caractère pourri. Tu fais pitié. De : Anonyme

#267 On dit aussi que Kana serait une extraterrestre. De : Ultraman

#268 ↑ Trop nul. De : Ultra Seven

#269 Plus il y a de participants, plus il y a de trolls, j'ai l'impression. Soyons sérieux une minute. Un jeune homme de vingt et un ans s'apprête à commettre un meurtre. Il est de notre devoir de l'arrêter par tous les moyens. Arrêtez de plaisanter avec ça, s'il vous plaît. De : Anonyme

#270 En réponse à #269 : Dans ce cas, tu n'as qu'à aller faire le tour de Kabukichô en criant « Essayons de faire changer d'avis Junpei ! » dans un porte-voix. Qu'est-ce que tu te la ramènes ! Au passage, comme je suis à Ôsaka, je compte bien m'amuser en observant tout ça de loin. J'ai hâte de voir comment ça va se terminer, ce cirque. De : Un pur produit d'Ôsaka

#271 Cher Junpei. Si, par chance, tu lis ce fil de discussion, écris-nous un petit mot, toi aussi. Quel est ton état d'esprit à l'heure actuelle ? Envisages-tu de changer d'avis ? De : Anonyme

Téléphone portable en main, Junpei resta immobile un moment. Fallait-il répondre ? Il tenta de formuler un message. « Je vois que vous vous amusez bien à parler de moi. Je n'ai pas l'intention de renoncer… »

Il se retint pourtant de poster. Il ne ferait que donner du grain à moudre à ces otaku désœuvrés.

Un vent sec soufflait. On avait beau être un dimanche soir, il y avait moins de monde que d'habitude. Au fond de la ruelle, un tourbillon faisait danser des tracts de sex clubs.

Il avait terriblement envie d'entendre la voix de Kitajima. Les propos d'Andô lui tenaillaient le cœur. Il voulait entendre son aniki les réfuter. « Tu me crois vraiment capable de faire une chose pareille ? Pour qui tu me prends, enfin ? » S'il lui répondait de ses habituels sarcasmes, Junpei serait trop heureux de se prosterner à ses pieds pour lui demander pardon.

Il sélectionna le numéro de Kitajima sur l'écran de son téléphone. Il lui suffirait d'une pression sur le bouton d'appel pour entendre sa voix, comme d'habitude.

Il inspira profondément. Il ne voulait pas avoir de regret. Alors il appuya. La sonnerie retentit à l'autre bout. Kitajima décrocha aussitôt.

– Tiens, Junpei ! Que se passe-t-il ? Il t'est arrivé quelque chose ? demanda-t-il d'une voix enjouée et aimable.

– N-non, r-rien de spécial..., bredouilla Junpei, nerveux. C-c'est j-juste que, euh, demain, à l'aube, j'accomplirai ma mission. Alors, vous n'avez pas de souci à vous faire.

– Je ne m'en fais pas. Tu as toujours su faire preuve de courage dans l'adversité. J'en ai bien conscience. Surtout, ne prends pas de risques inutiles. Contente-toi d'abattre ta cible. Et disparais dès que c'est fait.

– Entendu. Je vous remercie infiniment.

– Avec qui es-tu en ce moment ?

– Avec une femme, mentit Junpei.

– Très bien. J'en déduis que tu as changé d'hôtel ?

– J'ai pris une suite au Prince de Shinjuku.

– Hahaha ! Pas mal ! Ta dernière soirée. Profitez-en bien avec ta douce, en admirant le spectacle nocturne.

– Merci beaucoup.

– C'est tout ce que tu avais à me dire ?

– C'est tout, oui.

Il n'avait plus envie de l'interroger. Il ne voulait pas détruire cette confiance, et le seul fait d'entendre sa voix l'avait rasséréné.

– Désolé, Junpei. Je ferai de mon mieux pour être un lieutenant digne de ce nom pendant ton incarcération. Attends-moi.

– J'attendrai.

– À plus.

– Entendu.

Il raccrocha. La vérité n'avait plus aucune importance. Seul comptait ce qu'il croyait.

Il se remit en marche. Il y avait encore une voix qu'il avait envie d'entendre. Celle de Kaori, la danseuse du *Lac des Cygnes*. Après quoi il serait prêt à quitter le monde libre.

Comme le spectacle commençait plus tôt le dimanche, la deuxième représentation était sur le point de s'achever lorsque Junpei franchit l'entrée principale. Il avait assisté à assez de répétitions pour évaluer d'un simple coup d'œil où on en était dans le programme.

Vêtue d'une redingote et de collants résille, Kaori dansait en maniant haut-de-forme et canne. Adossé au mur, Junpei l'observa avec quiétude. Il n'espérait déjà plus pouvoir la prendre dans ses bras ni l'embrasser. Il souhaitait seulement graver dans sa mémoire le souvenir de cette femme qui vivait une jeunesse si différente de la sienne.

Le finale terminé, les danseuses s'alignèrent sur scène sous des applaudissements nourris. Placée tout à l'avant et au centre, Kaori affichait un sourire éblouissant.

Posté à l'entrée des loges, Junpei interpella les danseuses à leur sortie de scène.

– Yo, Katherine ! C'était chouette. Bravo.

– Tiens, le petit Jun ! Alors, où tu en es avec le clan Isoé ? Tout le monde se faisait du mouron, tu sais.

– C'est déjà réglé. Je leur ai dit de vous lâcher les baskets, ils ne viendront plus.

– Vraiment ? Comme c'est moi qui te l'ai demandé, je me sens un peu responsable…

– C'est bel et bien réglé. Même s'ils voulaient se venger, ils ne pourront plus le faire.

– Pourquoi ?

– Parce que.

– Hmm. Pour te remercier comme il se doit d'avoir récupéré la caution de Hiromi, je t'invite à déjeuner avec tout le monde la semaine prochaine.

– Oh, merci. Je m'en réjouis d'avance.

– Un *yakiniku*, ça te dit ?

– J'adore ça.

– Dans ce cas, je te recontacte le jour dit.

Katherine serra Junpei dans ses bras épais pour lui déposer un baiser sur la joue. Remarquant que le jeune homme, d'ordinaire réticent à son contact, se laissait faire, elle s'écarta, visiblement surprise.

– Ben alors, tu es fatigué ? s'enquit-elle en étudiant son visage.

– Juste un peu.

– Ça ne va pas du tout, ça, demain commence une nouvelle semaine ! Repose-toi bien cette nuit.

– Oui, entendu.

Kaori passa sur ces entrefaites.

– Est-ce que je peux te parler un instant ? laissa échapper Junpei de sa voix normale, sans prendre ses airs habituels.

– Qu'est-ce qu'il y a ? lui demanda Kaori, nerveuse comme toujours.

Rien de plus naturel pour quelqu'un qui n'aimait pas frayer avec les yakuzas.

– Tu veux bien me dire ton rêve d'avenir ?

– Mon rêve ? À moi ?

Elle resta muette quelques instants, visiblement interloquée.

– Enfin, j'imagine que tu ne veux pas passer ta vie à Kabukichô…, élabora Junpei.

– C'est vrai… Mais, pourquoi tu me demandes ça ?

– J'aimerais savoir à quoi rêve une fille bien comme toi.

— « Une fille bien » ? N'exagérons rien…

– Peu importe, réponds.

Kaori prit un air sérieux.

– Ce n'est pas une chose que je dis habituellement aux autres, mais j'aimerais tenter ma chance à Broadway d'ici trois ans, confessa-t-elle, un peu gênée, la fin de sa phrase à peine audible.

– Hmm… New York, hein ? C'est le meilleur endroit pour ça. Même moi, je le sais. J'espère que tu vas réussir. Je suis de tout cœur avec toi.

– Vraiment ? Ça me fait plaisir…

Kaori se détendit, charmante et chaleureuse comme un écureuil dans un paysage enneigé.

– Bonne chance, alors.

– Merci. Mais… quelque chose ne va pas ?

– Rien de spécial.

– On dirait que tu es venu nous faire tes adieux.

– Qu'est-ce qui te fait dire ça ?

– Tu m'as posé une question si sérieuse…

– On a le droit d'être sérieux de temps en temps, non ?

– Et toi, Junpei, quel est ton rêve ?

– J'en ai pas.

– Du tout ?

– Justement, j'en suis pas fier.

– Tâche d'en trouver un, alors.

– Promis.

À ces mots, Junpei tourna les talons. Poursuivre cette conversation ne ferait qu'attiser inutilement son désir. C'était suffisant. Il n'avait pas de regrets.

Après tout, la société n'était pas exactement un paradis pour lui. Ce n'était pas l'espoir qui l'étouffait. Néanmoins, si imparfaites qu'aient été ses vingt et une années de vie, il avait ri plus qu'à son tour. Alors, passer les dix prochaines en prison, ce n'était pas cher payé.

À peine fut-il sorti du cabaret que son téléphone sonna. Shin'ya.

– Désolé de t'appeler si tard. Je viens d'arriver à Kabukichô. T'es où ?

– Juste devant le Fûrin Kaikan.

– Je te rejoins tout de suite. Bouge pas.

Après cet échange digne d'une comédie *manzai*, il raccrocha.

Son téléphone sonna derechef. Cette fois, c'était Kana.

– Youhou ! Me revoilà. T'es où ?

– Devant le Fûrin Kaikan.

– Je connais un club pas loin qui fait une nuit blanche, on n'a qu'à y aller ensemble ! Je viens te chercher.

– Au fait, qu'est-ce que tu…

Elle raccrocha avant qu'il ait pu exprimer ses griefs concernant le forum internet.

Rempochant l'appareil, il laissa échapper un soupir. Avant d'allumer une cigarette. Et d'en souffler la fumée dans l'air nocturne. Les aboyeurs de cabaret étaient bien nombreux pour un dimanche soir.

17

Shin'ya arriva le premier. Déjà imbibé, à en juger par son visage rouge et sa voix forte.

– Yo, mon frère ! Tu as fait tout ce que tu avais à faire ? Autrement, je peux repartir tout de suite.

Il plissa les yeux comme un chien, l'auriculaire dressé.

– C'est bon. T'inquiète. Je n'ai pas dit à ma copine ce que je devais faire. Faudrait pas qu'elle se mette à pleurer, répondit Junpei en se frottant l'index sous le nez.

Le mensonge devenait une habitude.

– Tu as vraiment la classe, Junpei. Si seulement je pouvais te ressembler…, dit Shin'ya en ouvrant le sac en papier qu'il tenait à la main pour en sortir une espèce de gilet noir. Tiens, c'est pour toi. Je suis revenu te l'apporter.

L'objet pesait étonnamment lourd.

– C'est un gilet pare-lame. Il n'arrêtera pas les balles, mais il te protégera quand même. Quand un de nos lieutenants est mort poignardé dans une rixe, notre boss a payé ces gilets de sa poche et les a distribués à tous les hommes du clan. « Je peux pas vous laisser clamser avant moi », qu'il nous a dit. C'est qu'un forain stupide, mais c'est un bon bougre. Alors permets-moi de l'imiter : Junpei, je peux pas te laisser crever.

– Merci.

Ce cadeau inattendu mit les larmes aux yeux de Junpei. En y repensant, c'était bien la première fois qu'on lui offrait quelque chose.

Ôtant son blouson, il enfila le gilet par-dessus son T-shirt. Tapotant l'avant des deux mains, il remarqua un petit objet dans une des poches. Une amulette.

– Je l'ai achetée au sanctuaire d'Isé. Autant se fournir dans ma meilleure crèmerie si on veut que ce soit efficace.

– Mon frère. À trop t'occuper de moi, tu risques d'avoir des ennuis, toi aussi, quand je serai arrêté.

– T'inquiète. Je suis prêt à t'accompagner quand tu iras te rendre, déclara Shin'ya en se frappant le torse.

Ils se regardèrent un moment en silence avant d'éclater de rire.

– Youhou ! T'as pas trop attendu ?

Kana et Risa apparurent en sautillant telles des balles rebondissantes. Ils ne se connaissaient que depuis deux jours, mais elles étaient devenues comme des camarades de classe. Elles avaient changé de tenues et de coiffures pour l'occasion. À quoi avaient-elles bien pu occuper leurs deux dernières soirées à Kabukichô ?

– Minute, minute, s'exclama Shin'ya, tout excité. Vous êtes qui, mesdemoiselles ?

– Et toi, t'es qui ? contra Kana.

– Je m'appelle Shin'ya, je suis le frère juré de Junpei.

– Pas possible ! Alors, toi aussi, t'es un yakuza ? s'étonna Risa, tout sourire.

Et de lui secouer le bras avec familiarité.

– Tout juste. Membre titulaire du clan Kijima, filiale du groupe Seiwa, basé à Kinshichô.

– Dis, dis, tu veux bien être mon ami ? Kana n'arrête pas de la ramener depuis hier. Comme quoi elle sort avec un yakuza.

– C'est quoi cette histoire ?

– C'est juste des filles que j'ai rencontrées vendredi et avec qui je me suis un peu amusé, expliqua Junpei.

– T'es vraiment la star de Kabukichô, toi, souffla Shin'ya, abasourdi.

– Toi aussi, tu es porte-flingue ? s'enquit Risa.

– Pas du tout.

– Mince, alors. Moi qui espérais pouvoir écrire sur le forum…

– Mais sérieux, c'est quoi ces histoires ?

– Parlons-en, de ce forum, maugréa Junpei. C'est pas bientôt fini de se moquer de moi comme ça ?

On ne parlait que de lui dans le fil de discussion.

– Qu'est-ce que ça peut faire ? Allez, on y va ! Il y a une soirée secrète au club *Pangaea*, juste à côté.

– Quel genre de soirée ? Je n'ai jamais mis les pieds dans un club, moi, déclara Shin'ya.

– T'inquiète, t'inquiète, c'est rien qu'une boîte. Et quand je dis « secrète », ça veut juste dire qu'il faut être au courant pour pouvoir entrer.

– Toi aussi, tu y vas ? demanda Shin'ya à Junpei.

– Oui. Je n'ai rien d'autre à faire.

Il haussa les épaules avec un sourire gêné.

– Bon, voilà qui est décidé. Au fait, Junpei, c'est quoi cette tenue ?

Le jeune homme répondit sans détour à Kana, qui resta coite un moment, avant de lui tapoter le torse d'un air perplexe.

Les quatre amis se mirent en marche. Le vent exceptionnellement sec qui s'engouffrait dans les ruelles peu fréquentées était agréable au contact.

– Tiens, le petit Jun ! Tu vas bien ? lança une hôtesse qui venait de raccompagner un client vers la sortie.

– Très bien, merci, répondit Junpei.

– Jun, ça fait un bail ! lança une autre.

– En effet, fit-il en lui adressant un signe de tête.

– Jun, mon petit chéri, j'ai une faveur à te demander. Tu veux bien passer à la boutique demain ? l'implora la patronne d'un bar en lui prenant le bras.

– Entendu, je passerai, répondit-il, impuissant.

– Oh, Junpei !

– Hello, Junpei !

– Bonsoir, Jun !

On avait beau être un dimanche soir, on l'arrêtait plus que d'habitude en chemin. À croire que le lendemain serait un jour comme les autres.

– C'est vrai que tu es populaire dans le quartier, Junpei, constata Kana, la mine réjouie.

– Impressionnant. La classe ! renchérit Risa en posant sur lui des yeux pleins de respect.

Sans un mot, Shin'ya lui passa le bras autour des épaules.

Les dieux essaient de me consoler, ironisa intérieurement Junpei. En l'entourant plus que d'habitude. C'était la première fois qu'on le choyait et qu'on le sollicitait autant. Même sur le net, on parlait de lui. Lui qui avait toujours été tout seul jusque-là. Certes, il avait beaucoup de camarades délinquants, mais aucun ami sur qui compter. Il passait son temps à faire le fanfaron, mais il craignait qu'on se moque de lui.

Comment les dieux déterminaient-ils le parcours de chacun ? Sans vouloir jouer les victimes, sans doute ne serait-il pas devenu gangster s'il avait été élevé avec un peu plus d'amour. Honnêtement, il se sentait assailli de regrets alors qu'il goûtait enfin à la chaleur humaine. Il se surprenait à penser que le monde était un bel endroit, après tout.

– Tiens, le petit Junpei ! Et en galante compagnie, en plus. C'est beau, la jeunesse…, déclara l'homme-sandwich.

– Jun, tu es de repos ? Dans ce cas, passe nous voir ! claironna une hôtesse.

C'était un vrai défilé. À chaque pas qu'il faisait, de nouveaux visages apparaissaient.

Le club *Pangaea* se trouvait juste derrière le théâtre Koma, au sous-sol d'un immeuble un peu crasseux ; c'était, visiblement, une ancienne salle de concert. Le videur qui gardait l'entrée était un Noir de haute stature, au crâne rasé. Il aboya une phrase en anglais lorsqu'ils tentèrent de lui passer devant.

– Je crois qu'il veut un pourboire, déclara Kana.

Ne tenant guère à faire un esclandre, Junpei lui glissa deux billets de mille yens.

Au pied de l'escalier étaient alignés des casiers, gardés par un jeune yakuza d'un autre clan. Il ne semblait vraiment pas à sa place. Un nettoyeur, peut-être. Junpei le salua, au cas où.

– Sakamoto, du clan Hayata. Merci pour tout ce que vous faites. Nous allons nous amuser un peu, si vous le voulez bien.

L'autre posa sur lui un regard étonné.

– Tu étais au courant ? Comme ils nous versent la taxe, mon aniki m'a dit de venir garder un œil sur la situation, mais je suis complètement dépassé, dit-il dans un haussement d'épaules.

À ses côtés, une femme coiffée d'une perruque rose et bouclée tenait la caisse.

– Donnez ce que vous voulez, dit-elle, bizarrement.

Junpei lui tendit dix mille yens pour quatre personnes, avant de ranger leurs affaires dans un casier.

À l'intérieur, ils eurent d'abord les tympans assaillis par des basses sourdes, puis les narines envahies par des effluves de marijuana. Seules quelques lampes rouges éclairaient la salle, comme dans un labo photo. Le public n'était pas le même que celui du club qu'ils avaient visité le vendredi soir : sur la piste de danse, des jeunes gens ondulaient mollement, tandis que sur les canapés disposés tout autour, les corps s'entremêlaient avec abandon. Tous étaient vêtus de tenues psychédéliques, telles qu'on n'en voyait guère habituellement dans le quartier de Shinjuku. Junpei se sentit aussitôt projeté dans une tout autre culture. Les yakuzas présents sur les lieux devaient être complètement perdus.

Il ne reconnaissait pas le morceau qui passait. Pouvait-on même parler de musique ? Le *beat* sourd pulsait tel un cœur, autour duquel des instruments électroniques s'enroulaient comme des vaisseaux sanguins. Le tout lui donnait l'impression d'être retourné dans le ventre de sa mère.

Bien que médusé, Shin'ya escorta Risa jusqu'au dance floor, où ils commencèrent à onduler en imitant les autres. Junpei se laissa entraîner par Kana jusqu'à un comptoir dressé près du mur, où ils burent un mystérieux cocktail.

– Tu veux de la marijuana ? proposa Kana. Je suis sûre que si on va aux toilettes, quelqu'un nous en passera.

– J'ai apporté ça, répondit Junpei en sortant de sa poche un sachet en plastique qu'il agita.

– J'y crois pas ! De la coke ? s'étonna Kana, le regard brillant.

– Oui. C'est un pote qui me l'a donnée tout à l'heure.

– Génial ! On va se l’envoyer tout de suite. (Kana se tourna vers l’homme derrière le comptoir.) Un menu C ! lança-t-elle d’une voix forte.

Le set en question se composait d’un sous-main en plastique noir, d’une règle et d’une paille. Junpei ne pouvait que rire du cours absurde que prenaient les événements.

D’un coup de menton, Kana lui fit signe de la suivre. Ils quittèrent la piste pour entrer dans un couloir bondé. Le coin des toxicos, apparemment. Ils prirent place sur un banc tout au fond, face à face de part et d’autre du sous-main, comme pour une partie de shôgi.

– Vas-y, sors la dope, ordonna Kana.

Junpei déchira le sachet et versa la poudre blanche.

Armée de la règle, Kana répartit la drogue en deux tas. Avant de lui tendre la paille, l’invitant à inhaler le premier.

Se rappelant son unique expérience dans ce domaine, Junpei cala la paille dans une de ses narines et boucha l’autre avant d’aspirer la ligne d’un trait. La cocaïne passa au fond de sa gorge. Il la sentit se frayer un chemin à l’intérieur de son cou avant de disparaître Dieu sait où.

– Bon, à mon tour.

Kana l’imita. Junpei se retourna soudain. Un inconnu les observait, agenouillé par terre.

– Et du L, ça vous dit ?

Sa voix ne laissait aucun doute : c’était un pédé.

– Tu nous en donnes ? demanda Kana.

– Cinq mille la dose.

C’est cher !

– Du « L » ? C’est quoi ?

– Du LSD.

– D’accord, j’achète.

Il n'aurait que faire de cet argent, de toute façon, aussi en prit-il pour cinquante mille yens. La drogue se présentait sous forme de comprimés, emballés individuellement dans du papier paraffiné, et qui n'auraient pas déparé dans une pharmacie.

– T'es sûr que ça va, Junpei ? lui demanda Kana, ébahie.

Voyant la situation, quelques jeunes gens s'approchèrent. Tous affichaient des sourires très amicaux. « Donne », disaient leurs visages.

– Par ici la distribution !

Échauffé à l'idée qu'on puisse ajouter la possession de stupéfiants à ses chefs d'accusation lors de son arrestation, il dispersa généreusement les comprimés.

Avant d'en déposer un au creux de sa main pour l'essayer.

– Si c'est ta première fois, mieux vaut ne prendre que la moitié, lui conseilla Kana.

Il le coupa donc en deux avant d'en placer un morceau dans sa bouche et de l'avaler avec une gorgée d'une bière qui traînait par là.

– Dis, Junpei, tu ne veux pas laisser tomber cette histoire de porte-flingue ? lui demanda Kana.

– Et puis quoi encore ? Je vais pas me défiler maintenant. J'ai ma fierté.

– Je pense que tu vas le regretter…

– N'importe quoi. C'est si je me débine que je le regretterai. Dans ce monde, une fois que tu leur fais faux bond, c'est terminé.

– Hmpf… C'est donc comme ça…

Kana contempla le plafond avec une moue.

Les occupants du couloir s'assirent en cercle. Les personnes voulant aller aux toilettes devaient les enjamber, mais loin de s'en formaliser, tout le monde semblait plutôt s'en délecter. Tous ces inconnus se comportaient comme des amants ou des frères. Une femme aux cheveux rouges s'approcha en titubant et s'affala sur Junpei. Grimpant sur ses genoux, elle passa ses bras à son cou.

– T'es classe, toi. Qu'est-ce que tu fais dans la vie ? demanda-t-elle.

– Je suis yakuza, répondit-il.

– Tu m'en diras tant, dit-elle, pas étonnée pour deux sous, avant de l'embrasser.

Avec la langue.

Au lieu de se vexer, Kana les regardait, extatique, pendue au cou d'un homme aux allures de top model. D'autres jeunes gens s'enlaçaient, bloquant le passage.

Les effets de la cocaïne commençaient à se faire sentir dans l'organisme de Junpei. Comme une espèce d'exaltation. Comme une salade fanée qui retrouvait toute sa fraîcheur une fois plongée dans l'eau glacée. Les nerfs aiguisés, les cheveux qui se dressaient sur la nuque. Pourvu que ça dure, songea-t-il. S'il devait brandir son pistolet maintenant, il pourrait faire mouche sans trembler.

Un joint circulait à présent. Il tira dessus une fois avant de le passer à son voisin. Son corps était devenu un laboratoire de test de drogues. Soudain, amusé, il éclata de rire. La femme sur ses genoux riait aussi.

– Mon frère ! Qu'est-ce que tu fabriques dans un endroit pareil ?

Shin'ya et Risa apparurent. Junpei ouvrit la bouche et battit des mâchoires pour leur répondre, mais les mots lui échappaient en tous sens, et il ne parvenait pas à former des phrases.

– T'en veux ? Toi aussi ? Je t'en donne. Du L, tentait-il d'articuler.

Kana tendit un comprimé à Shin'ya, qui le partagea avec Risa. Avant de disparaître quelque part. Après un moment d'hilarité, une masse nouvelle, pareille à du magma, monta des profondeurs de l'organisme de Junpei, aiguisant tous ses sens. Passant la main sur sa joue, il prit conscience de tous les pores de sa peau. Et lorsqu'il s'essaya à caresser la crinière de la femme, il lui sembla sentir chaque cheveu glisser individuellement contre sa paume. C'était donc ça, un trip au LSD ?

Junpei ferma les yeux.

#315 Ici Kana. Je suis dans un club avec Junpei. On profite de sa dernière nuit. Il porte un truc appelé gilet pare-lame. Plus que quelques heures avant le moment fatidique. J'ai beau lui répéter qu'il ferait mieux de renoncer, il n'en démord pas. Vous allez peut-être me traiter d'irresponsable, mais je crois que si j'étais un homme, je ferais la même chose que lui. Moi, je suis intérimaire, je passe mon temps au téléphone pour des entreprises de vente par correspondance douteuses, mon boulot ne m'apporte aucune satisfaction. Mais comme je suis une femme, je me dis que si je me marie, je pourrai fuir ce travail. Les hommes, eux, ont besoin de reconnaissance, quel que soit le milieu. Le monde dans lequel évolue Junpei est particulièrement dur sur ce point. Dès qu'on se défile, c'est fini. C'est ce qu'il m'a dit. Je prie seulement pour qu'il s'en sorte sain et sauf. De : Kana

#316 Attendez-une minute. En fait, elle est folle, cette Kana, non ? De : Anonyme

#317 C'est aussi mon avis. Elle vient jouer les héroïnes, sans se soucier un seul instant de la victime. C'est le stéréotype même de la femme égocentrique. De : Anonyme

#318 Et sinon, ce club, il est où ? Donne-nous l'adresse ! De : La fouine

#319 Je comprends un peu ce que veut dire Kana. Dans le monde actuel, les gens sérieux et dociles se font écraser. Et je ne serais pas surpris que les yakuzas aussi puissent avoir leurs différends. De : Un intérimaire de plus

#320 Chère Kana. Je me trouve actuellement au McDo de Kabukichô. J'aimerais rencontrer Junpei et lui parler, peux-tu me donner l'adresse du club, s'il te plaît ? De : Une fille de la mer

#321 Vous êtes à Kabukichô, sérieux ? Vous feriez mieux de vous tirer ! De : Anonyme

#322 Moi aussi, je me casse. J'ai pas envie de jouer à la jeunesse dorée avec un yakuza. De : Anonyme

#323 Taisez-vous, ceux qui regardez ça de loin. Moi-même, je viens d'arriver à Kabukichô. Je suis en train de chercher le McDo. Je porte un T-shirt bleu marine à manches longues et un bonnet en tricot orange. Si vous voulez rejoindre l'équipe de recherche, faites-moi signe. De : Hero-Boy

#324 Dans ce cas, moi aussi j'y vais. De toute façon, j'habite à Asagaya. De : L'étudiant de troisième zone

#325 Et tout ça un dimanche soir ? Vous avez du temps à perdre. De : Un gars du Sud

#326 ↑ Oh ça va, lâche-nous les baskets. De : Anonyme

#327 Salutations, m'sieur Junpei. C'est moi, l'ancien yakuza. Tu as bien lu mes messages ? Tout le monde se fait un sang d'encre. Certes, je t'ai donné toutes sortes de conseils : tester ton arme, faire exprès de tirer à côté, etc., mais en réalité, mon seul

souhait, c'est que tu te ranges des voitures. Il n'y a pas d'avenir pour les yakuzas. De : L'Étoile du routier

#328 Ici Kana. Junpei est mince, les cheveux lissés en arrière, il porte un blouson de baseball, un jean et des boots. Moi, je suis stone. Je laisse tomber. Au revoir. De : Kana

La femme aux cheveux rouges lui colla une gifle. Il ouvrit les yeux. Sa vision se précisa. Elle l'attrapa par le bras pour le mettre debout et le mener jusqu'à la piste de danse. Lorsqu'ils ouvrirent la porte, tous les sons vinrent lui cribler le corps. Comme s'il se trouvait au milieu d'une pluie de balles rebondissantes. Les distances se brouillèrent. La femme devant lui se trouvait à la fois près et loin. Les images résiduelles s'éternisaient, son champ de vision tout entier ondulait comme des vagues.

C'était une explosion de couleurs. Les tenues des danseurs prenaient des allures de kaléidoscope dans la lumière rouge, aveuglante comme le soleil matinal. Des motifs géométriques tournoyaient dans les airs. Junpei tendit la main pour attraper ces formes qui lui semblaient si lourdes de sens.

Un sentiment indescriptible de félicité jaillit en lui comme une fontaine. Si le paradis existait, nul doute que ce devait être ce genre d'endroit. Il ne lui restait même plus un atome d'angoisse.

Derrière le comptoir, Shin'ya, en tenue de forain, faisait griller un épi de maïs. « Tiens, mon frère, mange », dit-il avec un sourire heureux, tandis que Kana et Risa servaient les autres clients. Le dance floor avait laissé la place à une rangée de stands, et la musique était celle d'un festival traditionnel.

Un petit garçon passa, entraîné par sa maman. Junpei enfant. Plissant les yeux, stupéfait, il reconnut alors la femme : c'était sa mère, plus jeune. Coiffée d'une frange, maquillée comme une voiture volée, vêtue d'une robe qui épousait ses formes. Un look disco, comme c'était la mode dans les années 80. Junpei avait toujours haï ce parfum fort et ces tenues criardes. Lorsqu'elle l'amenait et revenait le chercher au jardin d'enfants, elle seule faisait tache au milieu des autres mamans. Il détestait aussi la voir fumer devant les autres. Éternellement maussade, elle tenait des propos acerbes, de sa voix éraillée par l'alcool.

Nul trace de ce dégoût, cependant, en cet instant. Car il comprenait sa mère. Ce n'était ni du pardon, ni de la clémence ; plutôt du renoncement. Un sentiment qu'il connaissait bien, maintenant qu'il était adulte. Lui-même n'attendait plus rien de la vie.

Un homme fumait une cigarette, adossé contre un poteau. Il regardait Junpei avec nostalgie. « Tu as bien grandi », dit-il. Son père. Il en avait la certitude, même s'il ne gardait pas de réel souvenir de lui. Un tatouage de carpe était visible par le col de sa chemise en soie ostentatoire. Sa mère ne lui en avait rien dit, mais il faisait visiblement partie des yakuzas.

– Je vais bientôt commettre un meurtre, tu sais. Puis, quand je serai devenu un homme, je reviendrai à Kabukichô, déclara Junpei (mais était-ce à voix haute ?) en serrant la main de son paternel.

Puis apparurent ses grands-parents, qu'il reconnut même sans les avoir jamais rencontrés, eux non plus. « Tu es superbe », dirent-ils dans un sourire en lui effleurant la joue. Ses cousins et cousines se pressaient tout autour d'eux. Tous riaient et l'interpellaient. Il fut surpris de se découvrir une famille si large. Jamais il n'avait réfléchi aux liens du sang, jusque-là. *Jun. Jun. Jun.* Les festivaliers dansaient au rythme des appels.

L'instant d'après, un éclair lumineux déchira son champ de vision. Le paysage se mit à tournoyer furieusement, de plus en plus vite, dans un rugissement. La femme aux cheveux rouges vint le prendre par la main pour le guider jusqu'à un canapé où il s'écroula. Il se sentait ballotté comme dans des montagnes russes. Son cerveau oscillait en tous sens à l'intérieur de son crâne. Sentant le danger, il s'agrippa à la femme, qui le serra de toutes ses forces.

Les éclairs se firent plus aveuglants encore, projetant une lumière immaculée dans son champ de vision. Entre les flashes, les couleurs tournoyaient et se fondaient dans le kaléidoscope, comme s'il était sur un manège lancé à toute vitesse.

La Vierge Marie lui apparut alors. Elle se dressait telle une tour dans un flot de chants liturgiques. Enfant, il n'avait suivi le catéchisme que sur une courte période, à l'orphelinat. Le vieux prêtre tripotait les petits garçons. Cela lui revenait à présent. Effrayé, il n'avait rien osé dire. Le vieux prêtre était-il déjà mort ? Sinon, il devrait aller le tuer.

La scène pivota pour révéler une salle de classe. Son professeur principal de collège se tenait devant lui. « Le portemonnaie de xxx a disparu pendant le cours d'éducation physique. Si vous savez quelque chose, merci de vous manifester », disait-il sans la moindre expression. Les camarades se retournaient pour regarder Junpei. « C'est pas moi ! C'est pas moi ! Vous m'accusez toujours, quoi qu'il arrive ! C'est pas moi ! » s'époumona Junpei. Son sang bouillonnait dans ses veines, qui battaient à la surface de sa peau. Envolée la félicité qu'il ressentait encore un instant plus tôt. Sa vue se troubla.

Nouvelle rotation. Cette fois, il était sous un pont. La mémoire lui revint aussitôt. À l'époque où il faisait partie de la bande de Higashi-Matsuyama, un léger malentendu lui avait valu un passage à tabac. Sur l'ordre des aînés, des camarades avec qui il s'entendait bien l'avaient lapidé. « Stop ! Arrêtez ! On est pourtant potes ! » criait-il, sa voix noyée par les bruits de moteur et les rires des aînés.

Tous ses souvenirs lui revinrent alors. Les unes après les autres, les personnes impliquées surgissaient pour marteler l'interrupteur de ses sentiments : joie, tristesse, chagrin, plaisir…

Ses émotions enflaient, toujours plus violentes. Avant d'éclater. Puis d'enfler de nouveau. Et d'éclater.

De retomber. De remonter. De retomber et remonter encore.

Et Junpei de hurler, hurler toujours, face aux flashbacks frénétiques projetés sur l'écran de son cerveau.

Écoutez-moi, bande de connards ! Vous aurez beau essayer de m'éliminer de ce monde, je me laisserai pas faire. Même si je devais agoniser dans d'interminables tourments, je prierais de toutes mes forces pour dissiper la souffrance. Qu'un bouffon malintentionné vienne me faire obstacle, qu'une bête féroce me blesse, tant que j'aurai de la volonté, je continuerai de vivre et d'avancer. Aussi aveuglant que soit le soleil, aussi loin que les nuages s'amoncellent, aussi fort que rugisse la mer, aussi violemment que tremble la terre, mon cœur continuera de battre et mon sang de circuler dans mes veines. Encerclé par les bandits, je foncerai tête baissée ; attaqué par les traîtres, je les poignarderai. Il n'y a pas de dieu. Ni de bouddha. Il n'y a qu'un gardien qui se dresse tel un mur de glace, dénué de toute émotion. Mon chant ne provoque aucun amour. Ni miséricorde, ni compassion, ni pardon. Rien qu'une sécheresse désertique, rien que le destin, aussi implacable qu'une nuit sans lune. Le destin. Le destin. Le destin. Peu importe si on ne se souvient pas de moi. Mais regardez-moi, rien que cette nuit. Touchez-moi. Sentez-moi. Combattez-moi. Souffrez. Craignez-moi. C'est un combat dénué de sens. À un contre cent millions. Une vie insignifiante. Mais c'est la mienne. Awouuuuuu. Je hurle à la lune. Awouuuuuu.

Lorsqu'il revint à lui, il marchait dans Kabukichô en poussant sa moto. Presque personne alentour. Même la plupart des néons étaient éteints, un vent sec soufflait dans les ruelles, et des chats de gouttière fouillaient les poubelles.

Junpei retrouva soudain ses esprits. Il s'arrêta pour consulter sa montre : 3 heures du matin passées. Prenant conscience de la situation, il réfléchit un moment. Qu'avait-il fait, au juste… ? Accompagné de Kana, il était arrivé à 21 heures au club, où il avait aussitôt sniffé de la cocaïne, pris du LSD, fumé de la marijuana… Et voilà que six heures s'étaient envolées.

Il balaya les environs du regard. Pas de Kana, ni de Risa, ni de Shin'ya. Où s'étaient-ils séparés ? S'étaient-ils perdus de vue au club ? Remarquant qu'il portait toujours son sac à dos, il jeta un coup d'œil à l'intérieur, paniqué. Le flingue… Il était bien là. Il poussa un soupir, et essuya la sueur froide qui perlait à son front. Il portait toujours le gilet pare-lame sous son blouson. Rien d'autre n'avait changé.

Il l'avait échappé belle. Novice en la matière, il ne connaissait pas les dosages ; sans doute avait-il poussé le bouchon un peu loin. S'il avait continué de planer ne serait-ce que deux heures de plus, il aurait manqué sa mission, ce qui aurait valu une lourde humiliation au boss, aussi bien qu'à son aniki.

Physiquement, il était indemne. Il marchait droit, sans aucun problème. Il était en pleine forme, en pleine possession de ses cinq sens. Qui plus est, il ne ressentait aucune peur. Il lui restait juste assez de cette euphorie provoquée par la drogue pour l'encourager de l'intérieur.

Il allait pouvoir agir avec calme, il en avait la certitude. S'approcher sans un mot, interpeller sa cible, lui tirer dessus de face… Il visualisait parfaitement la scène.

Il gara sa moto dans la rue Meiji. À une centaine de mètres environ du théâtre des opérations. En supposant qu'on le poursuive, il devrait pouvoir tenir jusqu'à cette distance en courant.

D'un pas vif, il prit la direction de la laverie automatique. Personne ne viendrait faire de machine le lundi à l'aube. Même Gorô devait dormir ailleurs.

Foulant l'asphalte, il parcourut la ruelle. Quelques chats le regardèrent passer de leurs yeux luisants.

Le trottoir devant la laverie était illuminé par les tubes fluorescents de la boutique. Ses yeux lui jouaient des tours : il lui semblait qu'il faisait aussi clair qu'en plein jour. Il jeta un regard par la vitrine, sceptique. À l'intérieur se trouvaient plusieurs dizaines de clients. Pourquoi ? Que se passait-il ? Au premier rang, il reconnut Shin'ya, Kana et Risa.

– Yo. Tu vas quand même pas faire ça tout seul, dit Shin'ya en lui ouvrant la porte.

– C'est bientôt, dis donc, ajouta Kana avec un sourire.

– Comment connaissez-vous cet endroit ? leur demanda Junpei, estomaqué.

– Il s'en est passé, des trucs…

– Vous êtes venus m'accueillir ?

– Bien sûr. On allait pas te laisser tout seul.

Junpei pénétra dans la boutique. Il plissa les yeux, ébloui. Avec ses murs, sol et plafond immaculés, l'endroit ressemblait à une œuvre d'art. Les personnes présentes étaient assises sur des cubes blancs, au premier plan desquelles le vieux Nishio, qui posait sur lui des yeux pleins de mélancolie.

– Tiens, tu n'es pas rentré chez toi ?

– Je m'inquiétais pour toi, alors je suis venu. En espérant que tu ne touches pas un point vital.

– Te fous pas de moi. Je ne manquerai pas ma cible.

– Comme tu voudras. Ça ne m'empêche pas de le souhaiter.

À ses côtés se trouvait Andô, du clan Hayata.

– Junpei, je suis désolé pour tout à l'heure. Ne fais pas attention. J'étais jaloux, c'est tout, dit-il en levant une main pour implorer son pardon.

Qu'est-ce qu'il faisait là ? Devant les yeux ébahis de Junpei, les lieutenants du clan firent irruption pour lui taper l'épaule : « On compte sur toi, Sakamoto ! » *Mais enfin…*, songea Junpei, au comble de la confusion. Le boss apparut à son tour.

– Junpei, tu n'as aucun souci à te faire pour la suite, déclara-t-il en plissant les yeux avec douceur.

L'intéressé dressa l'échine, reconnaissant.

Kitajima arriva le dernier, d'un pas nonchalant.

– Junpei, je te demande de pardonner à ton aniki indigne. Je te considère vraiment comme mon petit frère, dit-il le plus sérieusement du monde.

– Non, c'est moi qui vous vois vraiment comme un grand frère.

– Heureux de l'entendre dire. Je ferai de mon mieux pour monter un clan digne de ce nom, et à ta sortie, tu seras mon bras droit.

– Merci beaucoup, répondit Junpei, les larmes aux yeux.

– Junpei ! lança une nouvelle voix.

Il se retourna et vit ses cadets du gang de Higashi-Matsuyama.

– Nous aussi, nous allons faire de notre mieux pour être à ta hauteur.

– Vraiment ?

– Alors, tâche de soigner le spectacle.

– Entendu.

Sa mère, qu'il avait vue la veille, approcha timidement.

– Junpei. Je suis désolée d'avoir été une si mauvaise mère, soupira-t-elle d'un air sombre.

– Mais non…

– Si. Je ne suis qu'une bonne à rien.

Elle prit sa main et la secoua deux ou trois fois.

Junpei sentit le bonheur enfler de nouveau en lui. Tel un nouveau-né, il se sentait protégé de toutes parts.

– Hé, Sakamoto. Surtout, ne néglige pas la piété filiale. Je ne sais pas ce que tu dois accomplir, mais tâche de ne pas faire pleurer tes parents.

Cette voix rauque était celle de Yamada, du commissariat de Shinjuku. Même ce vieux croûton était là…

– Jun, mon chou. Merci pour tout. La troupe entière t'est très reconnaissante.

Cette fois, c'était Katherine, les danseuses alignées derrière elle. Seule manquait Kaori. Il ne fallait pas trop en demander…

Tous l'encerclèrent. *Junpei. Jun. Cher Junpei.* Les voix se mêlaient dans son oreille, formant peu à peu un écho. Aveuglé par la blancheur des murs, il ne parvenait plus à distinguer leurs visages. Leurs silhouettes se dissipèrent, telle l'eau qui s'évapore.

Soudain, le noir. Les murs, jusque-là immaculés, devinrent blafards. Le clignotement des tubes fluorescents éclairait la pièce d'une lueur sinistre. Pris de vertige, Junpei se posa sur un banc.

– Junpei ?

Cette fois, la voix qui l'appelait était bien réelle. On lui tapota l'épaule. Il leva les yeux : c'était Gorô. Ils étaient seuls dans la laverie.

– Que se passe-t-il ? Tu avais l'air de bien t'amuser, dit le jeune homme.

– Ah bon ? Tu trouves ?

– Mais oui. Tu riais.

– Alors comme ça, je riais…

Il baissa les yeux. Un cafard passa devant ses pieds, les ailes luisantes. Junpei le chassa d'un mouvement brusque. La bestiole courut se réfugier sous un lave-linge.

– Gorô, tu as eu des clients aujourd'hui ?

– Pas cette nuit, non.

– Je vois. Il y a des jours, comme ça…

Junpei consulta sa montre. Le casino clandestin ne tarderait pas à fermer.

Il lui fallait encore se débarrasser de son téléphone portable. Sortant l'appareil de sa poche, il se connecta une dernière fois à internet pour consulter le forum qui aimait tant à débattre de ses faits et gestes. Il y avait encore de nouveaux messages.

> *#433 C'est bientôt l'heure. Tu es prêt, Junpei ? J'ai hâte de lire le journal. Car j'ai bien envie de connaître ton vrai caractère. J'irai assister à ton procès, aussi.* De : Anonyme

#434 C'est vaste, Kabukichô, quand même. J'aurai beau errer, je ne risque pas de vous trouver. Je suis fatigué. Je jette l'éponge. De : Heroboy

#435 J'ai pas arrêté de marcher comme une imbécile. On a fini par se retrouver à cinq. Tout le monde était sympa. Mais on a fait chou blanc aussi. Quelle frustration ! Je me sens impuissante. De : Une fille de la mer

#436 Junpei, il est encore temps de renoncer. Ce n'est pas bien de tuer les gens. Ça leur fait mal. De : Un cerveau

#437 Junpei, moi aussi, j'ai vingt et un ans. Je prie pour ta sécurité. De : Hanako

#438 Junpei, j'ai une dernière requête : laisse tomber. De : Anonyme

#439 Allez, au lit tout le monde ! C'est ridicule de veiller si tard. De : Anonyme

#440 C'est toi qui es ridicule. De : Un gars du Sud

Hmpf. Avec un ricanement, Junpei brisa son téléphone en deux. Avant de jeter les morceaux à la poubelle.

Un grondement de moteur se fit entendre. La Lincoln se gara juste devant la laverie. Un lieutenant descendit côté passager et pénétra dans le bâtiment. Le chauffeur, lui, sortit et alluma une cigarette.

Junpei sortit le pistolet de son sac et ôta la sécurité avant de le glisser dans la poche intérieure de son blouson.

– Junpei…, bredouilla Gorô.

– Adieu, répondit Junpei, la gorge nouée.

Il se leva. Un homme sortit de l'immeuble. Le chauffeur le salua avec déférence. La cible avait fait son apparition. Junpei regarda son front. Pas d'erreur.

Il ouvrit la porte de la laverie. Les yakuzas jetèrent un œil à son ombre.

– Awouuuuu ! hurla Junpei.

Son cri résonna dans la ruelle déserte.

Campé sur ses jambes, il brandit son arme. Les hommes l'esquivèrent en hâte.

Junpei pressa la détente.

#456 C'est déjà le matin. Je n'ai pas pu dormir, tellement je me faisais de souci pour Junpei. Si son nom apparaît dans les journaux, comme j'ai le même âge que lui, je me sentirai un peu responsable. De : Girl A

#457 Responsable ? Pourquoi ? Comprends pas. De : Anonyme

#458 Vous devriez plutôt vous réjouir d'avoir pu tromper votre ennui, tous ! De : Le Négociateur

#459 Si je suis encore là à poster des commentaires à une heure pareille, c'est parce que je suis un semi-hikikomori sans emploi. Je ne sais pas comment ça s'est passé pour Junpei, mais j'étais un peu ému de voir tant de gens s'inquiéter sincèrement pour lui. De l'extérieur, on pourrait n'y voir que des commentaires humoristiques et irresponsables, mais d'ordinaire, les gens ne se préoccupent guère de parfaits étrangers. Je pense que, même si c'était pour médire, cette discussion animée prouve que toutes ces personnes cherchent à créer des liens. Et peut-être n'est-ce pas plus mal ? Moi aussi, si j'étais près de Tôkyô, j'aurais couru à Kabukichô. Prends soin de toi, Junpei. De : Anonyme

#460 Ah, chuis vanné. Je vais me pieuter. De : Un gars du Sud

RÉALISATION : NORD COMPO À VILLENEUVE-D'ASCQ
IMPRESSION : CPI FRANCE
DÉPÔT LÉGAL : AVRIL 2022. N° 144045 (3046749)
IMPRIMÉ EN FRANCE

Éditions Points

DERNIERS TITRES PARUS

P4971. Tristan, *Clarence Boulay*
P4972. Treize Jours, *Roxane Gay*
P4973. Mémoires d'un vieux con, *Roland Topor*
P4974. L'Étang, *Claire-Louise Bennett*
P4975. Mémoires au soleil, *Azouz Begag*
P4976. Écrit à la main, *Michael Ondaatje*
P4977. Journal intime d'un touriste du bonheur *Jonathan Lehmann*
P4978. Qaanaaq, *Mo Malø*
P4979. Faire des pauses pour se (re)trouver, *Anne Ducrocq*
P4980. Guérir de sa famille par la psychogénéalogie *Michèle Bromet-Camou*
P4981. Dans le désordre, *Marion Brunet*
P4982. Meurtres à Pooklyn, *Mod Dunn*
P4983. Iboga, *Christian Blanchard*
P4984. Paysage perdu, *Joyce Carol Oates*
P4985. Amours mortelles. Quatre histoires où l'amour tourne mal, *Joyce Carol Oates*
P4986. J'ai vu une fleur sauvage. L'herbier de Malicorne *Hubert Reeves*
P4987. La Course de la mouette, *Barbara Halary-Lafond*
P4988. Poèmes et antipoèmes, *Nicanor Parra*
P4989. Herland, *Charlotte Perkins Gilman*
P4990. Dans l'épaisseur de la chair, *Jean-Marie Blas de Roblès*
P4991. Ouvre les yeux, *Matteo Righetto*
P4992. Dans les pas d'Alexandra David-Néel. Du Tibet au Yunnan, *Éric Faye, Christian Garcin*
P4993. Lala Pipo, *Hideo Okuda*
P4994. Mes prolongations, *Bixente Lizarazu*
P4995. Moi, serial killer. Les terrifiantes confessions de 12 tueurs en série, *Stéphane Bourgoin*
P4996. Les Sorcières de la République, *Chloé Delaume*
P4997. Les Chutes, *Joyce Carol Oates*
P4998. Petite Sœur mon amour, *Joyce Carol Oates*
P4999. La douleur porte un costume de plumes, *Max Porter*
P5000. L'Expédition de l'espoir, *Javier Moro*
P5001. Séquoias, *Michel Moutot*
P5002. Indu Boy, *Catherine Clément*
P5005. L'argent ne fait pas le bonheur mais les luwak si *Pierre Derbré*

P5006. En camping-car, *Ivan Jablonka*
P5007. Beau Ravage, *Christopher Bollen*
P5008. Ariane, *Myriam Leroy*
P5009. Est-ce ainsi que les hommes jugent ?
Mathieu Menegaux
P5010. Défense de nourrir les vieux, *Adam Biles*
P5011. Une famille très française, *Maëlle Guillaud*
P5012. Le Hibou dans tous ses états, *David Sedaris*
P5013. Mon autre famille : mémoires, *Armistead Maupin*
P5014. Graffiti Palace, *A. G. Lombardo*
P5015. Les Monstres de Templeton, *Lauren Groff*
P5016. Falco, *Arturo Pérez-Reverte*
P5017. Des nuages plein la tête. Un pâtre en quête d'absolu
Brice Delsouiller
P5018. La Danse du chagrin, *Bernie Bonvoisin*
P5019. Peur, *Bob Woodward*
P5020. Secrets de flic. Guerre des polices, stups et mafia,
l'ex-patron de la PJ raconte, *Bernard Petit*
P5023. Passage des ombres, *Arnaldur Indridason*
P5024. Les Saisons inversées, *Renaud S. Lyautey*
P5025. Dernier Été pour Lisa, *Valentin Musso*
P5026. Le Jeu de la défense, *André Buffard*
P5027. Esclaves de la haute couture, *Thomas H. Cook*
P5028. Crimes de sang-froid, *Collectif*
P5029. Missing : Germany, *Don Winslow*
P5030. Killeuse, *Jonathan Kellerman*
P5031. #HELP, *Sinéad Crowley*
P5032. L'Humour au féminin en 700 citations
Macha Méril & Christian Poncelet
P5033. Baroque Sarabande, *Christiane Taubira*
P5034. Moins d'ego, plus de joie ! Un chemin pour se libérer
Christopher Massin
P5035. Le Monde selon Barney, *Mordecai Richler*
P5036. Portrait de groupe avec dame, *Heinrich Böll*
P5037. Notre-Dame. Une anthologie de textes d'écrivains
P5003. Les cigognes sont immortelles, *Alain Mabanckou*
P5038. La Chance de leur vie, *Agnès Desarthe*
P5039. Forêt obscure, *Nicole Krauss*
P5040. Des pierres dans ma poche, *Kaouther Adimi*
P5041. Einstein, le sexe et moi, *Olivier Liron*
P5042. Carnaval noir, *Metin Arditi*
P5043. Roissy, *Tiffany Tavernier*
P5044. Darling Days, *iO Tillett Wright*
P5045. Le Bleu du lac, *Jean Mattern*
P5046. Qui a tué mon père, *Edouard Louis*
P5047. Les Enfants de cœur, *Heather O'Neill*

P5048. L'Aurore, *Selahattin Demirtas*
P5049. Comment t'écrire adieu, *Juliette Arnaud*
P5050. Le Syndrome de la chouquette, *Nicolas Santolaria*
P5051. Ça commence par moi, *Julien Vidal*
P5052. Les Papillons de comptoirs, *Jean-Marie Gourio*
P5053. La Vita nuova, *Dante*
P5054. Sótt, *Ragnar Jónasson*
P5055. Sadorski et l'Ange du péché, *Romain Slocombe*
P5056. D'argent et de sang, *Fabrice Arfi*
P5057. Débranchez-vous !, *Matt Haig*
P5058. Hôtel Waldheim, *François Vallejo*
P5059. Des raisons de se plaindre, *Jeffrey Eugenides*
P5060. Manuel de survie à l'usage des jeunes filles
Mick Kitson
P5061. Seul à travers l'Atlantique, *Alain Gerbault*
P5062. La Terre magnétique, *Édouard Glissant*
P5063. Dans mes pas, *Jean-Louis Étienne*
P5064. Raga. Approche du continent invisible
Jean-Marie Gustave Le Clézio
P5065. Mais ne sombre pas, *Aristide Barraud*
P5066. La Vie sexuelle en France, *Janine Mossuz-Lavau*
P5067. Dégradation, *Benjamin Myers*
P5068. Les Disparus de la lagune, *Donna Leon*
P5069. L'homme qui tartinait une éponge, *Colette Roumanoff*
P5070. La Massaia, *Paola Masino*
P5071. Le Cœur blanc, *Catherine Poulain*
P5072. Frère d'âme, *David Diop*
P5073. Désintégration, *Emmanuelle Richard*
P5074. Des mirages plein les poches, *Gilles Marchand*
P5075. J'ai perdu mon corps, *Guillaume Laurant*
P5076. Le Dynamiteur, *Henning Mankell*
P5077. L'Homme sans ombre, *Joyce Carol Oates*
P5078. Le Paradoxe Anderson, *Pascal Manoukian*
P5079. De l'aube à l'aube, *Alain Bashung*
P5080. Journal d'un observateur, *Alain Duhamel*
P5081. C'est aujourd'hui que je vous aime, *François Morel*
P5082. Crépuscule, *Juan Branco*
P5083. Les Fabuleuses Aventures de Nellie Bly, *Nellie Bly*
P5084. Le Roman du Canard, *Patrick Rambaud*
P5085. Les Aventures illustrées de Pensouillard le hamster.
Comment apprivoiser l'ego, *Serge Marquis*
P5086. Les 300 Plus Belles Fautes... à ne pas faire.
Et autres extravagances à éviter, *Alfred Gilder*
P5087. Le ministre est enceinte. Ou la grande querelle
de la féminisation des noms, *Bernard Cerquiglini*
P5088. Les Mots voyageurs. Petite histoire du français
venu d'ailleurs, *Marie Treps*

P5089. Un bonbon sur la langue. On n'a jamais fini de découvrir le français !, *Muriel Gilbert*
P5090. Luc, mon frère, *Michael Lonsdale*
P5091. Un haïku chaque jour. Un poème et sa méditation pour être plus présent à la vie, *Pascale Senk*
P5092. 365 Jours avec Rainer Maria Rilke. Paroles d'un maître de vie, *Rainer Maria Rilke*
P5093. Les Fils de la poussière, *Arnaldur Indridason*
P5094. Treize Jours, *Arni Thorarinsson*
P5095. Tuer Jupiter, *François Médéline*
P5096. Pension complète, *Jacky Schwartzmann*
P5097. Jacqui, *Peter Loughran*
P5098. Jours de crimes, *Stéphane Durand-Souffland et Pascale Robert-Diard*
P5099. Esclaves de la haute couture, *Thomas H. Cook*
P5100. Chine, retiens ton souffle, *Qiu Xiaolong*
P5101. Exhumation, *Jesse et Jonathan Kellerman*
P5102. Lola, *Melissa Scrivner Love*
P5103. L'Oubli, *David Foster Wallace*
P5104. Le Prix, *Cyril Gely*
P5105. Le Pleurnichard, *Jean-Claude Grumberg*
P5106. Midi, *Cloé Korman*
P5107. Une douce lueur de malveillance, *Dan Chaon*
P5108. Manifesto, *Léonor de Récondo*
P5109. L'Été des charognes, *Simon Johannin*
P5110. Les Enténébrés, *Sarah Chiche*
P5111. La Vie lente, *Abdellah Taïa*
P5112. Les grandes villes n'existent pas, *Cécile Coulon*
P5113. Des vies possibles, *Charif Majdalani*
P5114. Le Mangeur de livres, *Stéphane Malandrin*
P5115. West, *Carys Davies*
P5116. Le Syndrome du varan, *Justine Niogret*
P5117. Le Plongeur, *Stéphane Larue*
P5118. Hunger, *Roxane Gay*
P5119. Dégager l'écoute, *Raymond Depardon et Claudine Nougaret*
P5120. Comment j'ai arrêté de manger les animaux *Hugo Clément*
P5121. Anagrammes. Pour sourire et rêver, *Jacques Perry-Salkow*
P5122. Les Spaghettis de Baudelaire. 50 conseils pour briller en cours de lettres, *Thierry Maugenest*
P5123. Tout autre nom, *Craig Johnson*
P5124. Requiem, *Tony Cavanaugh*
P5125. Ce que savait la nuit, *Arnaldur Indridason*
P5126. Scalp, *Cyril Herry*
P5127. Haine pour haine, *Eva Dolan*

P5128. Trois Jours, *Petros Markaris*
P5129. Quand notre cœur s'ouvre à la spiritualité *Caroline Coldefy*
P5130. Les Invisibles, *Antoine Albertini*
P5131. Le Fil de nos vies brisées, *Cécile Hennion*
P5132. D'os et de lumière, *Mike McCormack*
P5133. Le Nouveau, *Tracy Chevalier*
P5134. Comment j'ai vidé la maison de mes parents. Une trilogie familiale, *Lydia Flem*
P5135. Le Grand Cahier. Une trilogie, *Agota Kristof*
P5136. Roland Furieux, tome 1, *L'Arioste*
P5137. Roland Furieux, tome 2, *L'Arioste*
P5138. Frères sorcières, *Antoine Volodine*
P5139. Mes biens chères soeurs, *Chloé Delaume*
P5140. Vivre ensemble, *Émilie Frèche*
P5141. Voyou, *Itamar Orlev*
P5142. L'Abattoir de verre, *John Maxwell Coetzee*
P5143. Kiosque, *Jean Rouaud*
P5144. État de nature, *Jean-Baptiste Froment*
P5145. Le Petit Paradis, *Joyce Carol Oates*
P5146. Trahison, *Joyce Carol Oates*
P5147. Marcher jusqu'au soir, *Lydie Salvayre*
P5148. Et j'abattrai l'arrogance des tyrans *Marie-Fleur Albecker*
P5149. Projet Starpoint, tome 1, La Fille aux cheveux rouges *Marie-Lorna Vaconsin*
P5150. Que le diable m'emporte, *Marie MacLane*
P5151. Ombres sur la Tamise, *Michael Ondaatje*
P5152. Pourquoi je déteste les enfants, *Robert Benchley*
P5153. Dans le faisceau des vivants, *Valérie Zenatti*
P5154. L'Oiseau Parker dans la nuit, *Yannick Lahens*
P5155. Formulaires, *Mohammed Dib*
P5156. La Faille du temps, *Jeanette Winterson*
P5157. Nous habitons la Terre, *Christiane Taubira*
P5158. Edgar Morin : l'indiscipliné, *Emmanuel Lemieux*
P5159. Set the Boy Free, *Johnny Marr*
P5160. Le Magot. Fourniret et le gang des Postiches : mortelle rencontre, *Patricia Tourancheau*
P5161. La Nuit du revolver, *David Carr*
P6162. Omar et Greg, *François Beaune*
P5163. Honorer la fureur, *Rodolphe Barry*
P5164. Les Minots, *Romain Capdepon*
P5165. Aux confins de l'Eldorado. La Boudeuse en Amazonie *Gérard Chaliand*
P5166. Vivre libre, *Henry de Monfreid*
P5167. Diskø, *Mo Malø*

P5168. Sombre avec moi, *Chris Brookmyre*
P5169. Les Infidèles, *Dominique Sylvain*
P5170. L'Agent du chaos, *Giancarlo De Cataldo*
P5171. Le Goût de la viande, *Gildas Guyot*
P5172. Les Effarés, *Hervé Le Corre*
P5173. J'ai vendu mon âme en bitcoins, *Jake Adelstein*
P5174. La Dame de Reykjavík, *Ragnar Jónasson*
P5175. La Mort du Khazar rouge, *Shlomo Sand*
P5176. Le Blues du chat, *Sophie Chabanel*
P5177. Les Mains vides, *Valerio Varesi*
P5178. La Cage, *Lilja Sigurðardóttir*
P5179. Éthique du samouraï moderne. Petit manuel de combat pour temps de désarroi, *Patrice Franceschi*
P5180. Maître du Oui, *Svâmi Prajñânpad*
P5181. Wabi Sabi. L'art d'accepter l'imperfection *Tomás Navarro*
P5182. Très chère Valentine, *Adriana Trigani*
P5183. La Partition, *Diane Brasseur*
P5184. Château de femmes, *Jessica Shattuck*
P5185. Les Âmes silencieuses, *Mélanie Guyard*
P5186. Le Cartographe des Indes boréales, *Olivier Truc*
P5187. Les Méandres du Nil, *Robert Solé*
P5188. Les Photos d'Anny, *Anny Duperey*
P5189. Chambre 128, *Cathy Bonidan*
P5190. East Village Blues, *Chantal Thomas*
P5191. La Revenue, *Donatella di Pietrantonio*
P5192. En tenue d'Eve: Histoire d'une partie d'échecs *Eve Babitz*
P5194. La Petite fille au tambour, *John Le Carré*
P5195. Floride, *Lauren Groff*
P5196. La Transparence du temps, *Leonardo Padura*
P5197. Pour l'amour des livres, *Michel Le Bris*
P5198. Le Chemin de la mer. Et autres nouvelles *Patrice Franceschi*
P5199. Transit, *Rachel Cusk*
P5200. Un petit coup de jeune, *Thierry Bizot*
P5201. L'Amour est aveugle. Le ravissement de Brodie Moncur *William Boyd*
P5202. Titayna : l'aventurière des années folles *Benoît Heimermann*
P5203. La Mer pour aventure, *Collectif*
P5204. Lawrence d'Arabie. Le désert et les étoiles *Flora Armitage*
P5205. Travelling. Un tour du monde sans avion *Tangy Viel, Christian Garcin*
P5206. Va où il est impossible d'aller. Mémoires, *Costa-Gavras*

P5207. Tous les films sont politiques. Pour Costa-Gavras
Edwy Plenel
P5208. Marthe Richard ou les beaux mensonges
Nicolas D'Estienne d'Orves
P5209. Les Imprudents. Sur les traces des résistants du maquis Bir-Hakeim, *Olivier Bertrand*
P5210. Maudits mots. La fabrique des insultes racistes
Marie Treps
P5211. Les Mots du football, *Vincent Duluc*
P5212. En marge, *Silvia Baron Supervielle*
P5213. Le Cœur et la Chair, *Ambrose Parry*
P5214. Dernier Tacle, *Emmanuel Petit, Gilles Del Pappas*
P5215. Crime et Délice, *Jonathan Kellerman*
P5216. Le Sang noir des hommes, *Julien Suaudeau*
P5217. À l'ombre de l'eau, *Maïko Kato*
P5218. Vik, *Ragnar Jónasson*
P5219. Koba, *Robert Littell*
P5220. Le Dernier Thriller norvégien, *Luc Chomarat*
P5222. Steak machine, *Geoffrey Le Guilcher*
P5224. Petit Traité de bienveillance envers soi-même
Serge Marquis
P5225. Sex & Rage, *Eve Babitz*
P5226. Histoire de ma vie, *Henry Darger*
P5227. Hors-bord, *Renata Adler*
P5228. N'oublie pas de te souvenir, *Jean Contrucci*
P5229. Mur méditerranée, *Louis-Philippe Dalembert*
P5230. La Débâcle, *Romain Slocombe*
P5231. À crier dans les ruines, *Alexandra Koszelyk*
P5233. Nuit d'épine, *Christiane Taubira*
P5234. Les Fillettes, *Clarisse Gorokhoff*
P5235. Le Télégraphiste de Chopin, *Eric Faye*
P5236. La Terre invisible, *Hubert Mingarelli*
P5237. Une vue exceptionnelle, *Jean Mattern*
P5238. Louvre, *Josselin Guillois*
P5239. Les Petits de décembre, *Kaouther Adimi*
P5240. Les Yeux rouges, *Myriam Leroy*
P5241. Dévorer le ciel, *Paolo Giordano*
P5242. Amazonia, *Patrick Deville*
P5243. La Grande à bouche molle, *Philippe Jaenada*
P5244. L'Heure d'été, *Prune Antoine*
P5245. Pourquoi je déteste l'économie, *Robert Benchley*
P5246. Cora dans la spirale, *Vincent Message*
P5247. La Danse du roi, *Mohammed Dib*
P5248. Il était une fois dans l'Est, *Arpád Soltész*
P5249. La Tentation du pardon, *Donna Leon*
P5250. Ah, les braves gens !, *Franz Bartelt*

P5251. Crois-le !, *Patrice Guirao*
P5252. Lyao-Ly, *Patrice Guirao*
P5253. À sang perdu, *Rae DelBianco*
P5254. Mémoires vives, *Edward Snowden*
P5255. La Plus Belle Histoire de l'intelligence
Stanislas Dehaene, Yann Le Cun, Jacques Girardon
P5256. J'ai oublié, *Bulle Ogier, Anne Diatkine*
P5257. Endurance. L'incroyable voyage de Shackleton
Alfred Lansing
P5258. Le Cheval des Sforza, *Marco Malvaldi*
P5259. La Purge, *Arthur Nesnidal*
P5260. Eva, *Arturo Pérez-Reverte*
P5261. Alex Verus. Destinée, tome 1, *Benedict Jacka*
P5262. Alex Verus. Malediction, tome 2, *Benedict Jacka*
P5263. Alex Verus. Persécution, tome 3, *Benedict Jacka*
P5264. Neptune Avenue, *Bernard Comment*
P5265. Dernière Sommation, *David Dufresne*
P5266. Dans la maison de la liberté, *David Grossman*
P5267. Le Roman de Bolaño, *Gilles Marchand, Eric Bonnargent*
P5268. La Plus Précieuse des marchandises. Un conte
Jean-Claude Grumberg
P5269. L'avenir de la planète commence dans notre assiette
Jonathan Safran Foer
P5270. Le Maître des poupées, *Joyce Carol Oates*
P5271. Un livre de martyrs américains, *Joyce Carol Oates*
P5272. Passe-moi le champagne, j'ai un chat dans la gorge
Loïc Prigent
P5273. Invasion, *Luke Rhinehart*
P5274. L'Extase du selfie. Et autres gestes qui nous disent
Philippe Delerm
P5275. Archives des enfants perdus, *Valeria Luiselli*
P5276. Ida, *Hélène Bessette*
P5277. Une vie violente, *Pier Paolo Pasolini*
P5278. À cinq ans, je suis devenue terre-à-terre, *Jeanne Cherhal*
P5279. Encore plus de bonbons sur la langue. Le français
n'a jamais fini de vous surprendre !, *Muriel Gilbert*
P5280. L'Ivre de mots, *Stéphane de Groodt*
P5281. The Flame, *Leonard Cohen*
P5282. L'Artiste, *Antonin Varenne*
P5283. Les Roses de la nuit, *Arnaldur Indridason*
P5284. Le Diable et Sherlock Holmes, *David Grann*
P5285. Coups de vieux, *Dominique Forma*
P5286. L'Offrande grecque, *Philip Kerr*
P5287. Régression, *Fabrice Papillon*
P5288. Un autre jour, *Valentin Musso*
P5289. La Fabrique du crétin digital, *Michel Desmurget*

P5290. Le Grand Manipulateur. Les réseaux secrets de Macron
Marc Endeweld
P5291. Vieillir ensemble. Un tour du monde des solutions qui rapprochent les générations
Clément Boxefeld, Julia Chourri
P5292. La vie est une célébration, *Mata Amritanandamayi*
P5293. Les Plus Beaux Contes zen, *Henri Brunel*
P5295. L'Indomptée. La papesse Jeanne, *Donna Cross*
P5296. Au cœur de la violence, *Edouard Louis*
P5297. Querelle, *Kevin Lambert*
P5298. Ordesa, *Manuel Vilas*
P5299. Papa, *Régis Jauffret*
P5300. Un peu, beaucoup, passionnément, à la folie, pas du tout
Alice Munro
P5301. Ainsi parlait ma mère, *Rachid Benzine*
P5302. Lake Success, *Gary Shteyngart*
P5303. L'Ombre d'un père, *Christoph Hein*
P5304. Nino dans la nuit, *Simon Johannin, Capucine Johannin*
P5305. Zébu Boy, *Aurélie Champagne*
P5306. Monsieur le Commandant, *Romain Slocombe*
P5307. Le Bureau des jours perdus et Autres Récits étranges
Eric Faye
P5308. Habitant de nulle part, originaire de partout
Souleymane Diamanka
P5309. Ces îles de plein sel et autres poèmes
Louis-Philippe Dalembert
P5310. Hammett Détective, *Stéphanie Benson, Benjamin et Julien Guérif, Jérôme Leroy, Marcus Malte, Jean-Hugues Oppel, Benoît Séverac, Marc Villard, Tim Willocks*
P5311. L'Arbre aux fées, *B. Michael Radburn*
P5312. Le Coffre, *Jacky Schwartzmann, Lucian-Dragos Bogdan*
P5313. Le Manteau de neige, *Nicolas Leclerc*
P5314. L'Île au secret, *Ragnar Jónasson*
P5315. Sous les eaux noires, *Lori Roy*
P5316. La Chute du monstre. Marseille année zéro
Philippe Pujol
P5317. Lesbos, la honte de l'Europe, *Jean Ziegler*
P5318. Algérie. La nouvelle indépendance, *Jean-Pierre Filiu*
P5319. L'Effet maternel, *Virginie Linhart*
P5320. L'Amour, le rôle de notre vie. Rééduquer les cœurs
Sarah Serievic
P5321. Comme au cinéma, *Fiona Kidman*
P5322. La Déesse des mouches à feu, *Geneviève Pettersen*
P5323. Dé mem brer, *Joyce Carol Oates*
P5324. Conversations entre amis, *Sally Rooney*

P5325. Tous les hommes n'habitent pas le monde de la même façon, *Jean-Paul Dubois*
P5326. La Leçon de ténèbres, *Léonor de Récondo*
P5327. Disparaître, *Mathieu Menegaux*
P5328. Le Cercle des hommes, *Pascal Manoukian*
P5329. Il y a un seul amour, *Santiago H. Amigorena*
P5330. Solénoïde, *Mircea Cărtărescu*
P5331. « La vraie vie est absente ». Et autres fragments rimbaldiens. *Suivi du* Dictionnaire homo-érotique *Arthur Rimbaud, Frédéric Martel*
P5332. Un participe qui ne passe pas, *Bernard Cerquiglini*
P5333. La Monnaie des songes et autres recueils *Marie-Christine Gordien*
P5334. Une jupe trop courte. Récits de la cuisine, *Sofi Oksanen*
P5335. L'Homme aux murmures, *Alex North*
P5336. Jeux de dames, *André Buffard*
P5337. Les Fantômes de Reykjavik, *Arnaldur Indridason*
P5338. La Défaite des idoles, *Benjamin Dierstein*
P5339. Les Ombres de la toile, *Christopher Brookmyre*
P5340. Dry Bones, *Craig Johnson*
P5341. Une femme de rêve, *Dominique Sylvain*
P5342. Les Oubliés de Londres, *Eva Dolan*
P5343. Chinatown Beat, *Henry Chang*
P5344. Sang chaud, *Kim Un-Su*
P5345. Si tu nous regardes, *Patrice Guirao*
P5346. Tu vois !, *Patrice Guirao*
P5347. Du sang sur l'asphalte, *Sara Gran*
P5348. Cool Killer, *Sébastien Dourver*
P5349. City of Windows, *Robert Pobi*
P5350. L'Avenir des simples, *Jean Rouaud*
P5351. La Solitude de François, *Marco Politi*
P5352. Jenny Bel'Air, une créature, *François Jonquet*
P5353. Sororité, *Chloé Delaume, Collectif*
P5354. Le Regard féminin. Une révolution à l'écran, *Iris Brey*
P5355. Le Sexe selon Maïa. Au-delà des idées reçues *Maïa Mazaurette*
P5356. Testo Junkie. Sexe, drogue et biopolitique *Paul B. Preciado*
P5357. Heureux et Grincheux. 108 conseils d'un moine bouddhiste pour profiter de la vie, *Ajahn Brahm*
P5358. Voyage sans cartes, *Graham Greene*
P5359. La Folle Équipée, *Patrice Franceschi*
P5360. Là où chantent les écrevisses, *Delia Owens*
P5361. La Redoutable Veuve Mozart, *Isabelle Duquesnoy*
P5362. Les Trois Filles du Capitán, *Maria Duenas*
P5363. L'America, *Michel Moutot*

P5364. Cités à la dérive, I. Le cercle, *Stratís Tsírkas*
P5365. Cités à la dérive, II. Ariane, *Stratís Tsírkas*
P5366. Cités à la dérive, III. La chauve-souris, *Stratís Tsírkas*
P5367. Alta Rocca, *Philippe Pujol*
P5368. Café Vivre. Chroniques en passant, *Chantal Thomas*
P5369. Victor Kessler n'a pas tout dit, *Cathy Bonidan*
P5370. Projet Starpoint, tome 2, *Marie-Lorna Vaconsin*
P5372. Retour de service, *John le Carré*
P5373. Coupable de tout, *Herbert Huncke*
P5374. La Vie vagabonde, *Lawrence Ferlinghetti*
P5375. De l'urgent, du presque rien et du rien du tout
Olivier de Kersauson
P5376. Nous ne trahirons pas le poème. Et autres recueils
Rodney Saint-Éloi
P5377. Le Chant du collectionneur de pierres. Et autres recueils
Sjón
P5378. Angkar, *Christian Blanchard*
P5379. Que tombe le silence, *Christophe Guillaumot*
P5380. Nuuk, *Mo Malø*
P5381. Or, encens et poussière, *Valerio Varesi*
P5382. Le Goût du rouge à lèvres de ma mère, *Gabrielle Massat*
P5383. Richesse oblige, *Hannelore Cayre*
P5384. Breakdown, *Jonathan Kellerman*
P5385. Mauvaise graine, *Nicolas Jaillet*
P5386. Le Séminaire des assassins, *Petros Markaris*
P5387. Y. La Trilogie de K, *Serge Quadruppani*
P5388. Norlande, *Jérôme Leroy*
P5389. Trahison, *Lilja Sigurdardóttir*
P5390. Noire n'est pas mon métier, *Collectif*
P5391. Lady Lucille, *Gilles Lhote*
P5392. Le Journal de Frank Berton, *Elsa Vigoureux*
P5393. Harry et Meghan, libres
Caroline Durand, Omid Scobie
P5394. Chroniques de l'homme d'avant, *Philippe Lançon*
P5395. Tomber amoureux de ce qui est, *Jeff Foster*
P5396. Amelia. Le fascinant destin de la plus grande aviatrice du monde, *Bernard Marck*
P5397. Un art de parcourir le monde. Paris - Hong Kong à vélo. 11 155 km, 371 jours, 23 pays, *Florian Coupé*
P5398. Les Aventurières du ciel, *Katell Faria*
P5399. Un promeneur solitaire dans la foule
Antonio Muñoz Molina
P5400. Le Hêtre et le Bouleau, *Camille de Toledo*
P5401. Oublier, trahir puis disparaître, *Camille de Toledo*
P5402. Le Cœur synthétique, *Chloé Delaume*
P5403. Incident au fond de la galaxie, *Etgar Keret*

P5404. Par les écrans du monde, *Fanny Taillandier*
P5405. Un crime sans importance, *Irène Frain*
P5406. Retour à Ithaque, *Leonardo Padura*
P5407. Les Lionnes, *Lucy Ellemann*
P5408. Ce que nous avons perdu dans le feu, *Mariana Enriquez*
P5409. La Trajectoire des confettis, *Marie-Ève Thuot*
P5410. Le Temps gagné, *Raphaël Enthoven*
P5411. Personne ne sort les fusils, *Sandra Lucbert*
P5412. Saturne, *Sarah Chiche*
P5413. Des jours sauvages, *Xabi Molia*
P5414. Avant les diamants, *Dominique Maisons*
P5415. Je parle comme je suis. Ce que nos mots disent de nous *Julie Neveux*
P5416. Le Désir que j'ai, *Alain Veinstein*
P5417. Juste après la pluie, *Thomas Vinau*
P5418. Le Bal des porcs, *Arpád Soltész*
P5419. Après le jour, *Christophe Molmy*
P5420. Quand un fils nous est donné, *Donna Leon*
P5421. Sigló, *Ragnar Jónasson*
P5422. La Gestapo Sadorski, *Romain Slocombe*
P5423. Slow Démocratie. Comment maîtriser la mondialisation et reprendre notre destin en main, *David Djaiz*
P5424. Qui veut risquer sa vie la sauvera. Mémoires *Jean-Pierre Chevènement*
P5425. Un temps troublé, *Lionel Jospin*
P5426. Le Désastre de l'école numérique. Plaidoyer pour une école sans écrans, *Philippe Bihouix, Karine Mauvilly*
P5427. Rumeurs d'Amérique, *Alain Mabanckou*
P5428. 209 rue Saint-Maur, Paris X[e]. Autobiographie d'un immeuble, *Ruth Zylberman*
P5429. Alpinistes de Staline, *Cédric Gras*
P5430. Le Massacre des Indiens, *Lucien Bodard*
P5431. Son Corps et Autres Célébrations *Carmen Maria Machado*
P5432. L'Autre Rimbaud, *David Le Bailly*
P5433. Dehors, la tempête. La vie dans les livres *Clémentine Mélois*
P5434. Rachel et les Siens, *Metin Arditi*
P5435. Mon Père et ma Mère, *Aharon Appelfeld*
P5436. Fun Home. Une tragicomédie familiale, *Alison Bechdel*
P5437. C'est toi ma Maman ? : un drame comique *Alison Bechdel*
P5438. Complicités animales : 70 histoires vraies, *Anny Duperey, Jean-Philippe Noël*
P5439. Sabotage, *Arturo Pérez-Reverte*
P5440. Chaud brûlant, *Bill Buford*

P5441. Une bête aux aguets, *Florence Seyvos*
P5442. La vie joue avec moi, *David Grossman*
P5443. Sous l'eau, *Deborah Levy*
P5444. Femme à la fenêtre, *Joyce Carol Oates*
P5445. Ma vie de cafard, *Joyce Carol Oates*
P5446. Les Calendriers, *Robert Cottard*
P5447. Et tournera la roue, *Selahattin Demirtas*
P5448. San Michele : récit, *Thierry Clermont*
P5449. Cet amour-là, *Yann Andréa*
P5450. Je voudrais parler de Duras. Entretien *avec Michèle Manceaux, Yann Andréa*
P5451. À mains nues, *Amandine Dhée*
P5452. L'Esprit de la science-fiction *suivi de* Les Déboires du vrai policier, *Roberto Bolaño*
P5453. La Littérature nazie en Amérique, *Roberto Bolaño*
P5454. Étoile distante, *Roberto Bolaño*
P5470. Une saison dans la vie d'Emmanuel, *Marie-Claire Blais*
P5471. Anthologie de la répartie. Les 1 000 meilleures répliques *Julien Colliat*
P5472. Vous reprendrez bien... Un bonbon sur la langue ? Partageons le français et ses curiosités !, *Muriel Gilbert*
P5473. L'Emprise du chat, *Sophie Chabanel*
P5474. Somb, *Max Monnehay*
P5475. Le Village perdu, *Camilla Sten*
P5476. Miarka, *Antoine de Meaux*
P5477. Chaudun, la montagne blessée, *Luc Bronner*
P5478. Un art de vivre et d'aimer par temps de catastrophe *Jean-Yves Leloup*
P5479. Respire, tu es vivante. De Lhassa à l'Everest, une aventure écologique et spirituelle *Marion Chaygneaud-Dupuy*
P5480. Amma. Celle qu'on attendait, *Pierre Lunel*
P5481. Le Tour du monde en 80 livres, *Marc Wiltz*
P5482. Efface toute trace, *François Vallejo*
P5483. Black Manoo, *Gauz*
P5484. Requiem pour une Apache, *Gilles Marchand*
P5485. De parcourir le monde et d'y rôder, *Grégory Le Floch*
P5486. Un garçon comme vous et moi, *Ivan Jablonka*
P5487. Anomalie, *Julie Peyr*
P5488. Les Yeux de Milos, *Patrick Grainville*
P5489. Dans les yeux du ciel, *Rachid Benzine*
P5490. Histoire d'amour, *Stéphane Audeguy*
P5491. Sur tes cils fond la neige, *Vladimir Fédorovski*
P5492. Routes sans lois, *Graham Greene*
P5493. L'Expédition de La Pérouse, *Jules Verne*
P5494. Revanche des têtes à trous. Bien apprendre et tout retenir à tout âge, *Anne-Marie Gaignard*

P5495. Extraterrestre. Le premier signe d'une vie intelligente
Avi Loeb
P5496. Les Lois du capital, *Gérard Mordillat, Bertrand Rothé*
P5497. Gulbahar, rescapée de l'enfer du goulag chinois
Gulbahar Haitiwaji, Rozenn Morgat
P5498. Les Guerriers sans nom, *Jean-Christophe Notin*
P5499. La Pensée blanche, *Lilian Thuram*
P5500. La Familia grande, *Camille Kouchner*
P5501. Primo Levi ou la Tragédie d'un optimiste
Myriam Anissimov
P5502. Notre grammaire est sexy. Déclaration d'amour
à la langue française, *Laure de Chantal, Xavier Mauduit*
P5503. De cendres et d'or. Une enquête du ranger Taylor Bridges
B. Michael Radburn
P5504. Un dernier ballon pour la route, *Benjamin Dierstein*
P5505. Laisse pas traîner ton fils, *Rachid Santaki*
P5506. La Dernière Tempête, *Ragnar Jónasson*
P5507. Un dîner chez Min, *Xiaolong Qiu*
P5508. Qui t'aime ainsi, *Edith Bruck*
P5509. Paris est une guerre, *Janet Flanner*
P5510. Le Fumoir, *Marius Jauffret*
P5511. Le Serment, *Thomas Lilti*
P5512. Petit Maître, *Natsumé Soseki*
P5513. Anne de Green Gables, *Lucy Maud Montgomery*
P5704. Le Corps des femmes. La bataille de l'intime
Camille Froidevaux-Metterie
P5705. Un appartement sur Uranus, *Paul B. Preciado*
P5706. Ces hommes qui m'expliquent la vie, *Rebecca Solnit*
P5707. Les Couilles sur la table, *Victoire Tuaillon*
P5708. La Crise de la masculinité. Autopsie d'un mythe tenace
Francis Dupuis-Déri
P5709. Les Argonautes, *Maggie Nelson*
P5800. Paris, *Émile Zola, Edwy Plenel*
P5801. Trois Contes, *Gustave Flaubert, Aurélia Michel*
P5802. Lettres persanes, *Montesquieu, Alain Supiot*
P5803. De l'Amour, *Stendhal, Geneviève Fraisse*
P5804. Historiettes romaines, *Stendhal, Patrick Boucheron*
P5805. Le Comte de Monte-Cristo, vol. 1
Alexandre Dumas, Vanessa Codaccioni
P5806. Le Comte de Monte-Cristo, vol. 2
Alexandre Dumas, Vanessa Codaccioni
P6000. Nu avec Picasso, *Enki Bilal*
P6002. New York, aller et retour, *Raymond Depardon,*
Philippe Séclier
P6500. Sa Majesté mène l'enquête, tome 1
Bal tragique à Windsor, *S.J. Bennett*